GABRIELE KEISER

Goldschiefer

GABRIELE KEISER

Goldschiefer

Kriminalroman

GMEINER SPANNUNG

Bisherige Veröffentlichungen im Gmeiner-Verlag:
Vulkanpark (2013), Engelskraut (2011), Gartenschläfer (2008)
Apollofalter (2006), Puppenjäger (2006, mit Wolfgang Polifka)

Heinz-Erhardt-Zitat auf S. 41
© Aus: »Das große Heinz Erhardt Buch«,
2009 Lappan Verlag Oldenburg

Besuchen Sie uns im Internet:
www.gmeiner-verlag.de

Im Ehnried 5, 88605 Meßkirch
Telefon 07575/2095-0
info@gmeiner-verlag.de

1. Auflage 2015

Lektorat: Claudia Senghaas, Kirchardt
Herstellung: Mirjam Hecht
Umschlaggestaltung: U.O.R.G. Lutz Eberle, Stuttgart
unter Verwendung eines Fotos von: © Udo Kruse/Fotolia.com
Druck: GGP Media GmbH, Pößneck
Printed in Germany
ISBN 978-3-8392-1673-6

Personen und Handlung sind frei erfunden.
Ähnlichkeiten mit lebenden oder toten Personen
sind rein zufällig und nicht beabsichtigt.

PROLOG
LEUTESDORF, 7. NOVEMBER 1984

Die junge Frau wirft einen vorsichtigen Blick über die Schulter, bevor sie den angerosteten Riegel zurückschiebt. Mit einem Ruck stemmt sie sich gegen die hölzerne Tür, die sich mit einem knarzenden Geräusch öffnet. Ein Schwall Moder, vermischt mit dem betäubenden Geruch nach Gärung, dringt ihr entgegen. Sie bückt sich, hebt den bereitliegenden Holzkeil auf, den sie in den Spalt zwischen Tür und Boden zwängt, um die Tür vor dem Zufallen zu hindern.

Im vorderen Raum des Kellergewölbes lagern Holzfässer mit unterschiedlichem Fassungsvermögen. In den tönernen Gärtrichtern auf der Oberseite der Fässer blubbert das Wasser, die austretenden Gase bringen die Aufsätze zum Tanzen. Jeder einzelne dieser Trichter, so scheint es, erzeugt seine eigene Melodie. Es klingt fast wie bei einem modernen Orgelspiel, wobei der Organist sich eine große Freiheit in der Klangmischung herausnimmt.

Mit tastenden Schritten wagt sie sich tiefer in das Halbdunkel des Gewölbes, an das sich ihre Augen allmählich gewöhnen. Der Weinkeller ist in mehrere Räume unterteilt, in denen eine konstant kühle Temperatur herrscht. Etwas weiter hinten liegen die Flaschenweine der letzten Jahrgänge. Rivaner. Spätburgunder, Weißburgunder. Und vor allem Riesling.

Der hinterste Kellerraum ist durch ein schmiedeeisernes Gittertor abgetrennt. Hier, wo sich die eigentlichen Schätze befinden, ist der Geruch der Gärgase schwächer als im vorderen Bereich des Kellers. Spinnweben vernetzen die Regale, in denen unter einer Staubschicht edle Tropfen lagern. Sie sind zwar etwas unansehnlich, aber, wie sie weiß, einiges wert.

Vieles auf dem Weingut findet sie altmodisch und verstaubt wie diesen Keller hier. Es ist an der Zeit, dass ein wenig frischer Wind durch die alten Gemäuer streicht. Dafür wird sie sorgen, wenn sie erst mal mit Boogie verheiratet ist.

Wo er bloß bleibt? Sie hält ihre Armbanduhr in die Nähe einer der brennenden Kerzen, die überall aufgestellt sind. Um vier Uhr waren sie verabredet, und nun ist es schon eine Viertelstunde über der Zeit.

Auf einmal hört sie Schritte die steinernen Treppenstufen herunterkommen. Endlich. Ihr Herz weitet sich und klopft stärker.

Sie lächelt, als sie an das werdende Leben in ihrem Leib denkt. Zärtlich streicht sie über das sanft gerundete Bäuchlein. Eigentlich ist es viel zu früh für ein Kind, das ist ihr bewusst, aber sie hat es darauf ankommen lassen. Na und? Sie weiß schließlich, was sie will. Und bisher hat sie noch immer bekommen, was sie will.

»Boogie«, ruft sie leise, »ich bin hier. Hier hinten.«

Sie lauscht angestrengt, aber die Schritte kommen nicht näher. Sollte jemand anderes in den Keller gekommen sein? Sie vernimmt ein schabendes Geräusch, dann fällt die schwere Holztür ins Schloss. Ein leiser Schrecken durchfährt sie. Schnell läuft sie in den vordersten Raum, doch dort kann sie kaum etwas außer dem Kerzengeflacker ausmachen.

Sie tastet sich bis zur Tür vor und drückt die Klinke herunter. Nichts bewegt sich. Was bedeutet das? Hat jemand die Tür geschlossen, ohne zu ahnen, dass sie hier drin ist?

Oder – bei diesem Gedanken wird ihr ganz heiß – hat sie jemand absichtlich eingesperrt? Nein, das kann nicht sein. Wer sollte so etwas tun? Das ist ganz unmöglich.

Mit aller Kraft stemmt sie sich gegen die Tür und hofft, dass sie vielleicht nur klemmt. Dann rüttelt sie daran, doch wie sehr sie sich auch abmüht, sie gibt keinen Zentimeter nach.

Ruhig, sagt sie sich. Boogie kommt gleich. Er wird alles richten. Noch nie hat er sie versetzt. Er ist die Zuverlässigkeit in Person.

Mit klopfendem Herzen bleibt sie stehen und lauscht. Unangenehm wird sie sich der stetig aufsteigenden Gärdämpfe bewusst. Das Wasser blubbert fortwährend in den Gäreinsätzen. Die Orgelpfeifen spielen weiter ihre dissonanten Klänge. Sie versucht, flach zu atmen, weil sie sich an Fälle erinnert, dass Menschen durch das Einatmen von Gärgasen erstickt sind.

Die Zeit verstreicht. Das Warten kommt ihr endlos vor. Sie kann kaum einschätzen, wie lange sie sich bereits in diesem Keller aufhält. Vom Boden steigt Kälte auf. Sie beginnt zu frieren. Zwar trägt sie die gefütterte Jacke über dem Strickpullover, aber die Strumpfhose unter dem bunt gemusterten Flatterrock ist dünn, ebenso wie die Sohlen der Stiefeletten. Unruhig läuft sie wieder nach hinten, um dort ein paar tiefe Atemzüge zu nehmen, doch die Dunkelheit macht ihr Angst.

Langsam wird ihr das Ganze unheimlich. In ihrem Kopf wirbeln tausend Gedanken durcheinander wie umherirrende Schafe. Sie ruft laut um Hilfe, obwohl sie weiß, dass niemand sie hören kann. Wenn die Person, die vorhin hier unten war, auch die vorderen Klappen geschlossen hat, trennen sie zwei Türen und eine steile Treppe dazwischen von der Außenwelt.

Wie wild beginnt sie gegen das Holz zu trommeln, ihre Zähne klappern, sie zittert am ganzen Körper. Die Knöchel beginnen zu schmerzen und scheuern auf, doch sie will nicht aufgeben. Nochmals ruft sie laut um Hilfe. Vielleicht hört sie doch jemand da draußen.

Aber nichts geschieht.

Erschöpft lässt sie sich zu Boden sinken. Sie fühlt sich aus der Welt gedrängt und versteht nichts mehr. Was ist nur geschehen?

Kälte durchdringt ihren Körper, immer heftiger werdende Schauer rieseln über ihren Rücken. Das Engegefühl in ihrer Brust und der dumpfe Druck in ihrem Kopf verstärken sich von Minute zu Minute. Der Gärgeruch macht sie benommen und lässt ihren Blick verschwimmen. Tränen laufen ihr über die Wangen. Sie wagt kaum noch zu atmen, will die bösen Gedanken wegdrängen, die langsam überhandnehmen.

Denk an etwas Schönes, befiehlt sie sich und legt die Hand auf ihren kleinen Bauch. Mit einem Mal glaubt sie wie aus weiter Ferne Gitarrenklänge zu hören, dazu Boogies Stimme, wie er ihr Lied singt – das Lied von Mary Lou, die er so sehr liebt.

Boogie, wo bleibst du denn? Wieso bist du nicht hier?

Die Fässer und Gegenstände um sie herum sind nur noch als schwache Silhouetten zu erkennen. Die Augen drohen ihr zuzufallen. Nein, sie darf nicht einschlafen. Sie muss wach bleiben.

Noch einmal rafft sie sich auf. Hämmert kraftlos gegen die verriegelte Tür. Rutscht wieder herunter auf den kalten Lehmboden, wo sie sitzen bleibt. Sie kommt nicht mehr gegen das alles beherrschende Wattegefühl in ihrem Kopf an. Ein Gedanke, gegen den sie sich zu wehren versucht, nimmt immer konkretere Gestalt an.

Am Rande ihres Bewusstseins spürt sie, dass sie im Begriff ist, ihr Leben zu verlieren, wenn nicht bald etwas geschieht. Sie hat nicht ans Sterben gedacht. Wieso auch? Sie ist doch erst 19 Jahre alt. Was sie empfindet, ist kein Schmerz. Es ist etwas anderes, für das sie keine Worte hat. Sie weiß nur, es ist fremd und geheimnisvoll.

Wie im Nebel ziehen Gedankensplitter vorüber, die zu undeutlichen Bildfetzen werden und mit einem fernen Echo in ihrem Kopf zusammenfließen. Fragmente voller Glück, umhüllt von einem weichen goldgelben Schimmer. Eine kleine Familie. Vater. Mutter. Kind. Sie wandern durch sonnenbeschienene Weinberge. Liebevolle Hände schwingen das Kind in ihrer Mitte vor und zurück, heben es in die Luft. *Engelchen flieg …!* Der Himmel ist eine blaue Kuppel und spiegelt sich im Fluss tief unten. Himmelsblau und Flussblau vermischen sich. Es gibt keine Grenzen mehr … *über die Sieg. Über den Rhein …* Die Luft flirrt. Sie fühlt sich auf angenehme Weise aufgehoben. Schwerelos … *in den Himmel hinein.*

Noch einmal versucht sie, Atem zu holen. Für einen kurzen Moment beschleunigt sich ihr Pulsschlag, ein letzter verzweifelter Kampf gegen die Apathie, die ihren Körper längst im Griff hat. Immer dichter wird der Nebel in ihrem Kopf, drängt die Farbe aus den Bildern und die Klänge aus den Melodien. Alles verliert sich im Nichts.

Auf einmal sieht sie Lichtpunkte tanzen. Irgendwo in deren Mitte nimmt sie einen leuchtend hellen Fleck wahr wie einen Stern. Dann ist auch der Stern erloschen, und in ihrem Kopf ist nichts mehr als dunkle Stille.

SEPTEMBER 2013 – HAMMERSTEIN AM RHEIN

1

Über der spitzzackigen Silhouette der Fichtengruppe zogen Wolken, deren Farben zwischen Perlmutt und Weißgrau changierten, wie locker hingeworfene, am Rand verschmutze Muscheln. Dazwischen zeigte der Himmel ein wenig von seinem üblichen Blau, jedoch wurde das meiste von den schnell ziehenden Wolkenformationen verdeckt.

Helga wandte sich wieder dem Fotoalbum auf ihrem Schoß zu, blätterte die pergamentartigen, wie Spinnweben gemusterten Zwischenseiten um und betrachtete die einzelnen Bilder, deren Anblick ihr seit Jahren vertraut war. Bald war Mary Lous Geburtstag. 48 Jahre alt würde sie in diesem Jahr werden – wenn sie noch lebte. Wenn. Eine Antwort darauf wusste jedoch niemand. Dieser ziehende Schmerz in der Herzgegend, wenn sie an das rätselhafte Verschwinden ihrer Schwester vor fast 30 Jahren dachte, war nicht schwächer geworden, obwohl man immer sagte, die Zeit heile alle Wunden.

Seit diesem Novembertag im Jahr 1984 hatte sich ihr ganzes Leben verändert. Zwar hatte Helga gelernt – wie alle anderen Familienangehörigen auch – mit dem plötzlichen Verlust zu leben, doch nur allzu gern hätte sie eine Antwort auf all ihre drängenden Fragen gehabt. Jedes Mal, wenn sie fürchtete, dass die Erinnerung an die jüngere Schwester blasser zu werden drohte, ihr Gesicht nur noch ein Schemen ohne rechte Konturen war, holte sie das Fotoalbum hervor.

Wieder und wieder hatte sie sich die damaligen Ereignisse durch den Kopf gehen lassen, doch sie fand keine Antworten.

Was war passiert? Hatten sie Mary Lou nicht richtig gekannt? Helga hatte nie daran geglaubt, dass sie von zu Hause abgehauen war, vielleicht um in Holland eine Abtreibung machen zu lassen, wie man ihrer Familie lange Zeit hatte einreden wollen. Dann sei sie dort geblieben, um ein neues Leben anzufangen. Das war einfach absurd. Mary Lou hatte sich auf das Kind gefreut, sie wollte heiraten. Sie war nicht der Mensch, der einfach weglief, ohne irgendjemandem Bescheid zu geben und sich danach nie wieder zu melden.

Immerhin war es aber eine Variante, die ein Hoffen zuließ. Die andere mögliche Erklärung war, dass ihr jemand Gewalt angetan, sie entführt oder, im schlimmsten Fall, sie getötet und irgendwo verscharrt hatte, wo man sie niemals wieder finden würde. Diese Möglichkeit verbot sich Helga jedoch, in Details auszumalen.

Anfangs war sie hin und her gerissen gewesen zwischen Hoffen und Bangen. Hoffen darauf, dass Mary Lou eines Tages vor der Tür stehen würde, dass es eine Erklärung gab für das bisher Geschehene. Doch eine andere Stimme tief in ihr drin, die sie auf die Vergeblichkeit dieses Wunsches hinwies, überwog inzwischen. Trotzdem, das Leben an sich war voller Überraschungen, und solange keine Leiche gefunden war, bestand Hoffnung, wenn auch nur eine winzig kleine.

Wie ihre Schwester heute wohl aussah? Das hatte Helga sich schon oft gefragt. Ob sie immer noch so hübsch war wie damals? Oder ob man auch in ihrem Gesicht die Spuren des Älterwerdens fand? Helga lachte auf. Sicher hatte sie das Alter gezeichnet wie alle Menschen. Wieso sollte ausgerechnet ihre kleine Schwester davon verschont geblieben sein?

Helga betrachtete das Bild, auf dem Mary Lou besonders vorteilhaft aussah. Aufgenommen war es in einem

Fotostudio. Sicher, der Fotograf hatte hie und da etwas retuschiert und ein paar Linien weicher gezeichnet. Dennoch gab das Bild Mary Lou wieder, so wie sie Helga im Gedächtnis hatte.

Helga war immer der Meinung gewesen, dass ihre Schwester viel hübscher war als sie. Die kastanienbraunen langen Locken, die sie meist zum Pferdeschwanz gebunden trug, fielen ihr weich auf die Schultern. Helga hatte nie verstanden, weshalb sie ihre Sommersprossen zu bleichen versuchte. Mary Lou behauptete, es seien hässliche Flecken, die es auszumerzen galt, dabei verliehen doch gerade diese kleinen Unregelmäßigkeiten ihrem ansonsten perfekten Gesicht einen besonderen Reiz.

Das Faszinierendste an Mary Lou waren jedoch ihre leicht schräg stehenden braungrünen Augen, die ihrem Blick eine seltsame Mischung von Verwegenheit und Verträumtheit gaben.

Es war nicht zu leugnen: Verglichen mit Mary Lou, wirkte Helga eher gewöhnlich. Das hatte sie bereits als kleines Mädchen zu spüren bekommen. Mit dieser Tatsache hatte sie sich früh abgefunden, auch damit, dass die jungen Männer, die sie interessant fand, nur Blicke für ihre jüngere Schwester hatten. Sie wusste selbst, dass ihr hellbraunes dünnes Haar sie blass und farblos machte, ihre zu knollige Nase das schmale Gesicht dominierte, die Art, wie sie sich kleidete, bieder wirkte.

Mary Lou hatte stets exotisch anmutende Röcke, Blusen und Pullover bevorzugt. Je auffälliger, je lieber, das entsprach ihrem gesamten Wesen. Sie stand gern im Mittelpunkt. Ihr gefiel es, wenn die Männer sie mit diesen besonderen Blicken anschauten. Dass Helga neben Mary Lou einfach übersehen wurde, hatte ihr so manchen Stich versetzt, aber schließlich war sie von klein auf daran gewöhnt und sie hatte sich redlich darum bemüht, niemanden diese Gefühlsregungen merken zu lassen.

Inzwischen färbte Helga ihr Haar, zu sehr trat das Grau darin hervor und ließ sie älter aussehen als sie war. Die Sommersprossen – die sie mit ihrer Schwester gemein hatte – waren blasser geworden mit der Zeit. Auch hatte sie an Gewicht zugelegt. Das blieb nicht aus, wenn man jeden Tag herzhaft kochte. Edgar, ihr Mann, mochte ihre rundliche Figur. Das behauptete er jedenfalls. Doch er gab ihr eigentlich keinen Grund, am Wahrheitsgehalt seiner Aussage zu zweifeln. Sie führten eine ruhige, aber gute Ehe. Jedenfalls in Helgas Augen.

Sie schlug eine weitere Seite des Fotoalbums um. Erinnerte sich daran, wie die Geschwister früher herumgealbert hatten: Kannst du dir vorstellen, jemals alt zu sein? Nee, du? 50 Jahre – das war noch eine Ewigkeit hin. Teenager waren sie damals in diesem letzten gemeinsamen Sommer gewesen, 19 und 21 Jahre jung, an der Schwelle des Erwachsenenlebens.

Bis zu Mary Lous Verschwinden hatten sich die Schwestern ein Zimmer geteilt, das ebenerdig lag. Eine kleine Kostbarkeit war ein weinroter Dual-Plattenspieler, in dessen Deckel ein Lautsprecher eingebaut war. Das Gerät hatte Mary Lou sich von ihrem Gehalt als Arzthelferin gekauft, darauf spielte sie ihre Platten. Schwarze Vinylscheiben, auf die man vorsichtig die Diamantnadel auflegen musste, dann ertönte die Musik.

Mary Lou kannte die Texte der meisten Lieder auswendig und sang gern lauthals mit.

Wie oft war die Mutter dann ins Zimmer gekommen. »Nicht zu laut, ihr wisst doch, dass euer Vater schimpft!« Was Mary Lou dazu veranlasste, die Lautstärke nur minimal zu reduzieren.

Oftmals waren sie beide abends an den Wochenenden gemeinsam losgezogen. Heimlich, wenn die Eltern dachten, sie seien schon schlafen gegangen, kletterten sie aus dem Fenster und ließen den Flügel angelehnt, damit sie wieder unbemerkt zurück ins Haus kommen konnten. Dass das gefährlich war und eine Einladung für Einbrecher sein könnte, daran hatten sie nie gedacht. Jung und unbeschwert, wie sie waren, hatten sie alle Gefahren ausgeklammert. Und es war ja auch nie etwas passiert. Jedenfalls nichts, was Einbrecher betraf.

Sie waren eine normale Familie gewesen, der Vater war vielleicht ein wenig zu streng mit seinen Töchtern gewesen, während die Mutter stets versuchte, zwischen den Mädchen und ihrem Vater zu vermitteln, wenn er, was manchmal geschah, zu heftig reagierte. Das war immer dann der Fall, wenn er zu viel getrunken hatte und seine Kumpel ihn in der Kneipe ordentlich aufhetzten. Sie wussten genau um seine Schwachstellen und kannten keine Gnade, wenn es darum ging, Salz in Wunden zu streuen. Oskar Schönborn wollte seine Töchter so lange wie möglich zu Hause behalten, sie vor den Männern schützen – und darauf ritten seine Kumpels gern herum.

»Oskar, ich hab deine Mädels gesehen. Die gehen ja ordentlich ran, besonders deine Kleine, die Marie Louise, die ist vielleicht ein heißer Feger. Auf die solltest du besser aufpassen.«

Helga konnte sich gut vorstellen, wie die Stimmung in der Kneipe immer hitziger wurde durch den Bierkonsum und das ständige Sprücheklopfen der sogenannten Freunde ihres Vaters. Sie stachelten sich gegenseitig an, jeder versuchte, den anderen zu übertreffen, solange, bis ihr Vater alles für bare Münze hielt und wutentbrannt nach Hause rannte, um seine Töchter lautstark zur Rede zu stellen.

Wenn er so in seinem Wahn war, war er keinem rationalen Argument zugänglich. Und Mutter hockte jedes Mal zitternd in der Ecke und traute sich kaum, etwas zu sagen, auch weil es in solchen Situationen vorkommen konnte, dass er handgreiflich wurde. Einmal hatte ihre Mutter es gewagt, sich zwischen die Mädchen und ihren Vater zu stellen, weil sie die Anschuldigungen für vollkommen absurd hielt und sie ihrem Mann klarmachen wollte, dass an den Lügenmärchen seiner Kumpels nichts dran war, aber auch gar nichts. Das Resultat war verheerend.

Aber auch in nüchternem Zustand hatte Oskar Schönborn an jedem jungen Mann etwas auszusetzen, der sich seinen Töchtern auch nur näherte. »Tanzen gehen? Kommt gar nicht infrage, ihr seid viel zu jung!«, war seine stereotype Antwort. Da nutzte es auch nichts, ihn darauf hinzuweisen, dass man in ihrem Alter überhaupt nicht mehr um Erlaubnis bitten müsse, da könne man selbst entscheiden, ob man ausging und wie lange man wegblieb.

»Solange ihr eure Füße unter meinem Tisch ausstreckt, wird gemacht, was ich sage.« Sein Lieblingsspruch, den er auch ihrem jüngeren Bruder Reinhard gegenüber äußerte, der aber wiederum von bestimmten Freiheiten profitierte, um die die Mädchen hart hatten kämpfen müssen.

Helga dachte daran, wie oft Mary Lou davon gesprochen hatte, dass sie so schnell wie möglich weg von zu Hause wollte. »Ich halte das nicht mehr lange aus«, hatte sie Helga zugeflüstert, wenn es mal wieder Krach gab und Vater seinen Zorn an ihr ausließ, indem er sie mit schlimmen Bezeichnungen bedachte. »Ich will weg von hier. Einfach nur weg. Und mir von niemandem mehr reinreden lassen. Von niemandem, hörst du?«

Diese Worte klangen Helga jedes Mal im Ohr, wenn sie an Mary Lous plötzliches Verschwinden dachte, und nährten die kleine Hoffnung ein wenig, dass sie tatsächlich nur weggelaufen war, um woanders ein neues Leben anzufangen.

Die Fronten hatten sich weiter verhärtet, je älter Mary Lou wurde. Schließlich kam nach heftigen Wortgefechten die Zeit, dass sie kein Wort mehr mit ihrem Vater sprach und nur noch eisiges Schweigen zwischen den beiden herrschte, was sich besonders unangenehm auswirkte, wenn die Familie gemeinsam beim Essen saß. Die Mutter bat sie stets, doch einzulenken. Aber Mary Lou blieb stur. Eine Eigenschaft, die sie durchaus von ihrem Vater geerbt hatte. Für alle war offensichtlich, dass beide, sowohl Mary Lou als auch ihr Vater, unter dieser angespannten Situation litten, aber niemand machte den ersten Schritt zur Versöhnung. Bis es zu dieser hässlichen Szene kurz vor ihrem Verschwinden kam.

Helga blätterte weiter und betrachtete ein Foto aus dem Sommer 1984. Ihr letzter gemeinsamer Sommer. Zwei Mädchen mit wehenden langen Haaren, die lachend in die Kamera sahen. Reinhard hatte fotografiert. Am Bildrand war der kleine Mischlingshund zu erkennen, Asta. Mary Lous weißer Pudel, um den sie sich liebevoll kümmerte. Das Tier hatte sehr getrauert damals, als sein Frauchen verschwunden war. Es hatte herzzerreißend gefiept und gewinselt, bis der Vater ihm zum Entsetzen aller einen Tritt versetzt hatte.

Einen Ausflug zur Brombeerschenke hatten die drei Geschwister damals gemacht. Sie erinnerte sich, dass es einer der wenigen schönen Tage in einem vollkommen verregneten Sommer war. Sie hatten draußen auf der Terrasse gesessen und konnten sich nicht entscheiden, welche der angebotenen Brombeerspezialitäten sie essen sollten, so vielfältig war das Angebot. Schließlich hatten sie sich alle drei für den Brombeerkuchen entschieden. Nie wieder war Helga seit Mary Lous Verschwinden dort gewesen, obwohl das hoch über den Rheinhöhen gelegene Restaurant zu einem der schönsten Ausflugsziele der Umgebung zählte. Sie seufzte. Vielleicht sollte sie mal wieder dorthin wandern. Zusammen mit ihren Enkeln einen Ausflug machen. Schließlich tat sie Mary Lou keinen Gefallen, wenn sie diesen Ort mied, an dem sie damals so viel Spaß hatten.

Reinhard hatte das Foto mit seiner guten Kamera aufgenommen. Ihr jüngerer Bruder war der Fotograf der Familie, der bei jeder sich bietenden Gelegenheit Bilder schoss. Um die Fotos entwickeln zu können, hatte er sich im Keller ihres Elternhauses eine Dunkelkammer eingerichtet.

Reinhard war ein ewiger Junggeselle geblieben. Sie konnte sich nicht erinnern, dass er jemals eine Freundin hatte. Er lebte noch immer bei der Mutter in seinem Jugendzimmer, dessen Einrichtung er nicht wesentlich verändert hatte. Auch heute noch fotografierte er gern, inzwischen mehr mit einer modernen Digitalkamera. Aus den früheren Zeiten stapelten sich in einem Kellerraum Unmengen an Bildern in Schuhkartons und Pappschachteln. Vielleicht sollte ich die Fotos einmal durchsehen, dachte Helga. Sicher finden sich da einige Schätze, an die niemand mehr denkt. Nachdem Mary Lou verschwunden war, hatte sie aufgehört, Fotos ins Album zu kleben.

Noch ein Jahr. Dann war der Fall für die Polizei erledigt. Das hatte ihr ein Polizist kürzlich erklärt, als sie nachfragte, ob man ihre Schwester denn ganz vergessen habe. Der Fall sei doch immer noch nicht aufgeklärt.

»Nach 30 Jahren werden die Akten von Vermissten vernichtet. Tut mir leid. Aber so lautet die Vorschrift.«

Sie hatte es nicht fassen können! Was für eine Welt. Von Anfang an war die Polizei davon ausgegangen, Mary Lou sei aus freien Stücken weggegangen. Abgehauen, wie das eben viele Jugendliche taten.

»Sie werden sehen, bald steht sie wieder vor Ihrer Tür.« Noch immer hatte sie die Stimme des Polizisten im Ohr. »Spätestens, wenn sie merkt, dass es zu Hause doch nicht so schlecht war und es mit der angeblichen Freiheit nicht allzu weit her ist. Sie glauben gar nicht, wie oft wir das erleben.« Aber Mary Lou kam nicht wieder, und niemand hatte eine plausible Erklärung dafür, was passiert war.

Dass etwas passiert sein musste, wurde allen spätestens klar, als dieser Anruf kam. Helga hatte den Hörer abgenommen, als ein Mann mit einem fremd klingenden Akzent etwas sagte, das sie nicht sofort verstand. Der Mann, der sprach wie einer der polnischen Saisonarbeiter, die auf den Weinbergen ringsum regelmäßig aushalfen, stammelte etwas von »Keine Polizei«, »Geld« und »Amsterdam«. Und dass er sich wieder melden würde.

Aber er hatte sich nicht mehr gemeldet. Natürlich hatte sie der Polizei sofort von diesem Anruf berichtet, jedoch sämtliche Nachforschungen waren ergebnislos geblieben.

»Oma, ich hab Durst.«

Ihr Enkel Max war zur Tür hereingekommen. Er mochte es, früh am Morgen rauszugehen auf die Schaukel und auf die Rutsche, die Edgar im Garten für ihn und seine kleine Schwester aufgestellt hatte. Max' Gesichtchen war von Röte überzogen, er war total verschwitzt, die dunklen Locken hingen ihm feucht und wirr ins Gesicht.

Sie lächelte nachsichtig. Ein kleiner Rabauke, der seiner Mutter, ihrer Tochter, schon manchen Nerv geraubt hatte, weil er gar so wuselig war. Eigentlich müsste er dringend zum Friseur, aber Jennifer hatte für solche Nebensächlichkeiten mal wieder keine Zeit. Also würde Helga selbst bald zur Schere greifen müssen, bevor der kleine Kerl gar nicht mehr aus den Augen sehen konnte. Sie stand auf und nahm eine Flasche Traubensaft aus dem Kühlschrank, goss ein halbes Glas voll und füllte es mit Mineralwasser auf. Traubensaftschorle war Max' Lieblingsgetränk. Sofort nahm er das Glas und stürzte den gesamten Inhalt hinunter.

»Nicht so schnell«, wollte sie mahnen, doch es war bereits zu spät.

»Noch!«, bat er, leckte sich über die Lippen und stellte das leere Glas auf den Tisch. Lächelnd goss sie nach. Ihr hatte man als Kind verboten, zu viel zu trinken. Heute wusste man, wie wichtig ausreichend Flüssigkeit für den Körper war. Vielleicht hatte man das ja damals auch schon gewusst, aber diese Erkenntnis war nicht bei ihren Eltern angekommen.

Die Wolkendecke draußen war aufgerissen und hatte einem milchigblauen Himmel Platz gemacht, der von der Sonne beleuchtet wurde. Ein mildes Licht, das sie besonders mochte, weil von ihm Ruhe und Wärme ausging.

Max trat an ihre Seite und schmiegte sich an sie. Sie umarmte das Kind, beugte sich zu ihm hinab und sog seinen Duft ein, diesen süßen kindlichen Geruch, dem noch so gar nichts von verschwitzter Männlichkeit anhaftete. Neugierig betrachtete er das aufgeschlagene Album. »Was machst du, Oma? Guckst du Bilder?«

Sie nickte. »Fotos von früher.«

»Wer ist denn da drauf?«

»Mary Lou und Onkel Reinhard und ich.«

»Mama nicht?«

»Deine Mama war damals noch gar nicht auf der Welt. Die ist erst später geboren.«

»Da war Tante Mary Lou schon weg, ich weiß.« Das klang ein wenig altklug. Er sah sie treuherzig an. »Kann die mich nicht leiden?«

»Ach, mein Kleiner.« Helga drückte ihren Enkel an sich. »Sie wäre sicher stolz auf so einen tollen Neffen wie dich.«

»Und warum kommt sie mich nicht besuchen?« Seine Augen waren weit aufgerissenen. Ein kindlich-neugieriger Blick.

»Weil wir nicht wissen, wo sie ist.« Helga seufzte. »Eines Tages war sie einfach verschwunden.«

»Habt ihr denn nicht nach ihr gesucht?«

»Doch. Du glaubst gar nicht, wie sehr wir nach ihr gesucht haben. Wir, die Familie und ganz viele Helfer.«

Doch das war erst ein paar Tage später gewesen. Noch heute plagten Helga deshalb Schuldgefühle, weil sie sich viel zu spät eingestanden hatte, dass etwas Schlimmes mit ihrer Schwester vorgefallen sein musste.

»Mary Lou ist noch nicht da«, hatte die Mutter mit leicht hysterischer Stimme gesagt, als Helga an diesem verhängnisvollen Mittwoch von der Arbeit kam. »Sie müsste längst zu Hause sein. Weißt du etwas?«

Helga hatte genervt die Augen verdreht. Immer diese Kontrollsucht. Sie und ihre Schwester waren schließlich beide volljährig. Wieso musste man bloß in dieser Familie über jeden Schritt Rechenschaft ablegen? Und dann kam auch schon gleich der nur allzu bekannte Satz, den Helga nicht mehr hören konnte: »Was mach ich nur, wenn Vater nach Hause kommt, und sie ist immer noch nicht da?«

Auch das war typisch. Mutter machte sich eigentlich keine Sorgen um ihre Tochter, sondern nur um die Reaktion ihres Mannes, der seine Brut im Griff haben wollte. Manchmal hasste sie ihre Mutter für deren Unterwürfigkeit. Sie wusste doch selbst, dass es einmal mehr einen lautstarken Krach zwischen Vater und Mary Lou gegeben hatte und seitdem zwischen den beiden Funkstille herrschte. Die Türen hatten mächtig geknallt, und wahrscheinlich war ihm auch wieder die Hand ausgerutscht, wie so oft in letzter Zeit. »Ich schlag dich tot, du Luder!«, hatte er so laut geschrien, dass es durchs ganze Haus hallte.

Danach war Mary Lou schluchzend in ihr Zimmer gekommen und hatte sich in ihrem Bett verkrochen.

»Hast du ihm gesagt, dass du schwanger bist?«, hatte Helga beklommen ins Dunkel gefragt. »War er deshalb so wütend?« Doch auf diese Frage hatte sie keine Antwort mehr bekommen. Weder an diesem Abend noch später.

»Und ihr habt sie nicht gefunden?«, hörte Helga die Stimme ihres Enkels.

Sie schüttelte den Kopf. »Nein, wir haben Mary Lou nicht gefunden.«

2

Draußen, im hellen Sonnenlicht, flog die Welt im Eiltempo vorüber. Gesine bemühte sich, die vorbeirauschenden Landschaftsbilder einzufangen und festzuhalten, was ihr nur für sekundenkurze Bruchteile gelang. Entlang der Bahnlinie fokussierte sie hauptsächlich Gebüsch, das kurz auftauchte und wieder verschwand. Dahinter reihten sich weitläufige Pferdekoppeln an norddeutsche Bauerngehöfte aus rotbraunem Klinker, Baumreihen verdichteten sich zu Laubwäldchen, deren Blätter sich sanft zu färben begannen.

Sie war allein im Abteil des IC nach Köln.

In Norddeich Mole war sie in den Zug eingestiegen, nachdem sie mit der Fähre von ihrer Heimatinsel Juist übergesetzt war. Noch immer hallten die Klänge des Akkordeonstücks *Biscaya* in ihren Ohren, mit dem die Feriengäste von der Insel verabschiedet werden. Eine Melodie, in die die Schwingungen des Meeres und der Klang der Wellen eingefangen sind, die wie keine andere Sehnsucht ausdrückt, wie sie fand. Sehnsucht nach dem Anderswo, der Ferne, dem Ich-weiß-nicht-was.

Nun war Gesine der Sehnsucht gefolgt, aber was sie an ihrem Ziel erwartete, konnte sie nicht so recht einschätzen.

Auf ihrem Schoß lag eine Zeitschrift, in die sie bis jetzt noch nicht hineingeschaut hatte. Den Titel schmückte eine verträumt aussehende, junge weibliche Schönheit mit flatterndem Haar. »Wie Sie die Liebe Ihres Lebens finden«, lautete einer der Leitartikel, der ihr ins Auge gesprungen war und sie zum Kauf animierte. Dabei hatte sie bereits die Liebe ihres Lebens gefunden …

Zu Hause auf Juist war sie sich dessen sicher gewesen. Die letzten Tage vor der Abreise waren ihr schier unerträglich geworden, auf fast schmerzhafte Weise verlangten ihr Körper und ihre Seele danach, so schnell wie möglich bei ihrem Liebsten zu sein, ihn zu spüren, sich seiner Gegenwart zu vergewissern. Doch je weiter sie sich aus ihren vertrauten Sphären entfernte, umso unsicherer wurde sie.

Wie Leonhard sie wohl in seinem Heimatort aufnehmen würde? Ob er ihr in Gegenwart seiner Eltern zurückhaltender begegnen würde als auf Juist, wo sie über weite Strecken vollkommen allein und unbeobachtet miteinander Zeit verbringen konnten? Eine Urlaubssituation war nun einmal ein vollkommen anderer Zustand als der tägliche Alltagstrott, bei dem die Arbeit im Vordergrund stand.

Wie würden seine Eltern auf sie reagieren? Charlotte und Rudolf Freyung kannte sie nur aus Leonhards Erzählungen und aus ein paar gemailten Familienfotos. Wiederholt hatte Leonhard Gesine versichert, dass alle sich auf ihren Besuch freuten: Er, seine Eltern, seine Schwester Franzi und selbstverständlich auch die Großeltern, die in einer separaten Wohnung auf dem Weingut lebten. Alle ließen Grüße bestellen.

Gesine versuchte, den Kloß, den sie immer deutlicher in ihrem Hals spürte, hinunterzuschlucken. Immer konkreter bildete sich eine einzige bange Frage in ihrem Kopf, die vollkommen von ihrem Denken Besitz nahm: Was, wenn ich die Erwartungshaltung nicht erfüllen kann, weder die von Leonhard selbst noch die von seinen Eltern? Dazu gesellte sich die Befürchtung: Was, wenn alles ganz anders ist, als ich mir das vorstelle?

Die Tür ging auf, eine freundliche Schaffnerin wollte ihre Fahrkarte sehen. Dann wurde die Tür wieder zugeschoben.

Gesine sah auf die Uhr. Etwa ein Drittel des Weges lag jetzt hinter ihr.

Sie lehnte sich zurück, schloss die Augen und dachte daran, wie sie Leonhard kennengelernt hatte. Er war nach Juist gekommen, wo er mit seinem Weinsortiment einen neuen Kundenkreis gewinnen wollte. Den dortigen Hoteliers stellte er die Weine des familienbetriebenen Weinguts am Mittelrhein vor, so auch Gesines Eltern, die auf der Insel ein kleines Hotel betrieben. Die Nordseeinsel mit ihren Tausenden Touristen pro Sommer betrachtete er als eine lukrative Region, zusammen mit den Nachbarinseln Norderney und Borkum, die er ebenfalls besuchte.

Sein souveränes und selbstbewusstes Auftreten hatte ihr von Anfang an imponiert. Er machte deutlich, dass er dem Trend entgegen wirken wolle, Billigweine aus dem Discounter zu kaufen, die mit ihren Dumping-Wettbewerben die Preisspirale immer weiter nach unten trieben. Das sei Massenware, an der so lange herummanipuliert werde, bis sie einigermaßen schmecke. Er dagegen setze auf Qualität, auf ein Know-how, das auf eine lange Tradition zurückblicken konnte und das es stetig weiter zu entwickeln galt.

»Besonders in Zeiten von Genmanipulation und Food Design ist die authentische Kunst des Winzers gefragt, die die Komplexität des Weins herausarbeitet. Wir achten darauf, der Eigendynamik der natürlichen Reifeprozesse genügend Raum zu lassen«, hatte er erklärt. »Das nennen wir ›Terroir‹. Ein Begriff, der sich auf den besonderen Charakter des Weines bezieht. Wenn der Winzer dem Wein seine Eigenheiten lässt, kann man seine Herkunft schmecken. Insofern kann man sagen, dass der Wein ein geschmackliches Spiegelbild der Region ist, in der er gewachsen ist.«

Bei der Präsentation seiner Weine gab Leonhard kurzweilige Geschichten zum Besten. Er erzählte von den Römern, die einst die Trauben an den Rhein brachten, ein seit jeher begehrtes Handelsgut. Auf humorige Weise berichtete er davon, dass Wein schon immer als ein Getränk der Götter angesehen wurde, und dass kein anderes Getränk so oft in der Bibel erwähnt worden sei.

»Wein ist ein Kulturgut und aus unserem Leben nicht mehr wegzudenken. Das erkennen Sie beispielsweise auch an der Tatsache, dass noch heute in den Kirchen Messwein ausgeschenkt wird, allerdings nicht immer die beste Qualität, wie ich einräumen muss. Jedoch ist die stärkende und heilende Wirkung des Weins unbestritten, und dies schon seit der Antike. In Wein getauchtes Brot galt als gutes Frühstück, und die Ärzte empfahlen zur Erhaltung der Gesundheit mindestens zweimal im Monat einen ordentlichen Rausch. Nicht die schlechteste Empfehlung«, wie er schmunzelnd erklärte. Einer neueren Studie zufolge könnten Weintrinker klarer denken. Dies hätten sogenannte Kognitionstests bewiesen, bei denen Weintrinker deutlich besser abschnitten als diejenigen, die Schnaps oder Bier oder auch gar keinen Alkohol tranken.

Seine Ausführungen, die nie todernst, sondern immer von einem Quäntchen Humor begleitet waren, fesselten die Zuhörer wesentlich mehr als die trickreichen Wortspiele von der eleganten Frische und vom harmonischen Abgang oder sonstigen blumigen Beschreibungen, wie sie üblicherweise von Vertretern seines Gewerbes zum Besten gegeben wurden. Beurteilungen, die Gesine nie hatte nachvollziehen können und die ihrer Meinung nach mehr Illusionen vorgaukelten, als tatsächlich aus den Weinen herauszuschmecken war.

Er schenkte einen Riesling ein – den besten des Weinguts Freyung, wie er betonte – und hob sein Glas hoch. »Wein genießt man mit allen Sinnen«, sagte er. »Man kann ihn sehen«, er schwenkte das Glas auf Augenhöhe. »Man kann ihn riechen und schmecken. Nur hören kann man ihn nicht. Das ist der Grund, weshalb man miteinander anstößt. Prost.«

Alle hatten ein Lächeln auf den Lippen, als die Gläser klangen.

Nicht nur Gesine, auch ihr Vater war sichtlich beeindruckt von Leonhards Präsentation und natürlich auch vom Geschmack der Rheinweine, sodass er mehrere Kisten des Weinguts Freyung aus Leutesdorf orderte.

Von diesem Ort hatte Gesine noch nie gehört, obwohl er, wie Leonhard sagte, das älteste und größte Weindorf im unteren Mittelrheintal sei. Der Bildband, den er ihrer Familie vorlegte, zeigte eine verträumte Ortschaft direkt am Ufer des Rheins gelegen, umgeben von steil ansteigenden Rebenhängen, die zum Rheinischen Schiefergebirge gehörten. Alles wirkte anheimelnd und einladend. Schmale Fachwerkhäuschen schmiegten sich aneinander, umgeben von efeubewachsenen Gartenmauern aus Bruchstein, es gab ein altes Kloster, und das Weingut Freyung, eines der ältesten Weingüter in Leutesdorf, war ebenfalls abgebildet.

Später, als alle noch ein wenig beisammensaßen, hatte Gesine an seinen Lippen gehangen. Er berichtete von seinem Heimatort, in dessen Kirche eine Stumm-Orgel stand, ein sehr wertvolles Instrument aus der Barockzeit. Seine Großmutter, die in früheren Jahren Organistin gewesen sei, habe dieses Instrument mit Leidenschaft bespielt, aber diese Zeiten seien natürlich vorbei. Inzwischen sei sie hauptsächlich mit der Pflege des kränkelnden Großvaters beschäftigt.

»In unserer Familie sind eigentlich alle musikalisch. Mein Vater hat in seiner Jugend in einer Band gespielt. Meine Schwester spielt Saxophon, nur ich habe von diesen Genen nichts abbekommen«, hatte Leonhard lachend erklärt. »Als ich anfing, auf einer Blockflöte herumzutröten, hat sich der Lehrer die Ohren zugehalten. Das war's dann für mich mit der Musik.«

Wenn er von seiner rheinischen Heimat erzählte und von seiner Familie, konnte Gesine die Verbundenheit spüren, sein Zugehörigkeitsgefühl zu diesem Stück Erde und auch die Begeisterung für den Winzerberuf.

Sie hatte durchaus gemerkt, dass er während seines Vortrags öfter ihren Blick gesucht hatte, was sich bei dem geselligen Beisammensein danach verstärkte. Sie fand ihn gut aussehend mit seinen kurz geschnittenen braunen Haaren und den hellbraunen Augen. Auch hatte ihr sein Lächeln gefallen, bei dem er eine Reihe gerader, gepflegter Zähne zeigte.

Gesine war immer neugieriger geworden. Auf den Wein, aber noch mehr auf den charmanten jungen Mann, der ihr geduldig die Unterschiede zwischen Riesling und Grauburgunder erklärte, während sie mit jedem Glas, das sie kostete, ein wenig mehr in Weinseligkeitslaune kam. Irgendwann zu späterer Stunde hatten sie beide allein im Restaurant gesessen und sich tief in die Augen gesehen. Als seine Hand wie zufällig die ihre berührte, spürte sie einen regelrechten Funkenschlag. Bereits an diesem ersten Abend hatte sie geahnt, dass diese Begegnung richtungweisend für ihre Zukunft war.

Die Räder des Zuges ratterten gleichmäßig über die Schienen. Die Sonne produzierte ein irritierendes Helldunkel-Geklimper. Gesine ließ den Blick wieder nach draußen schweifen, auf die vorüberziehende Landschaft, wo sie Hochspannungsmasten ausmachte, deren Leitungen die Welt miteinander verbanden. Abgeerntete Felder wechselten sich ab mit sattgrünen Wiesen, denen der kürzlich gefallene Regen offenbar gut getan hatte.

Nun verlangsamte der Zug sein Tempo und fuhr in Lingen ein, wo er sich nach kurzem Halten wieder in Bewegung setzte. Eine Birkenallee säumte den Bahndamm, deren markante schwarz-silberne Baumstämme an die gefleckten Felle von Dalmatinern erinnerten.

Unwillkürlich dachte sie daran, was ihre Eltern jetzt taten in diesem Augenblick. Wahrscheinlich deckte die

Mutter den Mittagstisch für die Hotelgäste ein – viele waren es um diese Jahreszeit nicht mehr, die Saison auf der Insel ging langsam dem Ende zu – und der Vater war wie jeden Morgen mit Einkäufen oder sonstigen Besorgungen beschäftigt.

Ihren Eltern war nicht verborgen geblieben, was sich zwischen den beiden jungen Menschen entwickelte. Ernst genommen hatten sie die Liebelei zunächst nicht, wie sie ihr später gestanden, als Leonhard abgereist war. Leutesdorf am Rhein war nicht nur Festland, sondern sehr weit von Juist entfernt. Irgendwann würde das aufhören, hatten sie geglaubt. Aus den Augen, aus dem Sinn. Doch Gesine wusste es besser.

Die paar Tage, die Leonhard und sie miteinander verbracht hatten, schienen beiden äußerst kostbar. Sie weihte ihn in die Besonderheiten von *Töwerland* ein, wie die Juister ihre Insel nennen, was nichts anderes heißt als *Zauberland*, was im Zusammensein mit Leonhard eine vollkommen neue Bedeutung erhielt.

Im *Lüttje Teehuus* bestellten sie Waffeln mit heißen Kirschen, dazu Ostfriesentee, wobei sie ihm erklärte, wie man diesen stilecht trinkt: Erst kommen ein paar Kluntje in die Tasse, dann der Tee darüber. Dabei muss man auf die knackenden Geräusche achten, wenn der Kandis birst – ein Tröpfchen Sahne gibt dem Ganzen den gewissen Pfiff, aber man darf niemals umrühren.

Barfuß waren sie durchs Wattenmeer gestapft, die Beine bis zu den Knien mit grauem Schlick beschmiert. Den Krebsen und den Wattläufern hatten sie zugeschaut, wie sie vor ihnen flüchteten. Immer weiter waren sie hinausgewandert, Hand in Hand, dicht aneinandergeschmiegt, begleitet vom Geschrei der Möwen. Bis sie zur Rückkehr mahnte, weil die Flut kam. Als echtes Friesenmädchen hatte sie ein ausgeprägtes Gefühl für die Gezeiten entwickelt.

Leonhard überließ sich gerne ihrer kundigen Führung. Sie hatte ihm berichtet, wie oft Touristen die Schnelligkeit unterschätzten, in der sich das Meer das Land zurückholte. Weil zuerst nur die Priele vollliefen, war leicht zu übersehen, wie schnell das Wasser den Weg zum Strand abschneiden konnte. Wenn man dann lediglich mit nassen Klamotten zurückkam, hatte man Glück gehabt. Es kam jedoch auch immer wieder zu Todesfällen, weil Menschen sich nicht mehr retten konnten und ertranken.

Am schönsten in Erinnerung geblieben waren ihr die abendlichen Strandspaziergänge um das Billriff. Dort, wo die Insel zu Ende war, schienen sie vollkommen allein auf der Welt. Irgendwo zwischen Dünen und Strandgras ließen sie sich nieder, sahen eine Weile dem Spiel der Wellen zu, saßen einfach da, eng aneinandergekuschelt. Jedes Mal, wenn sie ihn ansah, platzte sie fast vor Stolz, dass dieser Mann ihr zugetan war, dass er aus all den schönen Frauen und Mädchen, die es auf dieser Welt gab, ausgerechnet sie, Gesine, ausgewählt hatte.

Wenn er sich dann zu ihr hinbeugte, sein Atem ihr Gesicht streifte und sie in seinen Augen diese Zärtlichkeit erkannte, die ihr allein galt, begann ihr Herz zu vibrieren. Sie hätte alles gegeben, diese magischen Momente festzuhalten, wenn sie das Spiel ihrer Zungen äußerst intensiv empfand, kleine Stromstöße, die bis in die äußersten Nervenenden drangen. Die Zärtlichkeit seiner Hände auf ihrer Haut schien Spuren zu hinterlassen wie sein gesamter warmer Körper, der sich immer enger an den ihren drängte und schließlich in diesem wunderbaren Gefühl der Verschmelzung endete, eins zu sein mit dem Mann, den sie für immer behalten wollte.

Nachdem er abgereist war, hatte sie sich bisweilen wie amputiert gefühlt. Oft hatte sie sich gefragt, ob Leonhard in seinem Zuhause ebenfalls am Morgen so traurig erwachte wie sie, weil er allein in seinem Bett lag und seine Liebste sehr weit weg war. Ob er wie sie diese ziehende Sehnsucht verspürte, wenn er in seinen Erinnerungen all das nochmals durchlebte, das sie miteinander geteilt hatten.

Zum Abschied hatte ihr Leonhard ein Silberkettchen mit einem Bernsteinanhänger geschenkt, orangebraun mit dunklen Einsprengseln, von dem er behauptete, er habe genau die Farbe ihrer Augen.

»Der Stein soll dich immer an mich erinnern, aber vor allem soll er dir Glück bringen«, hatte er ihr ins Ohr geflüstert, als er ihr die Kette um den Hals legte. Sie hatte geantwortet: »Uns, Leonhard. Uns soll er Glück bringen.«

Nach seiner Abreise hatten sie jeden Tag gemailt, gesimst oder miteinander telefoniert. Sie beschworen in immer neuen Worten ihre Erinnerungen herauf, die sie miteinander teilten, ergötzten sich an den kleinen Weißt-du-nochs und nahmen Anteil am Leben des anderen.

Dann hatten sie Skype entdeckt, via Webcam miteinander kommuniziert und sich dabei angesehen. Ein paar nette Worte kurz nach dem Aufstehen oder vor dem Schlafengehen versüßten Gesine den Tag und versetzten sie in diesen angenehmen Schwebezustand, von dem sie sich wünschte, dass er noch lange anhielt.

Ich denk an dich. Ich wünschte, du wärst jetzt bei mir. Ich schick dir viele Küsse. Und immer wieder: *Ich liebe dich. So sehr, dass es wehtut. Ich möchte bei dir sein. Jetzt, in dieser Sekunde, an diesem Tag …*

Auch wenn einige Hundert Kilometer zwischen ihnen lagen, konnten sie auf diese Weise das Gefühl der Nähe und Vertrautheit aufrechterhalten, und der Wunsch, sich baldmöglichst wiederzusehen, war immer drängender geworden. Noch ein zweites Mal in diesem Sommer war Leonhard für ein verlängertes Wochenende nach Juist gekommen. Diese sonnendurchfluteten Tage hatten beiden bestätigt, dass ihre Zuneigung gewachsen und keineswegs schwächer geworden war. Alles war wieder genauso schön wie bei ihren ersten Begegnungen und genauso intensiv. Beim zweiten Abschied hatte er ihr ins Ohr geflüstert, dass sie nun an der Reihe sei, ihm und seiner Familie einen Besuch abzustatten. Und dass sie damit nicht allzu lange warten solle.

Gesines Mutter hatte ihre Tochter darin unterstützt, an den Rhein zu fahren. Sie fand es gut, ein wenig fremde Luft zu schnuppern und sich in der Welt umzusehen – etwas, das sie sich selbst viel zu wenig gegönnt hatte. Gesines Vater jedoch hatte sie argwöhnisch beäugt. »Aber dass du mir ja wiederkommst!«, hatte er ihr halb im Scherz, halb ernsthaft gedroht.

Nun war der Zeitpunkt gekommen. Sie war unterwegs in Richtung Rheinland. Plötzlich überfielen sie die nagenden Zweifel, die latent in ihrem Hinterkopf gelauert hatten, mit Macht und drohten, all die schönen Gefühle der Vorfreude beiseitezudrängen. Was, wenn Leonhard und sie sich ihre Liebe doch nur eingebildet hatten und alles eine Illusion war? Einfach eine Sommerliebe, zwar wunderschön, aber mit Ablaufdatum? Was, wenn alles ganz anders war, als sie sich das vorstellte nach der relativ langen Trennung? Vielleicht war ihre Liebe solcherart, dass sie nur an der Nordsee funktionierte, nicht aber im Alltag des Winzerlebens, das, wie sie wusste, mit viel Arbeit und wenig Freizeit verbunden war.

Nein, das kann gar nicht sein, versuchte sie sich zu beruhigen. Es war doch alles so intensiv. Das kann nicht einfach vorbei sein.

Der Name des nächsten Bahnhofs flog so schnell vorüber, dass sie ihn nicht lesen konnte.

Sie lehnte sich in ihrem Sitz zurück und schloss die Augen. Hoffte, dass der Klumpen in ihrem Hals und die aufkommende Unruhe sich bald wieder legten. Sie dachte an ihre vertraute Insel, den frischen Wind in den Haaren, die salzhaltige Luft und das Geschrei der Möwen, das sich mit dem stetigen Herannahen der Wellen vermischte.

Mit einem Mal schreckte sie auf. Sie war tatsächlich ein wenig eingenickt gewesen. Der Zug verlangsamte sein Tempo. Der Blick nach draußen sagte ihr, dass sie bereits in Düsseldorf einfuhren. Zahllose Graffiti in den unterschiedlichsten Farben und Formen waren an die Mauern rund um den Bahnhof gesprüht und bildeten verschlungene Muster und Inschriften. Der überdimensionale Spruch »Du bist ein Opfer!« stach ihr unangenehm ins Auge. Sie konnte es noch immer nicht fassen, welche veränderte Bedeutung diese Bezeichnung innerhalb kurzer Jahre erfahren hatte. War das Wort früher ausschließlich als Ausdruck von Mitleid und Empathie benutzt worden, galt es heute als schlimme Beleidigung.

Der nächste Halt war bereits Köln, dort musste sie umsteigen. Als der Zug auf der Hohenzollernbrücke den Rhein überquerte, fielen ihr die vielen kleinen Hängeschlösser auf, die in dem Gitterwerk der Brücke befestigt waren. Sie hatte von dem Brauch der Liebesschlösser gehört. Pärchen schworen sich damit ewige Liebe und warfen den Schlüssel gemeinsam in den Rhein. Gesine fand die Idee romantisch. Ob Leonhard für so etwas ebenfalls Sinn hatte?

Über ihr im blauen Himmel bildeten die Kondensstreifen der Flugzeuge bizarre Muster und vermischten sich mit einer Rauchfahne, die aus einem hohen, schmalen Schlot in den Himmel stieg.

Nun fuhr der Zug langsam in den Kölner Hauptbahnhof ein. Sie sah zum ersten Mal die spitzen Giebel des Doms, dieses mächtige Gebäude, an dem Menschen jahrhundertelang gebaut hatten.

Gesine packte ihren Rollkoffer und reihte sich in die Schlange der Wartenden ein, die wie sie aus- oder umsteigen wollten, wobei sie darauf achtete, in dem Gedränge niemandem zu nah zu kommen. Türenschlagen. Aussteigen. Eine Treppe hinab, eine andere wieder hinauf. Das Gleis, auf dem der Regionalexpress in Richtung Koblenz einfuhr, hatte sie schnell gefunden.

Das Zug war gut besetzt, nur noch im Fahrradabteil mit herunterklappbaren Sitzen fand sie einen Platz. Ein Mann mit struppigen, abstehenden Haaren, der im Rollstuhl saß, sprach laut auf seine Begleitung ein, eine jüngere Frau, die ein kunstvoll geschlungenes Kopftuch trug. Was er sagte, klang nicht sehr freundlich. Obwohl Gesine die Sprache nicht verstand, in der die beiden sich unterhielten, konnte sie aus der Gestik und der Lautstärke schließen, dass der Mann verärgert oder zornig war. Ob die Begleitung seine Tochter war? Oder seine Frau?

Jedoch was ging sie das an? Sie blickte an den beiden ungleichen Menschen vorbei durchs Fenster und konzentrierte sich auf die Landschaft draußen, das breite Flussband des Rheins mit seinen Ortschaften, die sich an den Ufern entlangzogen und auf die baumbestandenen Hänge, auf deren Höhen in regelmäßigen Abständen Burgen oder Schlösser sichtbar wurden. Dann begannen die Wingerte, die schnurgerade angelegten Reihen der Weinstöcke, die aussahen, als ob jemand mit einem riesigen grobzinkigen Kamm durch die Natur gegangen wäre. Interessiert schaute sie auf, als sie die Bezeichnung ›Weinort Leutesdorf‹ mit weißer Farbe auf eine Mauer am Hang gepinselt sah. Das war also Leonhards Heimatort. Hier jedoch hielt dieser Zug nicht, sie fuhr weiter bis Neuwied. Dort würde sie aussteigen und dort würde sie Leonhard am Bahnhof abholen.

Das Langsamerwerden des Zuges förderte wieder die Unsicherheit zutage, die sie einigermaßen erfolgreich zurückgedrängt hatte. Sie spürte, wie ihr Mund trocken wurde. Ein merkwürdiges Gefühl ergriff von ihr Besitz. Etwas, das sie als Lustangst kannte, eine Mischung aus Beklemmung und Vorfreude, aus Nicht-mehr-Warten-Können und Druck auf der Brust. Ein Ruck. Der Zug stand still. Ein Knopfdruck. Die Tür öffnete sich, sie stieg die wenigen Stufen hinab und befand sich auf dem Bahngleis.

Schon von Weitem sah sie ihn. Sein Blick glitt suchend über die Ankommenden. Als er sie erkannte, begann sein Gesicht zu strahlen. Er winkte ihr zu, sie winkte zurück. Seine Schritte wurden schneller, er rannte ihr entgegen und nahm sie ganz fest in die Arme. Sie atmete seinen vertrauten Geruch ein, spürte deutlich, dass sein Herz ebenso wie das ihre wie wahnsinnig klopfte. Dann hielt er sie ein Stück von sich weg, betrachtete sie von oben bis unten, als könne er es immer noch nicht glauben, dass sie leibhaftig vor ihm stand.

»Wie schön, dass du endlich da bist«, sagte er mit einem erregten Vibrieren in der Stimme und beugte sich zu ihr hinab. Als er sie auf den Mund küsste, waren alle Zweifel wie weggewischt. Die Beklemmung fiel von ihr ab. Sie war angekommen. Sie war bei ihrem Liebsten.

3

»Knochen auf einem Friedhof! Willst du mich verarschen?« Franca Mazzari hielt den Telefonhörer zwischen Schulter und Kinn geklemmt. Ihre Stimme klang ungehalten.

»Es sind nicht irgendwelche Knochen, die einfach so in der Gegend herumliegen und auch keine aus einem verfaulten Sarg«, erklärte Herbert Koneffke, der Einsatzsachbearbeiter der Führungszentrale. Der pfälzische Einschlag in seiner Sprache war noch immer hörbar, obwohl er schon jahrelang in Koblenz lebte. »Ein-Euro-Jobber, die die Friedhofswege neu anlegen sollten, haben das Zeug in einem Plastiksack gefunden.«

Sie sah den Kollegen Koneffke vor sich, sein Gesicht mit den kantigen Zügen, das von rötlichen Bartstoppeln umrahmt wurde, an denen er ständig herumzupfte. Gleichzeitig ließ sie den Blick über ihren Schreibtisch schweifen, der sich unter Papier- und Aktenstapeln und allerhand Undefinierbarem dazwischen schier bog. Noch nicht mal die Hausnachrichten hatte sie gelesen, ganz zu schweigen von der Umlaufmappe mit den neuen Dienstanweisungen, die unbedingt weitergereicht werden musste. Seit ihr Teamkollege Bernhard Hinterhuber auf dem Hahn war, wo er an einem längeren Seminar an der dortigen Landespolizeischule teilnahm, kam sie mit der Arbeit kaum noch nach.

»Die Spurensicherung ist bereits vor Ort. Und ein Bonner Rechtsmediziner ist auch schon auf dem Weg. Der kennt sich angeblich gut mit Knochen aus. Vielleicht kann er ja direkt sagen, was Sache ist«, meinte Koneffke in versöhnlichem Ton.

Wie oft war sie schon zu irgendwelchen Knochenfunden gerufen worden, und dann hatte es sich letztendlich um die eines Hundes oder irgendeines anderen Tieres gehandelt. Oder um historische Funde aus einem der beiden Weltkriege oder sogar aus der Römerzeit.

»Kannst du nicht jemand anderen schicken?«, murrte sie. »Ich ersticke in Arbeit.«

»Franca, du weißt doch, wie das ist.«

»Wenn du meinen Schreibtisch sehen würdest, würdest du anders reden.« Sie seufzte laut. »Was ist mit den Neuwieder Kollegen?«

»Da ist niemand erreichbar.«

Ausrede, dachte sie. Sicher haben die abgewunken. Weil das niemand machen will. Ein Sack voll Knochen. Meine Güte. Also ruft man die Deppen von der Koblenzer Kripo.

»Wenn Anzeichen für ein Tötungsdelikt vorliegen, ist das doch sowieso ein Fall für euch.« Koneffkes Tonfall wurde spitzer. »Was ist denn mit deinen Kollegen?«

»Hinterhuber ist auf einem Seminar, und Clarissa hat irgendeinen Termin und kommt erst später ins Büro.«

Ihr Blick wanderte vom überquellenden Schreibtisch über die nicht weniger vollgestopften Regale an der Wand. Hubi fehlte an allen Ecken und Enden.

Es war nicht nur seine Arbeitskraft. Je länger er weg war, umso deutlicher wurde ihr, was sie alles vermisste: seine Lodenjanker mit den Hirschknöpfen über der Stuhllehne, Teebeuteletiketten, die ewig aus den von ihm benutzten Bechern baumelten. Seine ruhige Art, eine Lösung für jedes Problem anzubieten. Und nicht zuletzt seine bedingungslose Loyalität.

»Also, was ist?« Langsam wurde Koneffke ungeduldig.

»Bin ja schon unterwegs.« Seufzend legte sie auf. Und sofort hatte sie ein schlechtes Gewissen, dass sie den jungen Kollegen so angeraunzt hatte. Er konnte schließlich nichts dafür, dass sie im Moment nicht mehr wusste, wo ihr der Kopf stand.

Es war nicht nur die viele Arbeit, das war ihr bewusst. Über Arbeitsmangel hatte sie sich noch nie beschweren können, solange sie bei der Polizei beschäftigt war. Der Tod ihrer Mutter, die kürzlich verstorben war, hatte sie regelrecht aus der Bahn geworfen. Obwohl sie sich immer vor Augen gehalten hatte, wie alt ihre Mutter war und dass dieser Fall irgendwann eintreten würde, wie das nun mal der Lauf der Dinge war.

Der Mensch ist endlich. Eigentlich weiß man das. Aber als sie die Todesnachricht erhalten hatte, tat es dennoch so furchtbar weh.

Sie versuchte, sich daran festzuhalten, dass es ein friedlicher Tod war. Ohne größere Krankheit im Vorstadium war ihre Mutter einfach eingeschlafen. So wie man sich das auch für einen selber wünschte.

Es war eine relativ kleine Beerdigung gewesen. Francas Tochter Georgina war dabei, natürlich. Dass auch Georginas Vater, ihr Exmann David, gekommen war, rechnete sie ihm hoch an. Von den italienischen Verwandten war nur ein Cousin angereist, alle anderen waren zu alt oder hatten keine Beziehung mehr zu der deutschen Frau von Francas längst verstorbenem Vater.

Michele, ihren Cousin, mit dem sie als Kind öfter in den Ferien gespielt hatte, hatte sie fast nicht mehr wiedererkannt. Er hatte sie eingeladen, doch mal wieder ins Trentino zu kommen. Ein Gedanke, der ihr zunehmend gefiel.

Mit einem Passat aus dem Polizei-Fuhrpark machte sie sich auf den Weg. Im Radio forderte der Moderator die Zuschauer auf, anzurufen, um Herbstgedichte aufzusagen. Eines von Heinz Erhardt trug er selbst vor.

»Wenn die Blätter von den Bäumen stürzen, die Tage täglich sich verkürzen, wenn Amsel, Drossel, Fink und Meisen die Koffer packen und verreisen …«

Franca musste schmunzeln über diesen typischer Heinz-Erhardt-Sound. Ihr Papa hatte den Komiker gemocht, der für ihn der Inbegriff des leicht vertrottelten, aber liebenswürdigen Deutschen war. Aber offensichtlich hatte Erhardt übersehen, dass viele Amseln und Meisen den Winter über ganz gern blieben wo sie waren.

»… wenn all die Maden, Motten, Mücken, die wir versäumten zu zerdrücken, von selber sterben – so glaubt mir: steht der Winter vor der Tür!«

Wieder mal nahte die kalte Jahreszeit mit Riesenschritten. Dabei war der Sommer nur so verflogen. Noch überwog im Laub der Bäume das Grün, nur vereinzelte gelbe und rötliche Flecken waren zu erkennen. Doch das würde sich in kürzester Zeit ändern. Schon öfter hatte sie den Eindruck gehabt, dass einem das Verrinnen der Zeit schneller vorkam, je älter man wurde.

Sie fuhr den Rhein entlang durch Vallendar, passierte die Abzweigungen von Bendorf und Neuwied und hielt sich an Koneffkes Beschreibung, bis sie den Friedhof erreichte. Schon von Weitem sah sie mehrere Polizeifahrzeuge, den Lieferwagen der Spurensicherung und etliche andere ihr unbekannte Autos.

Das eiserne Gittertor war weit geöffnet. Als sie aus dem Wagen ausstieg, erhob sich ein Schwarm Krähen und flatterte davon. Sie ging an Gräberreihen vorbei, an trauernden Engeln, polierten Granitsteinen mit aufgesteckten Bronzebuchstaben und an einfachen Holzkreuzen, die die Geburts- und Todesdaten der Verstorbenen kundtaten. Die Art der Grabgestaltung ließ durchaus auf die Besitzverhältnisse der dort Beerdigten schließen.

Der Wunsch ihrer Mutter war gewesen, in einem Wiesengrab bestattet zu werden: »Damit du mal keine Arbeit mit der Grabpflege hast«, wie sie zu ihren Lebzeiten erklärte. Ihr Tod und das Danach waren minutiös geplant gewesen. Sogar den Inhalt ihrer eigenen Todesanzeige hatte sie aufgesetzt. Franca hatte die Papiere in einem verschlossenen Umschlag gefunden, auf dem handschriftlich vermerkt war, dass er erst nach ihrem Tod zu öffnen sei.

Francas Gewissen meldete sich jedes Mal, wenn sie daran dachte, wie selten sie ihre Mutter in der letzten Zeit besucht hatte. Sie schritt energisch voran und wischte diese Gedanken beiseite.

Im Umfeld einer großen Kastanie mit großfingrigen Blättern, die voller stachliger Kugeln hing, herrschte reges Leben. Der lange Norbert war dabei, ein rot-weißes Polizeiabsperrband rund um den Fundort zu befestigen. Sie trat zu Frank Stein, dessen weißer Overall voller Staubflecken war. Der Chef der Spurensicherung, der von allen ›Frankenstein‹ genannt wurde, nickte ihr zu. »Hallo, Franca.«

»Meinst du wirklich, so ein Aufgebot ist nötig?«, fragte sie mit Blick über die vielen herumwuselnden Menschen.

»Verkehrt ist es nicht. Zumal der *Doktor* Küppersbusch der Überzeugung ist, es handelt sich eindeutig um menschliche Überreste.«

So wie Frankenstein den Titel betonte, schien der junge Rechtsmediziner auf dessen Nennung zu bestehen.

»Menschliche Überreste sind ja nun nicht ganz ungewöhnlich auf einem Friedhof.« Sie sah ihn mit einem schiefen Grinsen an. »Und du meinst, es ist ausgeschlossen, dass die Knochen aus einem der Gräber stammen?«

Frankenstein nickte nachdrücklich. »So nah an Bäumen wird niemand beerdigt. Und dass jemand in einer Plastiktüte bestattet wird, ist auch eher ungewöhnlich, oder?« Seine Stimme klang spöttisch.

Sie verzog das Gesicht. »Wo du recht hast, hast du recht.« Ihr Blick fiel auf einen jungen Mann, der mit konzentrierter Miene in gebückter Haltung das inspizierte, was in aufgegrabener Erde aus einer halb verrotteten Plastiktüte mit verblasster Aufschrift herausragte.

Eine stachelige grüne Kugel löste sich aus einem Ast über ihr, fiel mit einem dumpfen Geräusch auf die Erde und rollte ihr vor die Füße. Einen kurzen Moment lang dachte sie daran, wie sie früher als Kind Kastanien gesammelt und mithilfe von Zahnstochern und Streichhölzern Männchen daraus gebastelt hatte.

»Sind Sie die Kommissarin?« Ein stämmiger Mann mit dünnem Pferdeschwanz und wettergegerbtem Gesicht stellte sich ihr in den Weg. Er trug zerschlissene Arbeitskleidung, die an seinem Körper überall spannte. Einer der Ein-Euro-Jobber, dachte Franca. Wahrscheinlich ist er wesentlich jünger, als er aussieht.

»Wir schaffen hier schon eine ganze Weile, der Kollege und ich.« Mit einer Hand deutete er auf einen schmalen Mann mit Glatze im Hintergrund, der sich an seiner Schaufel festzuhalten schien. Die kleinen Augen unter den buschigen Brauen blitzten spitzbübisch. »Ich sag immer, ich hab 1000 Leute unter mir. Aber denken Sie, das glaubt mir einer? Sollen mal hierherkommen. Dann würden Sie's schon sehen.« Er legte eine bedeutungsvolle Pause ein und starrte Franca erwartungsvoll ins Gesicht.

Ihr gelang es nicht, ein Grinsen zu unterdrücken. »Sie haben den Sack mit den Knochen gefunden?«

Der Mann nickte und begann eifrig, Bericht zu erstatten. »Wir sollen das Stück da auskoffern, der Kollege und ich. Dabei sind wir auf das Plastik gestoßen. Ich wollte das direkt wegschmeißen, dachte, das ist Abfall. Dann hab ich die Knochen gesehen. Ich mein, es ist ja nicht ungewöhnlich, dass man auf einem Friedhof Knochen findet. Aber eben nicht verpackt in ’nem Plastiksack. Also, das war schon ein bisschen unheimlich. Deshalb haben wir die Polizei verständigt.« Er sah sie an, als wolle er von ihr eine Bestätigung erhalten.

»Das haben Sie genau richtig gemacht. Wir danken Ihnen«, sagte Franca und wandte sich zum Weitergehen.

»Wie? Wollen Sie denn gar nichts weiter wissen?« Er schien überrascht und ein wenig enttäuscht.

Franca blieb stehen. »Gibt es denn noch etwas, das ich wissen sollte?«

Er kratzte sich am Kopf und schien einen Moment zu überlegen. Dann sagte er kleinlaut: »Eigentlich nicht.«

»Wenn Ihnen noch etwas einfällt, können Sie es ja mir oder einem meinem Kollegen sagen. Wir sind sicher noch eine Weile hier beschäftigt.«

Franca wich einer ihr unbekannten jungen Frau in einem viel zu großen Overall aus, die unentwegt die Szenerie fotografierte.

»Herr Dr. Küppersbusch?«, fragte sie den jungen Mann, der vor dem Aushub mit dem zerfledderten Plastiksack kauerte und sich bei ihren Worten aufrichtete.

»Franca Mazzari von der Kripo Koblenz.«

»Hallo.« Der Rechtsmediziner, ein schmächtiger, schmaler Mann mit einem modisch gestutzten Kinnbärtchen und einem auffälligen Tattoo am Hals, nickte ihr zu. »Ich soll Sie von Frau Seiler grüßen, Frau Mazzari«, meinte er, während er einen länglichen graubraunen Knochen zwischen seinen behandschuhten Fingern drehte. »Wahrscheinlich werden Sie jetzt öfter mit mir vorlieb nehmen müssen.«

»Wieso? Geht Frau Seiler etwa schon in Pension?«

Franca sah die grauhaarige Ärztin vor sich, die ihr immer ein wenig alterslos vorgekommen war.

Küppersbusch nickte. »Irgendwann hat man genug Leichen gesehen, meint sie.« Er hob die schmalen Schultern. »Also ich finde meinen Beruf faszinierend. Man sieht die Dinge in ihrer wahren Gestalt, man fügt niemandem mehr Schmerzen zu. Und so was«, er deutete auf den Sack mit den Knochen, »das sind doch hochinteressante Untersuchungsgegenstände. Ich hab einige Jahre in Amerika studiert. Hier in Deutschland ist man mit der forensischen Anthropologie ja noch weit im Hintertreffen. Aber auf den Body-Farmen kriegt man Bedingungen mit, von denen wir Wissenschaftler hier nur träumen können.«

»Sie waren auf einer Body-Farm?« Franca hatte von diesen Feldern gehört, auf denen verschiedene Verwesungsstadien von Leichen beobachtet wurden. Kein Ort, den sie unbedingt freiwillig besuchen wollte.

»Auf mehreren.« Er nickte begeistert. »Ich war in Knoxville, Tennessee, und in North Carolina. Sie wissen ja, die Körperspenden dort werden alle freiwillig erteilt von Menschen, die sich noch zu Lebzeiten in den Dienst der Wissenschaft gestellt haben. Und seien Sie doch mal ehrlich: Die Verwesung von Menschen ist doch ein ganz natürlicher Vorgang, der uns alle betrifft. Früher oder später.« Er lachte leise.

Franca sah den jungen Mann schräg von der Seite her an, der auf sie etwas exaltiert wirkte. Körperspenden, das war eine reichlich euphemistische Umschreibung von vor sich hin verrottenden Leichen. Natürlich hatte er recht damit, dass jeder Mensch auf diese Weise endete, aber die Vorstellung von wimmelnden Maden in verfaulendem Fleisch war für sie nicht sonderlich angenehm. Gerade weil sie etliche solcher menschlichen Stadien deutlich aus der Nähe gesehen hatte.

Ihn törnte so etwas offenbar an. Der schwärmte geradezu von Verwesungsprozessen wie andere Leute von der Schönheit eines Sonnenuntergangs. Wenn das Tattoo an seinem Hals nicht wäre, würde Wilfried Küppersbusch auf sie wie ein Musterschüler wirken, der eifrig seinem Lehrer sein Wissen vorbetet. Die dunklen Haare, die sich im Stirnbereich zu lichten begannen, trug er sehr kurz geschoren. Dass er derart mit seinem Amerikastudium prahlte, machte ihn nicht unbedingt sympathischer.

»Und was können wir hieraus schließen?« Sie zeigte auf die Plastikfetzen mit den Knochenstücken.

»Nun, ich kann Ihnen schon mal mit Sicherheit sagen, dass hier was nicht mit rechten Dingen zugegangen ist.« Er grinste vor sich hin. Ein unverschämtes Grinsen, wie sie fand.

»Und Sie sind sich ganz sicher, dass das hier menschliche Knochen sind?«

»Hundertpro.« Er lächelte nachsichtig. »Sie glauben gar nicht, wie viele menschliche Knochen ich schon begutachtet habe. Sehen Sie, humane Gebeine weisen im Vergleich zu tierischen eine rauere, gröbere Oberflächenstruktur auf. Aus der spezifischen Form der Einzelknochen kann ich genau erkennen, ob ein menschlicher Knochenfund vorliegt«, dozierte er. »Und das ist hier eindeutig der Fall.«

Angeber, dachte sie. Hoffentlich nicht wieder einer von der Sorte, der viel schwätzt, obwohl er eigentlich nichts zu sagen hat. Die gab es im Polizeibetrieb mit seinem gesamten Drumherum zuhauf.

»Herr Stein, könnten Sie mal eine Plane auslegen?«, wandte er sich an Frankenstein. »Ich möchte die Knochen in anatomisch korrekter Anordnung nebeneinanderlegen.«

Frankenstein tat, wie geheißen, während Küppersbusch sorgfältig Knochen um Knochen aus der zerfetzten Tüte nahm und sie wie Puzzlestücke auf die Plastikfolie legte. Als er fertig war, waren zwar nicht alle Teile vorhanden, aber es lag deutlich sichtbar ein menschliches Skelett auf der dunklen Plane. Brustkorb, Wirbelsäule, Becken, Arme und Beine, alles war vorhanden. Was fehlte, waren Kopf und Hände.

Küppersbusch richtete er sich auf. »Es ist *ein* Mensch«, stellte er fest. Es klang befriedigt, so, als ob er vermutet hätte, es könnte sich um mehr als eine Person handeln. »Schade, dass der Kopf fehlt. Da hätten wir ein paar mehr Anhaltspunkte.«

»Können Sie schon etwas über die Liegezeit sagen?«, fragte Franca.

Er lachte auf. »Gute Frau. Sie glauben gar nicht, wie viele Knochen in der Rechtsmedizin auf Halde liegen, weil niemand sagen kann, wie lange die sich schon dort befinden, und da wollen Sie jetzt von mir auf Anhieb wissen, wie es sich mit diesen Knochen verhält.«

»Irgendeinen Aspekt wird es doch geben, vor allem, wenn Sie so viele Vergleichsmöglichkeiten haben.« Die kleine Spitze konnte sie sich nicht verkneifen. Doch offenbar hatte Küppersbusch diese gar nicht bemerkt.

»Die Dauer der Zersetzung ist sehr stark an das Liegemilieu gekoppelt«, fuhr er fort. »Sehen Sie, wenn Knochen in einem Plastiksack in der Erde liegen, spielen sehr viele unterschiedliche Faktoren zusammen. Mal ganz davon abgesehen, in welchem Zustand sie waren, als sie verpackt wurden. Für die Zerstörung sind aerobe Mikroorganismen und Pilze sowie biochemische Hydrolyseprozesse verantwortlich. Die Bodenbeschaffenheit muss analysiert werden, um zu schauen, wie viel Sauerstoff und Wasser in der Erde sind. Erst wenn alle diese Bestimmungen erfolgt sind, werden wir Genaueres sagen können.«

Franca wurde ungeduldig. Was sollte diese ganze Fachsimpelei? Im Grunde interessierte sie nur die Frage, ob die Kripo Koblenz oder das Landesamt für Denkmalpflege für diesen Fall zuständig war. Und die Antwort hing eben davon ab, ob diese Knochen bereits 100, nur 20 Jahre oder noch kürzer hier in der Erde lagen.

»Ich möchte Ihnen lediglich demonstrieren, dass die Beantwortung Ihrer Frage nicht so einfach ist.« Er kratzte sich hinter dem Ohr. Dann strich er sich mit Daumen und Zeigefinger übers Kinn. »Ich habe zwar eine Vermutung, jedoch möchte ich mich dazu noch nicht näher äußern.«

Das war ja klar. Dieser Doktor schwafelte und schwafelte und ließ sich partout nicht auf eine eindeutige Antwort festlegen.

»Herr Küppersbusch. So genau weiß ich nicht, wie all diese Prozesse vonstattengehen. Aber ich habe mal gelernt, dass das Weichgewebe nach ungefähr zwölf Jahren gänzlich zersetzt ist. Soweit ich erkenne, ist hier kein Weichgewebe mehr vorhanden. Könnten Sie sich dann nicht zumindest zu der Aussage durchringen, dass diese Knochen hier länger liegen als zwölf Jahre?«

»Versuchen Sie doch nicht ständig, mich festzulegen. Ich habe Ihnen bereits zu erklären versucht, wie kompliziert dies alles ist. Und ein bisschen was müssen wir schon noch den Labors überlassen.«

»Also können Sie zu diesem Zeitpunkt überhaupt nichts Konkretes sagen?«

»Mit dem Namen der Toten kann ich Ihnen nicht dienen, nein.« Sein Grinsen wurde immer unverschämter. Kopfschüttelnd murmelte er: »Dass Polizisten immer so ungeduldig sind.«

»Moment mal.« Franca fixierte ihn. »Haben Sie eben *der* Toten gesagt? Heißt das, es handelt sich um eine Frau?« Das wäre ja immerhin ein Anfang.

Er nickte, ließ sich aber wieder zu einer umständlichen Erklärung herab: »Beide Femora, also die Oberschenkelknochen, sind relativ kurz. Das und die Ausprägung des Beckens sind Anzeichen, dass es sich um eine Frau handelt. Und zwar um eine erwachsene Frau. Also grob geschätzt zwischen 18 und …«, er wedelte mit den Händen, »… sagen wir mal 40 Jahren. Aber wie lange das alles hier schon verbuddelt ist, lässt sich beim besten Willen nicht sagen.« Mit schräg gelegtem Kopf und einem spöttischen Zug um die Lippen fuhr er fort: »Das ist wirklich mein äußerstes Entgegenkommen.«

Franca umrundete die Plane, bückte sich und besah sich einzelne Knochen genauer. »Also für mich sieht das alles uralt aus.« Sie richtete sich wieder auf.

»Was bedeutet denn für Sie uralt?«, fragte der Rechtsmediziner. »50 Jahre? 100? 1000?« Es klang provozierend.

Dieser Mensch ging ihr jetzt schon reichlich auf die Nerven. Wenn der tatsächlich der Nachfolger von Frau Seiler werden sollte, würden sie noch viel Spaß miteinander haben.

»Sie wissen doch selbst, dass wir hier in einer Frühzeitbesiedelung leben. Da werden immer mal wieder antike Funde ausgegraben. Oder Gebeine aus den beiden Weltkriegen, für die *wir* eben nicht zuständig sind. Das allein möchte ich klarstellen.«

»Oh ja, dass die Römer ihre Verstorbenen in Plastiktüten verpackt haben, ist hinlänglich bekannt.«

Franca spürte, wie sie rot wurde. Aus den Augenwinkeln sah sie, dass Frankenstein über beide Ohren grinste. »Es kann doch sein, dass jemand irgendwo alte Knochen ausgegraben und die in die Plastiktüte gesteckt hat. Menschenskind!«, versuchte sie sich zu rechtfertigen.

»Ich verstehe ja Ihren Wissensdurst. Aber ich bin eben gern vorsichtig mit allzu schnellen Schlussfolgerungen«, lenkte Küppersbusch ein, der sich partout nicht aus der Reserve locken ließ. »Und ich weiß schon, dass blanke Knochen ohne jegliche Gewebereste der Horror eines jeden Ermittlers sind.«

Sie stieß hörbar Luft aus. »Was ist mit der Farbe? Sagt die nichts über das ungefähre Alter der Knochen?«

Er schüttelte den Kopf. »Knochen verfärben sich immer, sobald sie in der Erde liegen und dort mit Metallen und Feuchtigkeit in Kontakt kommen. Es kann durchaus sein, dass der Sack mit den Knochen ursprünglich tiefer vergraben worden ist und durch Erosion und Absinken des Erdreichs dichter an die Oberfläche drang.«

Er beugte sich über den skelettierten Torso. »Wenn mich nicht alles täuscht, ist diese Frau entweder noch zu Lebzeiten oder kurz nach ihrem Tod misshandelt worden«, sagte er mit plötzlich empathischer Stimme. »Sehen Sie die Einkerbung am Unterrand der linken fünften Rippe?«, fragte er. »Das sieht nach einer Verletzung aus, hervorgerufen von einem Messer. Beim näheren Hinschauen sieht man auch noch andere versehrte Knochen. Sieht nach Brüchen aus, die unbehandelt zusammengewachsen sind. Und hier«, er wies auf den Halsbereich des Torsos. »Das ist der oberste erhaltene Wirbelknochen, sehen Sie die groben Einkerbungen? Das sind Hinweise darauf, dass der Kopf des Opfers abgetrennt wurde. Ähnliche Einkerbungen können Sie an beiden Enden der Unterarmknochen ausmachen.« Er richtete sich auf und sah Franca eindringlich in die Augen. »Ich fürchte, da werden Sie einiges zu knacken kriegen. Auch, wenn das alles schon ein paar Jährchen zurückliegt.«

Franca spürte das Adrenalin in ihren Körper schießen. Eine misshandelte Frau, die zerstückelt worden war. Ein Verbrechen, das höchstwahrscheinlich länger als zwölf Jahre zurücklag. Es ließ sich nicht länger leugnen, dass dies ein Fall für die Kripo war.

»Ist denn etwas anderes gefunden worden außer den Knochen?«, wandte sie sich an Frankenstein. »Kleidungsreste? Schmuckstücke? Irgendwas Persönliches, das uns weiterhelfen könnte?«

Frankenstein schüttelte den Kopf. »Bis jetzt nichts Brauchbares. Tut mir leid. Aber wir sind ja hier noch lange nicht fertig. Wenn die Erde rund um die Fundstelle sorgfältig abgesucht und gesiebt wird, findet sich womöglich noch etwas.«

»Können Sie ein Rüttli 1001 beschaffen?«, wandte sich Küppersbusch an Frankenstein. »Das wäre am sinnvollsten. Dann geht uns garantiert nichts verloren.«

Frankenstein hob die Augenbrauen. »Ich will sehen, was sich machen lässt.«

4

Gesine lag ausgestreckt auf dem Bett und sah hoch zur Decke in der sie einen Sprung ausmachte, der sich verästelte. Alles um sie herum war noch immer gewöhnungsbedürftig. Das altmodische Zimmer, das man ihr zugewiesen hatte, stand voller dunkler schwerer Möbel, in denen sie sich fremd und ein wenig verloren vorkam.

Als sie den Raum zum ersten Mal betreten hatte, war sie erschrocken zurückgewichen. Hier sollte sie wohnen? In diesem Museum, das alt und staubig roch? Doch nachdem die Fenster und Läden geöffnet waren und zusammen mit der frischen Luft Sonnenlicht hereinflutete, sah es zumindest ein klein wenig freundlicher aus.

Das Haus war ursprünglich im 18. Jahrhundert erbaut und von etlichen Generationen der Winzerdynastie Freyung umgewandelt, teilweise abgerissen oder vergrößert worden. Das Endprodukt war ein verschachteltes Gebäude mit alten und einigen neueren Teilen. Jeder der Bauherren hatte spezielle Eigenarten hinterlassen: An einem Erker zur Straße hin war eine kleine Sandsteinfigur eingelassen, Maria mit dem Jesuskind. Im Innenhof befand sich ein Sammelsurium von alten Winzergegenständen, Steinträgen und Ofenplatten, die Leonhards Eltern zusammengetragen hatten.

In der ersten Nacht konnte sie kaum schlafen, weil es überall knarzte und knackte. Einmal hatte sie gedacht, es würde etwas über den Boden über ihr geschleift, ein schabendes Geräusch, das irgendwann wieder verstummt war. Sie hatte Leonhard gefragt, ob das Stockwerk über ihrem Zimmer bewohnt sei, doch er meinte, da gebe es nur einen Dachboden voller Gerümpel. Aber es könne schon sein, dass sich da Tiere herumtrieben. Katzen oder auch Marder. Die seien aber harmlos.

Sie holte tief Luft. Seufzend dachte sie daran, wie gern sie mit Leonhard zusammen in einem Bett geschlafen hätte, aber er hatte gemeint, es sei besser, sie habe ihr eigenes Zimmer. Zumindest vorerst. Nach dieser Eröffnung hatte sie ihn erstaunt angesehen. »Ich dachte, ich kann bei dir schlafen.«

Mit betretener Miene meinte er: »Mein Bett ist doch so

schmal. Außerdem muss ich morgens immer früh raus, da würde ich dich nur stören.«

Doch nach der Art, wie er herumgedruckst hatte, glaubte sie, der Grund lag woanders.

»Sind deine Eltern so konservativ?«, erkundigte sie sich. Bisher wusste sie Charlotte und Rudolf Freyung nicht richtig einzuschätzen.

»Es ist alles neu für sie. Ich hatte halt noch nie eine Freundin hier.«

»Hm.« Was sollte sie mit dieser Antwort anfangen? Wahrscheinlich hatte er mit seinen Eltern überhaupt nicht über die Möglichkeit gesprochen, dass sie beide in einem Zimmer wohnen könnten.

Nun gut, sie wollte Leonhards Eltern nicht vor den Kopf stoßen. Sie war Gast hier und wollte sich als solcher benehmen und nicht gleich Forderungen stellen.

Am Abend ihrer Ankunft hatten Leonhard und sie sich früh in sein Zimmer zurückgezogen und lange Zeit im Bett aneinander gekuschelt. Umso einsamer hatte sie sich danach in diesem fremden altmodischen Zimmer gefühlt. Weil sie lange nicht einschlafen konnte, hatte sie erwogen, nochmals zu ihm hinüberzuhuschen. Doch unbemerkt in der Nacht in seinem Zimmer zu verschwinden, war ein Glücksspiel, denn seine Eltern hatten auf dem gleichen Flur ihr Schlafzimmer, daran musste sie vorbei, wenn sie zu ihm wollte. Daran und an der Badezimmertür. Der Gefahr, dass ihr jederzeit jemand begegnen konnte, wollte sie sich nun doch nicht aussetzen.

Seufzend schloss sie die Augen. Unwillkürlich schob sich das Bild eines langen weißen Sandstrandes vor ihre Augen. Um diese Zeit im Jahr war der Strand von Juist schon ziemlich verlassen, nur noch wenige Strandkörbe wurden genutzt. Überall blühten die Apfelrosen in leuchtendem Pink und Rosa. Zahllose Sanddornsträucher umrandeten die Dünen, deren orangefarbene Früchte zu Bonbons, Likör und Gelee verarbeitet wurden. Sanddorn galt als Vitamin-C-reiche einheimische Delikatesse, die auch im Hotel ihrer Eltern den Gästen in verschiedensten Darreichungsformen angeboten wurde.

Sie spürte ein leichtes Ziehen in der Herzgegend und wünschte sich einen Moment lang wieder dort zu sein, in ihrem vertrauten Töwerland. Doch dann schalt sie sich selbst wegen solcher Gedanken. Sie war hier, weil sie mit ihrem Liebsten zusammen sein und ihn besser kennenlernen wollte, und nicht zuletzt deswegen, weil sie herausfinden wollte, ob sie für ein Leben am Rhein infrage kam.

Sie sah auf die Uhr, ein Wecker, der laut und unüberhörbar tickte. Weil ihn niemand mehr aufgezogen hatte, war er stehen geblieben. Gesine hatte ihn wieder aktiviert.

Oh, schon so spät! Sie erschrak. Es war bereits zehn Minuten nach sechs. Schnell erhob sie sich und schlüpfte in ihre Schuhe. Um sechs Uhr gab es Abendessen. Sie hatte unbedingt vermeiden wollen, unpünktlich zu sein.

Eilig lief sie die Treppe hinunter. Von Weitem konnte sie die unterschiedlichen Stimmen aus der Küche hören, offensichtlich unterhielt man sich angeregt.

»Was sich die Politik mal wieder erlaubt, ist eine große Sauerei«, hörte Gesine Leonhards Schwester sagen. »Eine grüne Ministerin, die unsere Teilnahme an der Grünen Woche verhindern will. Was für ein Schwachsinn ist das denn?«

»Sie unterliegt eben bestimmten Zwängen, wie alle Politiker.« Dieser Einwand kam offensichtlich von Leonhards Mutter.

»Mama! Das kannst du doch nicht ernsthaft verteidigen. Es ist immerhin die weltgrößte Verbrauchermesse! Hast du mal dran gedacht, welche Kontaktmöglichkeiten uns da verloren gehen?«, rief Leonhard erregt. »Es ist wirklich nicht zu fassen.«

Das Gespräch verstummte, als Gesine zur Tür hereinkam. »Entschuldigung«, sagte sie ein wenig verlegen. »Ich bin eingenickt. Ist wohl wegen der Luftveränderung.«

»Das macht doch nichts.« Leonhard stand auf, lief auf sie zu, fasste sie sanft am Arm und geleitete sie an ihren Platz. Der Tisch war üppig gedeckt. In einem Körbchen lagen Bretzeln und Brot, verschiedene Käse- und Wustsorten waren auf Platten angerichtet und appetitlich dekoriert.

»Lass es dir schmecken«, sagte Leonhards Mutter wohlwollend, eine füllige Frau mit dünnem Haar und roten Apfelbäckchen.

Mit leichtem Unbehagen dachte Gesine daran, wie Leonhard sie seiner Mutter vorgestellt hatte. »Das ist deine künftige Schwiegermama.« Gesine wollte sofort seine Worte abmildern, zumal sie merkte, wie Charlotte Freyung Leonhards Ankündigung irritierte.

»Ach, unser Gast von der Nordsee«, bemerkte sie nur und schien sich sofort wieder im Griff zu haben. Doch der Eindruck blieb, dass sie sich relativ distanziert Gesine gegenüber verhielt. Vielleicht bilde ich mir das aber auch nur ein, dachte Gesine, und falle auf die alte Mär von der bösen Schwiegermutter rein.

Leonhards Vater war ein großer, schlanker Mann mit kurz geschnittenem graumeliertem Haar, das am Hinterkopf widerborstig abstand. Beim näheren Betrachten konnte Gesine eine gewisse Ähnlichkeit von Vater und Sohn erkennen, doch im Wesen schienen die beiden eher unterschiedlich. Während sie Leonhard als offenen Menschen kennengelernt hatte, der unbefangen auf andere zuging, wirkte sein Vater sehr distanziert. Bei ihrer ersten Begegnung hatte er einen kurzen Moment gestutzt, als ob ihr Anblick ihn überrasche. Am Tisch saßen sie sich gegenüber, sie spürte förmlich seine Blicke, doch jedes Mal, wenn sie hochsah, senkte er sofort wie ertappt den Kopf. Ein merkwürdiges Verhalten. Warum wich er ihr aus? Überhaupt trat Rudolf Freyung ihr gegenüber mehr als zurückhaltend auf, er blieb nicht stehen, wenn sie sich über den Weg liefen und er redete nur das Allernötigste mit ihr.

»Das ist eben seine Art«, hatte Leonhard erwidert, als sie ihn darauf ansprach. »So verhält er sich immer. Nicht nur dir gegenüber.«

Das Verhältnis zwischen Leonhards Mutter und ihr hatte sich in den wenigen Tagen, die sie hier war, relativ ungezwungen entwickelt. Sie war ganz und gar keine böse Schwiegermutter, sondern eine umgängliche Frau, die sich bemühte, nett zu der Freundin ihres Sohnes zu sein. Gesine war es nicht schwergefallen, ihr das du anzubieten.

»Das hier kennst du vielleicht noch nicht«, Charlotte Freyung zeigte auf eine Schüssel mit einer Konsistenz, die Gesine für Quark gehalten hatte. »Das ist Gerupfter. Eine regionale Spezialität.«

»Gerupfter? Klingt witzig. Was bedeutet das denn?« Gesine lachte.

»Keine Ahnung, woher der Name kommt. Er heißt halt so. Man macht ihn mit Frischkäse, Quark, Butter und viel Knoblauch.« Sie hielt kurz inne und sah entschuldigend von Gesine zu Leonhard. »Aber wenn jeder von euch davon isst, merkt es der andere ja nicht.«

Gesine spürte, wie sie ein wenig errötete, und gleichzeitig ärgerte sie sich darüber. Es dürfte ja wohl jedem klar sein, dass Leonhard und sie nicht nur Händchen hielten.

»Ich ess den Gerupften für mein Leben gern«, sagte Leonhard. »Ich hoffe, du hast nichts gegen Knoblauch?«

Gesine schüttelte lachend den Kopf. »Dann probier ich doch mal den Gerupften«, meinte sie und tat ein Häufchen von der Frischkäsezubreitung auf ihren Teller. Aus dem Brotkorb nahm sie sich eine Brezel.

»Erst sorgt diese Ministerin dafür, dass zur Grünen Woche nur noch Ökowein ausgeschenkt wird. Und jetzt? Hab ich euch nicht gleich gesagt, dass das auf das Aus des Stands hinausläuft? Aber du wolltest mir ja nicht glauben und hast sie auch noch verteidigt. Und jetzt werden wir einfach rausgekickt.« Rudolf Freyung, der das unterbrochene Gespräch wieder aufgenommen hatte, sah seinen Sohn vorwurfsvoll an.

»Du tust ja gerade so, als ob ich das gut finden würde«, verteidigte sich Leonhard kopfschüttelnd.

»Es ist eben wie überall, weil gespart werden muss«, warf Charlotte ein. »Immer heißt es nur noch sparen, sparen, sparen.«

»Wieso kriegen das die Bayern hin und wir nicht? Müssen die nicht sparen?«, rief Franzi. »Die kriegen sogar eine eigene Halle! Aber die haben auch nicht Millionen in den Sand gesetzt wie wir am Nürburgring.«

Franziska, wie sie richtig hieß, war ein Jahr jünger als ihr Bruder und sah ihrer Mutter ähnlich. Wie sie war sie füllig und brachte ein paar Kilo zu viel auf die Waage, aber sie strahlte eine große Herzlichkeit aus. Franzi studierte in Köln Kunstgeschichte und verbrachte die Semesterferien auf dem heimischen Weingut.

»Ich bin immer gern nach Berlin gefahren. Gut, ich gebe zu, dass ich die Grünen unterstützt habe, aber diese Entwicklung war nicht vorauszusehen«, sagte Leonhard. Zu Gesine gewandt meinte er: »Die Grüne Woche war immer eine gute Gelegenheit, mit dem Endverbraucher in Kontakt zu kommen. Wo hat man schon so viele weininteressierte Menschen auf einem Haufen? Und nun …«

»Ich denke, wir sollten unseren Gast nicht mit solchen Fachsimpeleien langweilen«, sagte Charlotte und lächelte Gesine freundlich zu. »Na, hast du dich inzwischen ein bisschen bei uns eingelebt?«

Gesine wollte gerade zu einer Antwort ansetzen, da wurde die Tür aufgerissen. Leonhards Großmutter stürzte in die Küche. Eigentlich machte sie auf Gesine einen robusten Eindruck, doch in diesem Moment war sie völlig aufgelöst. Das weiße Haar hing ihr feucht und wirr in die Stirn.

»Entschuldigung, wenn ich euch beim Abendessen störe. Aber der Opa …« Sie schluckte.

»Was ist mit Opa?« Alle Augen schauten auf sie.

Sie wandte sich an ihren Sohn. »Rudi. Ich werde mit deinem Vater einfach nicht mehr fertig. Er ist völlig durcheinander. Er schlägt um sich und lässt sich überhaupt nicht mehr beruhigen. So hab ich ihn noch nie erlebt.«

Sofort dachte Gesine an die erste Begegnung mit dem alten Mann. Beide Großeltern lebten in einer separaten Wohnung in einem der Anbauten. Er hatte am Tisch in der Küche gesessen und ihr mit stechendem Blick entgegengesehen. Der graue Haarschopf stand wirr von seinem Kopf ab, ein Anblick, der sie erschreckt zurückweichen ließ. Obwohl sie tief in sich einen Widerwillen verspürte, hatte sie sich überwunden und war vor ihn hingetreten, um ihm höflich die Hand zu geben. Woraufhin der alte Mann irgendetwas Unverständliches stammelte und Bewegungen vollführte, als ob er etwas wegjagen wolle.

»Wilhelm, das ist Leonhards Freundin, sie will dir Guten Tag sagen«, redete die Großmutter beruhigend auf ihren Mann ein. Sie sprach mit ihm wie mit einem Baby, dem man die Welt erklären muss. Umso ungehaltener reagierte der Greis. Gesine war schnell wieder aus der Küche hinausgegangen und mied fortan den Kontakt mit den beiden Alten.

»Ich weiß mir nicht mehr zu helfen. Kommst du bitte mit? Er ist richtig außer sich. Vielleicht kannst du ihn beruhigen?« Die Augen der Großmutter waren flehend auf ihren Sohn gerichtet.

Rudolf Freyung stand sofort auf. »Ich komme«, sagte er fest.

5

Francas Blick krallte sich für ein paar Sekunden panikartig an den unterschiedlich hohen Stapeln auf ihrem Schreibtisch fest, die sich in leichter Schieflage befanden, sodass man fürchten konnte, bereits eine unbedachte Bewegung könnte alles zum Einsturz bringen. Vielleicht sollte sie es langsam aufgeben, sich ständig zu fragen, wann sie all diese Arbeiten erledigen sollte, genauso wie sie aufgegeben sollte, sich für unersetzlich zu halten. Irgendwann und irgendwie würde sich alles relativieren, wie immer im Leben.

Sie hatte bereits überlegt, einfach einen Teil der unerledigten Stapel umzuschichten, da der gegenüberliegende Schreibtisch noch viel Platz bot. Ihr Teamkollege Bernhard Hinterhuber hatte, wie es seine Art war, seinen

Arbeitsplatz aufgeräumt zurückgelassen, bevor er sich zu seinem Lehrgang an der Polizeischule Hahn verabschiedet hatte.

Clarissa, die während seiner Abwesenheit diesen Schreibtisch eingenommen hatte, saß am Computer und produzierte leise klackende Geräusche auf der Tastatur. Auf ihrem eng anliegenden T-Shirt in knalligem Bischofslila prangte unübersehbar der Spruch: *Born to be wild.*

Seit Hinterhubers Abwesenheit war noch deutlicher als sonst zu erkennen, welche Bereicherung Clarissa für Francas Team war, auch wenn ihr bisweilen sehr farbenfrohes und individuell gestyltes Aussehen nach wie vor für Irritationen sorgte. Jedoch noch heute war Franca stolz darauf, dass es ihr gelungen war, Clarissa nach dem Ablauf der Praktikantenzeit in ihre Abteilung zurückzuholen. Wie nicht anders zu erwarten, hatte sie ihre Ausbildung zur Jungkommissarin mit Bestnoten abgeschlossen.

Dennoch war Franca jedes Mal für den Bruchteil einiger Sekunden irritiert, wenn sie den Blick hob und anstatt auf Hinterhubers vertrautes Profil auf das von Clarissa schaute.

Wieder einmal wurde ihr bewusst, wie sehr ihr Hubi mit seiner bodenständigen Art gerade jetzt fehlte. Insbesondere vermisste Franca die Ruhe, die von ihrem Teamkollegen ausging, diese Gewissheit, alles im Griff zu haben, die er stets vermittelte, ohne dass in seiner Haltung ein Funken Überheblichkeit mitschwang. Er strahlte eine Sicherheit aus, die besagte: ›Es ist alles gut, so wie es ist. Wir drei schaffen das. Wir tun alles, was in unserer Macht steht. Das muss ganz einfach reichen, weil wir sonst alle im Irrenhaus landen.‹

Dass man ihn nicht ganz vergaß, dafür hatte er mit seinen Sukkulenten gesorgt: Das gesamte Büro wurde förmlich überwuchert von den Ablegern seiner Kakteen, deren Pflege Clarissa in der Zeit seiner Abwesenheit übernommen hatte.

Mit einem Mal fiel Franca auf, dass Clarissa ungewöhnlich schweigsam war und einen etwas müden Eindruck vermittelte. Sie blinzelte häufig, obwohl ihr Blick konzentriert auf den Bildschirm gerichtet war. Jetzt hielt sie einen Moment inne, und schob mit kauenden Bewegungen das Piercing unterhalb ihrer Lippen hin und her.

»Na? Einen schönen Abend gehabt gestern?«, fragte Franca. Das Klappern der Tastatur verstummte.

»Oh ja«, hauchte Clarissa und strich sich mit einer fahrigen Bewegung durch den hennarot gefärbten Haarschopf.

»Das klingt ja spannend. Wie heißt er?«

Clarissa verdrehte die Augen, grinste vielsagend und nahm ihre Arbeit wieder auf.

»Wenn du mir was erzählen willst, bei mir findest du immer ein offenes Ohr«, äußerte Franca wohlwollend und hoffte, dass sie nicht klang wie eine Mutter, die ihre Tochter auf ungebührliche Weise ausfragen wollte.

In diesem Moment ging die Tür auf. Frank Stein trat mit bedeutungsvoller Miene ins Büro. »Guten Morgen, die Damen«, sagte er.

»Hi«, antwortete Clarissa, die sich offensichtlich über diesen Besuch freute, so wie ihr Gesicht aufleuchtete.

»Na, Frankie, erzähl«, forderte Clarissa den Techniker auf und sah ihn mit geneigtem Kopf an. »Was Neues über unser Knochenmädchen herausgefunden?«

Franca spürte, wie ihre Gesichtshaut sich anspannte. Alle im Präsidium nannten den Chef der Spurensicherung Frankenstein, nur Clarissa hatte sich ausgerechnet diesen anderen Namen ausgedacht, der Franca einen kleinen Stich im Herzen verursachte. »Frankie«, so hatte sie früher ihr geschiedener Mann genannt. Mit einem ebensolchen zärtlichen Klang in der Stimme wie sie ihn eben bei Clarissa wahrgenommen hatte.

Frankenstein trat hinter die Jungkommissarin und legte einen Klarsichtbeutel auf den Schreibtisch. Darin war ein Schlüsselbund mit zwei Schlüsseln und einem silbernen Anhänger in Herzform zu erkennen. »Vielleicht könnt ihr ja damit was anfangen.«

»Oh, ein Herz und die Schlüssel dazu«, hauchte Clarissa und klimperte mit den Lidern.

»Wir haben dort auf dem Friedhof noch eine ganze Menge mehr ausgegraben, aber das hier erscheint mir am aussichtsreichsten für eine Identifizierung. So ein Rüttli 1001 ist schon ein tolles Gerät.«

»Dessen Geheimnis du uns gleich verraten wirst?« Clarissa. Mit aufgerissenen Augen und unüberhörbar erotischem Unterton.

Frankenstein lachte. »Das Teil wurde in der Schweiz entwickelt speziell zum Aussieben von Erdreich. Damit lassen sich auch kleinste Partikel isolieren. Weil die Plastiktüte ziemlich verrottet war, haben sich einige Knochenteile rundum im Erdreich verteilt. Einiges haben sicher auch die Tierchen erledigt. Wir haben auch noch einen stark oxydierten Silberring gefunden, den kriegt ihr, sobald er vollständig gereinigt ist.«

»Der entweder der Toten oder ihrem Mörder gehört?«

»Oder irgendwem sonst. Das herauszufinden, ist euer Job. Allerdings ist es ein ziemlich kleiner Ring, insofern würde ich mal vermuten, dass er einer Frau gehört hat.« Frankenstein machte eine bedeutungsvolle Pause, wobei sein Blick ununterbrochen auf Clarissa ruhte. »Aber das ist noch nicht alles.« Er konnte es einfach nicht lassen, seine üblichen Spielchen zu spielen. Mit ein paar hingeworfenen Bemerkungen konnte er seine Kollegen derart auf die Folter spannen, dass die ihn förmlich anbettelten, doch endlich mit seinen vollständigen Neuigkeiten herauszurücken. Ein Vorgang, den er offensichtlich genoss.

Clarissa ließ sich auf sein Spielchen ein. »Du wirst es uns doch sicher erzählen?« Sie fixierte ihn mit Strahleaugen, während sie mit der Zungenspitze die Lippen befeuchtete. Wusste die wirklich nicht, wie so ein Verhalten auf einen Mann wirkte? Argwöhnisch beobachtete Franca die Szenerie. Ihr vermittelte sich zunehmend der Eindruck, dass diese Flirterei eine gewisse Vertrautheit signalisierte.

Sollten die beiden tatsächlich miteinander verbandelt sein? Eine Vermutung, die sich Franca schon so manches Mal aufgedrängt hatte, die sie jedoch wegen des enormen Altersunterschieds stets beiseitegeschoben hatte. Sie schätzte Frankenstein als verantwortungsbewussten und keinesfalls leichtfertigen Kollegen, zu dem ein solches Verhalten nicht passen wollte. Aber wer wusste schon, wie es in seinem Inneren aussah, vor allem, wenn er solchen Provokationen ausgesetzt war, um die Clarissa nie verlegen war. Musste da nicht jeder Mann schwach werden?

Jetzt rückte sie auch noch kokett ihr ahnsehnliches Dekolleté zurecht, in dem ein goldenes Kettchen mit Anhänger baumelte.

»Nun sag schon, Frankie«, forderte Clarissa Frankenstein mit einem weiteren Flirtblick auf und tat geheimnisvoll. »Wir haben nämlich auch Neuigkeiten.«

»Ach. Was denn?«

»Du zuerst.« Sie stützte das Kinn auf die Hand und hielt seinem Blick in aufreizender Weise stand.

»Der Kopf!«, rief er mit triumphierender Miene aus.

»Wir haben bei der Buddelei den Schädel gefunden, er gehört eindeutig zum Skelett. Sieht zwar ziemlich demoliert aus, aber die meisten Zähne sind noch dran, und zwar gut erhalten. Küppersbusch hat ihn bereits zu einem forensischen Odontologen geschickt.«

»Das heißt, das Skelett ist jetzt so gut wie vollständig?«, konstatierte Clarissa mit anerkennendem Blick. »Super.«

»Na ja. So gut wie«, bestätigte Frankenstein. »Es fehlen zwar immer noch ein paar Teilchen, aber die spielen weiter keine Rolle. Jedenfalls will der Doktor die ganze Palette auffahren: Isotopenanalyse, toxikologische Untersuchung und so weiter. Der Mann nimmt es genau. Das gefällt mir.« Frankensteins Stimme klang anerkennend.

»Du scheinst ja große Stücke auf den Doktor zu halten«, meinte Franca etwas säuerlich, der deutlich das manierierte Getue Küppersbuschs vor Augen stand.

»So eine Isotopenanalyse ist was Feines«, meinte Frankenstein. »Passt mal auf, in ein paar Jahren ist diese Methode genauso bedeutsam wie heute die DNA-Analyse. Es ist toll, einen solchen Mann in unseren Reihen zu haben, der alle Möglichkeiten ausschöpft. Er hat eine Superausbildung und er kann eine ganze Menge. Solche Leute sind unschätzbar.«

»Du meinst wohl unschätzbar arrogant«, konterte Franca. »Also wie der sich da auf dem Friedhof gebärdet hat. Wie ein Streber, der einem all sein Wissen vor die Füße kippt und mit jedem Satz deutlich macht, für wie blöd er einen hält.«

»Na na na«, beschwichtigte Frankenstein. »Bis jetzt hast du mir nicht gerade den Eindruck vermittelt, dass du an Minderwertigkeitskomplexen leidest.«

»Tss.« Franca schüttelte unwirsch den Kopf.

Clarissa war aufgestanden. Mit ihren lila-silbern manikürten Fingernägeln langte sie in das Süßigkeitenglas, das Franca vor Kurzem mit Baci gefüllt hatte, und angelte eine der in Silberpapier eingewickelten Nusspralinen heraus. Baci gab es normalerweise nur für teures Geld in speziellen Feinkostgeschäften. Zufällig hatte Franca das italienische Nusskonfekt in einem Discounter als Wochenangebot gesehen und gleich mehrere Packungen mitgenommen. Eine davon hatte sie mit ins Büro gebracht und dabei ihre nostalgischen Erinnerungen an das Feinkostgeschäft ihres Vaters im Koblenzer Entenpfuhl aufleben lassen.

Clarissa wickelte die Nusspraline aus dem mit blauen Sternen gesprenkelten Silberpapier und steckte das Konfekt dem überraschten Frankenstein blitzschnell in den Mund. Dann strich sie das Papier glatt und knibbelte den winzigen Pergamentstreifen heraus, der in dem Silberpapier versteckt war. »Mal sehen, wie dein Spruch lautet«, sagte sie und las laut vor: *»Liebe ist ein Begehren, das aus einem Herzen voll überschwänglicher Freude kommt.«*

»Ui«, entfuhr es Frankenstein, der die Praline genüsslich kaute und schließlich hinunterschluckte. »Kann man nix gegen sagen. Danke schön. Schmeckt richtig toll. Krieg ich den Spruch?«

Clarissa trat nah an ihn heran und steckte ihm das schmale Papier in die Hemdtasche, eine Geste, die sehr vertraut wirkte. Er hob grüßend die Hand, wandte sich zur Tür, dann drehte er sich noch mal um. »Hattet ihr nicht auch noch eine Neuigkeit für mich?«

»Ich hab mich schon gewundert, dass du das gar nicht wissen willst«, hauchte Clarissa.

Franca, die das Gebaren der beiden mit immer größer werdendem Argwohn beobachtete, sagte mit betont sachlicher Stimme: »Die Plastiktüte, in der die Knochen steckten, kann bis zu 30 Jahre alt sein. Ursprünglich war Blumenerde drin. Die Firma hat den Aufdruck jahrelang unverändert gelassen.«

»Doch schon so alt«, meinte er nachdenklich. »Dann habt ihr ja ganz schön zu tun mit dem Checken der Vermisstendateien.«

»Wir sind schon dabei. Was glaubst du, was wir hier tun? Faulenzen?« Clarissa. Wieder mit kokettem Augenaufschlag.

»Dann will ich nicht länger stören. Weiterhin frohes Schaffen, meine Lieben.« Sein Blick ruhte etwas länger auf Clarissa, bevor er die Tür hinter sich schloss.

Franca konnte nicht mehr länger an sich halten. »Sag mal, was läuft denn da zwischen euch?«, platzte sie heraus. Aber bereits in dem Moment, als die Worte draußen waren, hätte sie sie am liebsten wieder zurückgenommen.

Clarissa, die sich ebenfalls ein Baci in den Mund gesteckt hatte, hörte auf zu kauen und schaute Franca mit zutiefst erstauntem Blick an. »Wie bitte?«

»Zwischen dir und Frankenstein, das ist ja wohl nicht mehr zu übersehen«, ereiferte sich Franca. »Andauernd kommt er bei uns vorbei, wenn er einfach nur zum Telefon greifen müsste. Dann guckt er dich an, als ob er dich gleich auf der Stelle flachlegen wollte.«

»Franca, nun übertreib mal nicht.« Clarissa staunte noch immer. »Wir sind einfach nur nett zueinander. Wie sich das unter guten Arbeitskollegen so gehört. Da kann man doch wohl mal ein wenig miteinander flachsen. Glaubst du im Ernst, ich verguck mich in einen Mann, der doppelt so alt ist wie ich?« Sie schüttelte den Kopf. »Also einen Vaterkomplex hab ich nun wirklich nicht.«

»Und mit wem warst du gestern Abend aus?« Franca wollte sich so schnell nicht geschlagen geben.

Clarissas Stauneblick intensivierte sich. »Du glaubst doch wohl nicht, dass ich mit Frankenstein …?« Sie schlug sich mit der flachen Hand gegen die Stirn. »Ich fass es nicht.«

»Dann kannst du's mir ja sagen«, äußerte Franca lauernd.

»Also weißt du, du bist ganz schön indiskret. Ich frag dich ja auch nicht über deine Männergeschichten aus.« Clarissa wartete einen effektvollen Moment ab, bevor sie weitersprach. »Aber wenn du es unbedingt wissen willst: Ich war bei David Garrett.« Sie grinste auf eine Art, wie das nur Clarissa konnte: eine Mischung aus Verschlagenheit, spitzbübischem Hintersinn und absolutem Selbstbewusstsein.

»Hä?« Nun war es an Franca, sprachlos zu sein.

»Ich war in einem Konzert. Stargeiger David Garrett. Der Name sagt dir doch sicher was?«

Als Franca irritiert nickte, fuhr Clarissa fort: »Göttlich, sag ich dir. Der Mann, die Musik, die ganze Atmosphäre.« Sie verdrehte schwärmerisch die Augen. »Pure Glücksgefühle. Die hallen immer noch nach.«

»Jetzt versteh ich gar nichts mehr. Du stehst auf einen Geiger?« Clarissa bevorzugte Radiosender wie *Rockland Radio* oder *Big FM*. Für die Musik, die dort lief, fühlte Franca sich entschieden zu alt, und sie bat stets, in ihrem Beisein auf neutralere Sender auszuweichen. Oder am besten das Radio ganz abzuschalten. »Ich dachte, du magst nur so stakkatohaftes, abgehacktes Zeug, das man schon nicht mehr Musik nennen kann.«

»Man kann doch beides mögen. Bushido und David Garrett. Es lebe die Vielfalt. Sagst du doch auch immer. Und David Garrett ist nicht nur ein Teufelsgeiger, der ist auch noch ein echter Hingucker. Wenn man doch im wahren Leben auch mal so einen Mann kennenlernen würde!

Wie der seine Geige behandelt, behandelt er sicher auch Frauen.« Clarissas Blick war genauso schmachtend und schwärmerisch wie vorhin, als sie mit Frankenstein geflirtet hatte.

Franca gab sich geschlagen. »Also wenn das so ist: Ich glaube, da ist eine dicke Entschuldigung fällig«, lenkte sie beschämt ein.

»Das glaub ich auch«, bestätigte Clarissa.

»Ich gelobe, ich werde dich nie wieder verdächtigen, etwas mit unserem Chef-Spusi zu haben.«

»Egal, wie nett ich zu ihm bin? Oder soll ich ihn in Zukunft angiften, damit du mir glaubst?«, fragte Clarissa mit listigem Blick.

6

»Der warme Sommer hat den Reben gut getan. Die Trauben sehen gesund aus. Dabei hatten wir schon die größten Bedenken, weil die Blüte wegen des verregneten Frühsommers so spät eingesetzt hat. Doch jetzt ist alles glücklicherweise wieder aufgeholt.«

Leonhard stand in einem der kerzengerade ausgerichteten schmalen Rebengänge, die sich den steilen Hang hinunterzogen. Gesine war oben stehengeblieben und beobachtete ihn. Er trug modern geschnittene Jeans und ein weißes Hemd, dessen Ärmel hochgekrempelt waren, darüber hatte er lässig einen Pullover geschlungen, Kleidung, in der er ihr besser gefiel als in seiner Arbeitskluft, die er üblicherweise trug. Für einen kurzen Moment wurde sein Gesicht von den sattgrünen Blättern verdeckt, die das Licht der Nachmittagssonne zu bündeln schienen.

Er trat ein paar Schritte weiter den Hang hinunter und musterte mit konzentrierter Miene die Weinstöcke, Blicke, die sie inzwischen sehr gut kannte. Mit beiden Händen berührte er eine mit dunkelblauen Beeren behangene Rebe, hielt sie nah vor sein Gesicht und beschnupperte und begutachtete sie eingehend.

Sie hatte sich daran gewöhnt, dass man mit Leonhard nicht einfach nur spazieren gehen konnte, auch nicht an einem Sonntag wie heute. Der Winzer in ihm beobachtete stets seine Umgebung. Dabei interessierte ihn nicht nur der Wuchs der elterlichen Reben, sondern auch der der anderen Winzer. Dass es sich bei den von ihm inspizierten Gewächsen um eine Parzelle des Weingutes Freyung handelte, darauf verwies ein weißes ovales Schild am oberen Rand.

Gesines Blick wanderte wieder den Hang hinauf. Neben der kultivierten Anlage breitete sich eine völlig verbuschte und von Dornenhecken überwucherte Fläche aus.

Leonhard hatte ihr erklärt, dass das neu angelegte Feld, das er in mühevoller Kleinarbeit eigenhändig gerodet und mit Spätburgunderreben bepflanzt habe, noch vor ein paar Jahren genauso verwildert ausgesehen hatte wie das Nachbargrundstück.

»Aber du glaubst gar nicht, wie viel Freude es macht, mit seiner eigenen Hände Arbeit ein Stück Land zu roden, es quasi von der Natur zurückzuholen«, hatte er ihr begeistert erklärt. »Und es hält fit. Andere gehen in die Muckibude. Ich geh in meinen Steilhang. Dieser Wein wird ein wirklich besonderer, da bin ich ganz zuversichtlich.«

Die Lage sei hervorragend, wozu auch die mit Schieferbrocken durchsetzte Bodenstruktur beitrage. Die Reben waren gut angewachsen und trugen in diesem Jahr zum ersten Mal eine nennenswerte Anzahl von Früchten, die er zu einem *Blanc de Noir* verarbeiten wolle, hatte er ihr erklärt.

»Ein Weißwein aus blauen Trauben, wie geht das denn?«, hatte sie wissen wollen.

»Ganz einfach: Die Farbstoffe sitzen nur in der Beerenhaut, das Fruchtfleisch ist farblos. Wenn man die Trauben direkt nach der Lese presst, gelangen die Farbstoffe aus der Schale gar nicht erst in den Most, und der Wein färbt sich allenfalls ganz zart. Eine hohe Qualität erreicht man aber nur mit gesundem Lesegut, darauf muss man sehr streng achten.«

Damit seinem Vorhaben nichts im Wege stand, schaute er in regelmäßigen Abständen nach den Trauben. »Das ist fast so wie bei einer Schwangerschaft«, hatte er lachend gesagt. »Je näher der Geburtstermin, also die Lese, heranrückt, umso konstanter muss man beobachten, dass das Kind gesund bleibt und keine Krankheit bekommt.«

Sie beobachtete ihn, wie er vorsichtig ein paar Beeren abzupfte, eine davon in den Mund steckte, der er mit geschlossenen Augen nachschmeckte. »Hm. Sehr gut«, rief er aus, drehte sich um und kam zu ihr zurück. »Willst du auch mal probieren?«

Sie nickte, öffnete den Mund und er schob ihr mit einer zärtlichen Geste eine der blauen Beeren zwischen die Lippen. Als die Traube in ihrem Mund zerplatzte, verzog sie ein wenig das Gesicht. »Ziemlich sauer«, meinte sie.

Er lachte laut auf. »Die haben ihre physiologische Reife noch nicht ganz erreicht. Aber man kann schon erkennen, dass sie einen guten Geschmack haben.« Er hob den Kopf und sah in den Himmel. »Vorausgesetzt, Petrus spielt weiterhin so gut mit.«

»Also liegt alles letztendlich nur am Wetter?«, wollte sie wissen.

Er wiegte den Kopf. »Natürlich ist das Wetter wichtig, aber der Winzer muss schon auch seinen Teil dazu beitragen. Man kann ja nicht alles auf den da oben schieben.« Mit einer weit ausholenden Geste wies er auf das verwilderte Nachbargrundstück. »Nach der Lese nehme ich mir diese Parzelle vor.«

»Warum machst du dir denn die viele Arbeit?«, wollte Gesine wissen. »Habt ihr nicht schon genug Weinberge?«

»Jetzt sprichst du genau wie mein Vater.« Leonhard zog missbilligend die Augenbrauen zusammen. »Das hier ist eine besondere Lage. Der Hang ist südwestexponiert und liegt geschützt, die Sonnenbestrahlung, die im Schiefer gespeichert wird, ist viel intensiver als in den Ebenen. Die Mineralien schmeckt man im Wein, allerdings nur, wenn man ihn richtig behandelt.«

»Und wie kriegt man das hin?«

»Indem ich den Weinanbau ganzheitlich betrachte, im Gleichklang mit der Natur wirtschafte und auf chemische Eingriffe verzichte. So wie es Rudolf Steiner lehrt.«

»Du meinst, den Begründer der Waldorfschulen?«

»Genau der.« Leonhard nickte. »Er gilt als der Wegbereiter des biologischen und biodynamischen Weinbaus. Es ist sehr interessant, sich mit seiner Philosophie zu befassen, die auch kosmische Einflüsse berücksichtigt.«

»Heißt das, du richtest dich nach Mondphasen?« Davon hatte Gesine gehört, dies aber nicht allzu ernst genommen.

»Schon.« Er nickte. »Hauptsächlich bei dem Rebschnitt und bei der Bearbeitung des Bodens. Dazu müsstest du mal meinen Vater hören. So was hält er für totalen Quatsch.« Leonhard verzog das Gesicht. »Dabei beweisen immer mehr Spitzenwinzer, dass es sich lohnt, biodynamisch zu arbeiten. Aus einem geschundenen Weinberg sind nun mal keine außergewöhnlichen Weine zu gewinnen.«

»Kann man denn ganz ohne Chemie auskommen?« Gesines Stimme klang skeptisch.

»Wenn man sich all diese ganzheitlichen Vorgänge und Zusammenhänge bewusst macht, kann man eigentlich gar nicht mehr anders arbeiten. Das beginnt schon beim Wuchs. Ich benutze keine Unkrautvernichtungsmittel oder Pestizide und nur natürliche Dünger. Ich verzichte auf alles, was die Natur aus dem Lot bringen könnte. Es sind doch schon zu viele Pflanzen- und Tierarten ausgestorben. Die Artenvielfalt zu erhalten, sollte eigentlich jedem Winzer am Herzen liegen.«

»Aber bedeutet das nicht, dass die Reben dann anfälliger sind?«

Er zuckte mit den Schultern. »Es gibt genug Alternativen. Natürliche Stärkungsmittel erhöhen die Widerstandsfähigkeit der Reben. Gegen Mehltau setze ich Kupfer ein, das ist ökologisch verträglich. Auch später bei der Gärung verzichte ich auf chemische Zusätze. Dieses Authentische schmeckt man. Man kann sagen, dass im gut ausgebauten Wein quasi das Gedächtnis der Natur steckt. Im Grunde genommen ist darin die ganze Erdzeitgeschichte konzentriert enthalten. Weinkenner wissen das zu schätzen.«

Gesine sah ihn fragend an. »Das versteh ich jetzt nicht.«

Er bückte sich, hob einen der herumliegenden Gesteinsbrocken auf und hielt ihn ihr hin. »Schau mal. Dieser Schiefer ist rund 400 Millionen Jahre alt.«

»So alt?«, wunderte sie sich.

Leonhard nickte. »Er ist aus Meeresablagerungen entstanden und hat eine interessante Metamorphose durchlaufen, weil er unter relativ niedrigen Temperaturen hohen Druckverhältnissen ausgesetzt war. Das macht ihn ausgesprochen widerstandsfähig. Stell dir mal die ungeheuren tektonischen Kräfte vor, durch die diese Schieferplatten hochgeschoben wurden, das nötigt einem doch großen Respekt ab. Fass ihn mal an, dann bekommst du ein Gespür für seine Besonderheit.«

Gesine nahm den Schieferbrocken in die Hand und strich darüber.

»Das ist Goldschiefer«, erklärte Leonhard und wies auf die brüchigen Ränder, die in der Sonne glitzerten. »Dann gibt es noch Blauschiefer und Rosenschiefer, die sich jedoch nur minimal voneinander unterscheiden.«

Der Gesteinsbrocken fühlte sich warm und glatt an, es war allerdings eine Glätte mit spürbaren Unebenheiten, vergleichbar eher mit der geschuppten Haut einer Schlange als mit einem geschliffenen Kiesel.

»Riech mal dran«, forderte er sie auf, »das ist der typische Schiefergeruch.«

Sie schnupperte, konnte aber nichts Spezifisches feststellen. »Dazu braucht man aber ein sehr gutes Näschen.«

»Willst du etwa bezweifeln, dass ich ein sehr gutes Näschen habe?« Er gab ihr einen kleinen zärtlichen Stüber.

Sie behielt den glänzenden Schieferbrocken in der Hand und spürte, wie sich ihre Körperwärme auf den Stein übertrug.

»Aber sag mal«, skeptisch sah sie in Richtung des mit Brennnesseln und Dornenhecken überwucherten Steilhanges, »so richtig vorstellen kann ich mir nicht, dass sich diese Wildnis plötzlich in eine akkurate Kulturlandschaft verwandelt.«

»Das geht ja auch nicht durch Zauberhand. Aber du wirst schon sehen. Im nächsten Jahr wachsen hier ebenfalls Reben.«

Sie ließ den Schieferbrocken zurück auf die Erde fallen.

»Warum wird der Weinberg denn nicht mehr bewirtschaftet, wenn er so vielversprechend ist?«, fragte sie.

Er hob die Schultern. »Der Steillagenweinbau ist halt ziemlich aufwendig. Meinem Großvater war das zu viel Arbeit, und da hat er einige der steilsten Rebflächen aufgegeben. Er ist nicht der Einzige. Du siehst ja, dass viele Hänge ringsum brach liegen.«

In der Tat war Gesine aufgefallen, dass etliche der terrassenförmig angelegten Mauern vor sich hinbröckelten. Einige knorrige Rebstöcke, um die sich niemand mehr kümmerte, zeugten von früherer Bewirtschaftung.

»Es ist eben nicht einfach, alles per Hand zu erledigen. Man kommt hier mit den üblichen Maschinen nicht ran. Aber ich finde, es ist einfach zu schade um diese schöne Lage. Die muss unbedingt genutzt werden. Dass ich mich insgesamt mehr auf biodynamischen Anbau spezialisieren will, wird mich allerdings noch eine ganze Menge Überzeugungsarbeit kosten.«

»Wegen deinem Vater?«, fragte Gesine.

Er nickte. »Du hast ja mitbekommen, dass wir nicht unbedingt einer Meinung sind, was den Weinbau betrifft. Er meint, solange er der Chef ist, hat er das Sagen.«

»Und dir macht die viele Arbeit nichts aus?«

»Es ist eben ein anderer Umgang mit der Natur. Die frühere Generation hat sich nichts dabei gedacht, sofort bei jeder Kleinigkeit die chemische Keule einzusetzen. Ich bin da ganz anders sensibilisiert und ich würde mir wünschen, dass sich dieses Bewusstsein mehr durchsetzt. Der Raubbau mit der Natur kann nicht ewig so weitergehen.«

»Und der Wein schmeckt dann wirklich anders?«

»Aber sicher. Die Weine von meinem Vater sind im Grunde Durchschnittsweine. Sie sind nicht schlecht, das sicher nicht. Aber ich hab anderes vor.«

»Was denn?«

Er legte den Kopf leicht in den Nacken und faltete die Hände, eine Haltung, die sie öfter bei ihm bemerkt hatte, wenn er sich konzentrierte. »Etwas Besonderes«, sagte er schließlich. »Etwas, das aus der Masse heraussticht. Eine Vision, wenn du so willst. Ich sehe das so: Ich habe einen Rohstoff, daraus will ich etwas machen, das Weinkennern, die das zu schätzen wissen, Freude bereitet.«

»Aber auch etwas, das entsprechend mehr kostet«, warf sie ein.

»Das gehört dazu. Es ist ja schließlich mit wesentlich mehr Arbeit verbunden. Qualität hat ihren Preis. Das hat auch was mit Wertschätzung zu tun. Und dazu stehe ich.«

Gesine gefiel das, was Leonhard sagte. Auch imponierte ihr die Entschlossenheit, wie er ihr sein Vorhaben vermittelte. Er wusste, was er wollte, er hatte ein bestimmtes Ziel, auf das er hinarbeitete. Egal, wie viel Mühe es machte.

Er wandte ihr sein Gesicht zu und blickte sie mit ernster Miene an. »Verstehst du das?«

Sie nickte. »Das verstehe ich sehr gut.«

Er seufzte leise. »Dann bist du die Einzige. In meiner Familie will man das einfach nicht verstehen. Man will so weitermachen wie bisher. Es war immer gut, also soll es auch für mich gut genug sein.«

»Und deine Schwester? Ich hatte den Eindruck, dass sie auf deiner Seite ist und dich unterstützt.«

Er atmete hörbar aus. »Franzi ist viel zu selten bei uns. Gut, wenn sie hier ist, hilft sie, wo sie kann. Aber im Grunde lebt sie in ihrer eigenen Welt. Auf der Uni geht es eben anders zu als im Betrieb. Vorlesungen kann man auch mal ausfallen lassen. Wenn wir mit der Arbeit nicht nachkommen, werden wir sofort bestraft. Wir stehen ständig unter Druck. Manchmal ackern wir bis zum Umfallen.« Er hob die Schultern. »Es gibt Zeiten, da hat man so gut wie kein Privatleben …«

Gesine sah ihn aufmerksam an. »Kein Privatleben? Meinst du das wirklich?«

Er wandte den Kopf und sah ihr fest in die Augen. »Wenn man was erreichen will, muss man alles geben.«

»Und: Ist es das wert?«

»Das wird sich zeigen.«

Zwei Spaziergänger in Kniebundhosen und mit Wanderstöcken gingen freundlich grüßend an ihnen vorbei.

»Wollen wir nicht langsam weiter?«, fragte sie mit einem Blick auf die Uhr. »Bald ist die Kaffeezeit vorbei.«

Ihr Ziel war die Edmundshütte, die hoch über dem Rheintal zwischen schroffen Felsen thronte, dorthin führte ein asphaltierter Weg, der sich in schmalen Serpentinen zwischen den Weinbergen wand.

»Dann komm.« Leonhard fasste Gesine bei der Hand, und sie schlenderten weiter die schmale Straße bergan. »Ich finde es super, dass du dich so für meinen Beruf interessierst.« Mit einem zärtlichen Blick sah er sie an.

»Fragst du dich nicht manchmal, ob sich all die Mühe wirklich lohnt?«, äußerte sie vorsichtig.

»Natürlich«, bestätigte er. »Wir haben ja auch alle ganz schön zu kämpfen, weil viele Leute den Wein billig im Supermarkt kaufen wollen. Aber es gibt glücklicherweise auch andere Kunden, die sich dafür interessieren, wer den Wein macht und wie das geht. Auf die setze ich.«

Unten im Tal hörte man in regelmäßigen Abständen Güterzüge fahren, die einen ziemlichen Lärm erzeugten. Auch die Geräusche des Straßenverkehrs drangen bis hier oben hin und störten ein wenig die Schönheit der Aussicht.

»Schade, dass du unsere beiden wichtigsten Feste versäumt hast. Beim Weinpicknick hätte ich dich gern dabei gehabt und natürlich auch bei unserem Weinfest. Das ist jedes Jahr ein Riesenspektakel, bei dem die Weinkönigin in ihr Amt eingeführt wird. Eröffnet wird es mit einem Fackelzug und Livemusik. Abends gibt es ein kleines Feuerwerk in den Rheinanlagen, allerdings nicht so gigantisch wie beim ›Fest der 1000 Lichter‹ in Andernach, das wir beim Weinpicknick erleben konnten. Ein toller Abend, sag ich dir. Rheinromantik pur. Auf unserer Seite brannten die Schwedenfeuer, und drüben ging das Feuerwerk los. Dazu der illuminierte Schiffskonvoi. Ich wette, das hätte dir gefallen.« Als er sie näher zu sich heranzog und ihren Körper an den seinen drückte, spürte sie ein erregtes Flattern tief in ihrem Innern. Sie freute sich darüber, wie sehr Leonhard bemüht war, ihr die Besonderheiten seiner Heimat in glühenden Farben zu schildern. »Ein bisschen bin ich schon eine Romantikerin«, gab sie zu. »Fackelzug und Feuerwerk … ja, das hat schon was.«

»Es wird noch viele ähnliche Gelegenheiten geben«, meinte er und küsste sie auf die Nasenspitze. »›Rhein in Flammen‹ ist noch den ganzen Herbst über irgendwo in der Nähe.«

»Also wenn man dich hört, feiert ihr immer irgendein Fest.«

»Wir sind eben im Rheinland.« Leonhards warme braune Augen strahlten sie an. »Winzer sind ein lustiges Völkchen. Wir lachen und wir feiern gern.«

»Aber ihr arbeitet auch sehr viel.«

»Das gehört dazu. Von etwas muss der Mensch ja leben. Die Brötchen verdienen sich nicht von selbst.«

Leonhard und Leutesdorf, das schien zusammenzugehören. Aus seinen Worten konnte sie heraushören, dass er sich nicht vorstellen konnte, jemals woanders zu leben.

Nicht zum ersten Mal fragte sie sich, ob es ihr gelingen würde, das Rheintal als ihre Heimat anzusehen. Obwohl sie diesen Landstrich schön und liebenswert fand, war er ihr nicht so nah wie ihr Töwerland.

Sie war sicher, dass sich alle Familienangehörigen ihre eigenen Gedanken darum machten, ob so ein Friesengewächs wie sie die Richtige sein konnte für einen Winzerhaushalt am Rhein. Mit Leonhards Eltern kam sie ganz gut klar, obwohl sein Vater nach wie vor auffallend still war und sich kaum an Unterhaltungen beteiligte, außer wenn es um etwas Berufliches ging. Da blühte er regelrecht auf und wurde sehr gesprächig. In solchen Momenten waren sich Vater und Sohn ausgesprochen ähnlich.

Um Leonhards Großeltern hatte sie bisher einen großen Bogen gemacht. Der Schrecken, den der Auftritt von Leonhards Großmutter letztens verursacht hatte, war ihr ziemlich in die Glieder gefahren. Aber gehörten sie nicht ebenfalls zur Familie?

»Wie geht es eigentlich deinem Großvater?«, fragte sie.

Leonhard hob die Schultern. »Er ist in letzter Zeit sehr unruhig. Das hast du ja mitbekommen. Sein körperlicher Verfall lässt sich nicht aufhalten, und gegen Demenz ist niemand gefeit. Ich kann auch nicht so recht nachvollziehen, was in ihm vorgeht. Momentan erzählt er andauernd was von einem Fahrstuhl, der abwärts saust. Er will nicht rein, weil er Angst davor hat, abzustürzen. Dabei weiß ich überhaupt nicht, wo bei uns hier ein Fahrstuhl sein soll.« Leonhard schwieg eine Weile und sah nachdenklich vor sich hin.

»Vielleicht hat er vor irgendetwas Angst?«, vermutete Gesine.

»Keine Ahnung.« Leonhard hob die Schultern. »Er kann halt nicht mehr wirklich ausdrücken, was ihm durch den Kopf geht.«

Endlich erreichten sie die Terrasse der Edmundshütte. Fast alle Bänke waren besetzt, nur in einer Ecke gab es an einem Tisch noch zwei gegenüberliegende freie Plätze. Sie bestellten Kaffee und hausgemachten Kuchen, und Gesine genoss den weiten Blick über die Dächer von Leutesdorf und auf das gegenüberliegende Andernach.

Plötzlich sah sie eine Wasserfontäne zwischen den Bäumen aufsteigen, die langsam anwuchs und höher und höher wurde.

»Was ist das denn?«, fragte sie verwundert und deutete auf das Phänomen. »Ein Springbrunnen mitten im Wald?«

Leonhard schmunzelte. »Das ist der Andernacher Geysir. Eine kleine Sensation, weil es der höchste Kaltwassergeysir der Welt ist. Das ist eine Kohlendioxidquelle, also eine Mineralwasserquelle und nicht zu vergleichen mit den Heißwassergeysiren. Drüben muss man Eintritt bezahlen, um ihn springen zu sehen. Hier bei uns kannst du das kostenlos genießen.«

»Interessant.« Sie bemerkte, dass auch die anderen Gäste sich über die Fontäne unterhielten. Das Schauspiel war innerhalb weniger Minuten vorbei.

»Es ist eben eine besondere Gegend, in der ich lebe. Sehr gerne lebe.« Er streichelte ihr sanft über die Hand. »Und es wäre schön …«

Mit einem Mal überkam sie das Gefühl, ihre Insel verteidigen zu müssen. »Meine Heimat ist auch schön«, sagte sie, während der Wind ihr die langen kastanienbraunen Haare vor den Mund wehte. »Dort lebt es sich auch sehr angenehm.« Sie strich die Haare zurück.

Er lachte. »Ich weiß, aber eben anders.«

Wenig später traten sie den Rückweg an. Noch vorhin war es richtig warm gewesen, doch nun, da die Sonne langsam unterging, spürte man deutlich den kühlen Luftzug. Gesine war froh, dass sie ihre Strickjacke mitgenommen hatte.

Auch Leonhard hatte seinen Pullover übergezogen. Plötzlich blieb er stehen. »Schau mal«, sagte er. Tief unter ihnen floss das metallisch gleißende Band des Rheins, auf dessen Oberfläche das Spätnachmittagslicht flirrte. Daneben zogen sich die Bänder der Straße und der Schienen. Die Hügel auf beiden Seiten des Rheins bildeten ein subtiles Farbenspiel und verloren sich in der Ferne zu einem bläulichen Dunst.

»Ist das nicht wunderschön?« Er legte den Arm um sie und zog sie näher zu sich heran. »Kannst du dir vorstellen, hier für immer mit mir zu leben?«, flüsterte er.

Sie schwieg einen Moment, den Kopf an seine Schulter gelehnt. »Und du?«, fragte sie schließlich zurück, hob den Kopf und sah ihm in die Augen. »Könntest du dir vorstellen, mit mir an die Nordsee zu ziehen?«

Überrascht ließ er sie los. Dann lachte er laut auf. »Die Frage ist nicht ernst gemeint, oder?«

7

Helga Mansfeld schlug die Regionalseite der Tageszeitung auf. Die Überschrift, die ihr entgegenleuchtete, ließ für einen Moment ihren Atem stocken: »Grausiger Skelettfund gibt viele Rätsel auf«.

Die Buchstaben begannen vor ihren Augen zu tanzen.

Ihr Herz schlug schneller. Sie blinzelte ein paar Mal, bis sie schließlich aufgeregt weiterlas.

> Der Fund eines Skeletts, das auf einem Friedhof nahe Neuwied in einem Plastiksack verscharrt war, stellt die Polizei vor ein Rätsel. Nach erster Inaugenscheinnahme handelt es sich um menschliche Skelettteile, wie der Pressesprecher der Polizei Koblenz mitteilt. Experten gehen davon aus, dass die Gebeine aller Wahrscheinlichkeit nach einer Frau zuzuschreiben sind, die zu Lebzeiten zwischen 18 und 40 Jahren alt war. Zurzeit werden die Knochen in der Bonner Rechtsmedizin auf weitere Anhaltspunkte hin untersucht.
>
> Bis jetzt sind die Hintergründe völlig unklar. Auch ist über die Identität der Toten nichts bekannt. Aufschlüsse erhofft man sich aufgrund eines Abgleichs mit den Vermisstenfällen der vergangenen Jahre. Ob es sich um ein Verbrechen handelt, kann derzeit weder ausgeschlossen noch bestätigt werden. Da die Leiche eine längere Liegezeit aufweist, kommen verschiedene Möglichkeiten in Betracht.

Mary Lou, dachte sie sofort. Es wird hoffentlich nicht Mary Lou sein. Oder vielleicht doch? In Helga stritten sich die widersprüchlichsten Gefühle. Einerseits wünschte sie, die Ungewissheit wäre endlich nach so vielen Jahren vorbei. Andererseits würde dann die Hoffnung endgültig zerstört werden, dass Mary Lou vielleicht doch noch eines Tages vor ihrer Tür stehen könnte. Gesund und mit einer plausiblen Erklärung, wo sie all die Jahre geblieben war.

Ihr Herz klopfte wild, als sie das Telefon in die Hand nahm und die Nummer wählte, die in der Zeitung angegeben war.

Am anderen Ende meldete sich eine sachliche Frauenstimme.

»Ja, ähm …«, Helga stockte, »… ich rufe an wegen der Knochen auf dem Friedhof … also das Skelett, das sie da gefunden haben …« Sie verhaspelte sich, aufgeregt, wie sie war, und weil ihr nicht die richtigen Worte einfallen wollten. Sie hatte sich alles so schön zurechtgelegt, doch nun war dies wie weggeblasen.

»Einen Moment bitte, ich leite Sie weiter«, sagte die unverbindliche weibliche Stimme.

Nach einigen Augenblicken, die ihr endlos vorkamen, meldete sich eine andere weibliche Stimme, die reifer klang. Und interessierter. »Franca Mazzari, Kripo Koblenz.«

»Ja also …«, begann Helga erneut. Sie räusperte sich. Ihre Kehle fühlte sich wie zugeschnürt an. »Mein Name ist Mansfeld. Helga Mansfeld. Sie haben doch diese Knochen dort auf dem Friedhof gefunden … also ein weibliches Skelett …«

»Können Sie darüber Auskunft geben?« Die Stimme signalisierte erhöhte Aufmerksamkeit.

»Das ist so, meine Schwester Mary Lou, also richtig Marie Louise, die ist vor fast 30 Jahren spurlos verschwunden …« Sie schluckte, fuhr dann mit etwas sicherer Stimme fort, »… und wir – also ihre Familie – wissen nicht, was mit ihr passiert ist. Sie war einfach weg, von einem Tag auf den anderen. Niemand hat das verstanden. Und nun …«

»Wie alt war Ihre Schwester damals?«, fiel ihr die Frau am anderen Ende der Leitung ins Wort.

»19.«

Nun klang die Stimme höchst alarmiert. »Nennen Sie mir bitte Ihren Namen und Ihre Adresse. Wir sind sofort bei Ihnen.«

8

»*Ma come balli bene bella bimba* …«

Franca traute ihren Ohren nicht. Das Lied aus ihren Kindertagen lief im Radio.

»Was ist denn das für ein Sender?« Clarissa schüttelte den Kopf, beugte sich vor und wollte sich an den Reglern des Autoradios zu schaffen machen.

»Bitte lass das mal«, bat Franca mit seligem Gesichtsausdruck und sang leise den Refrain mit, der ihr wegen der eingängigen Klangfolge in Erinnerung geblieben war.

Ein erstaunter Blick von der Seite traf sie. »Woher kennst du das denn?«

Franca wartete mit der Antwort, bis die letzte Melodienfolge verklungen war. »Das ist ein altes trientinisches Volkslied. Hat mir früher mein Papa immer vorgesungen. Bei dem Lied krieg ich heute noch Gänsehaut.«

Ein merkwürdiges Gefühl durchrieselte sie bei dieser Melodie, die sie schon lange nicht mehr gehört hatte. Die Klänge riefen Erinnerungen hervor an frühere Menschen und Begebenheiten, an kurze Aufenthalte im Trentino, der gebirgigen Provinz unweit des Gardasees, aus der ihr Vater stammte, an pures Glück. Begebenheiten, die nicht fassbar waren, nur das Gefühl hatte sich erhalten, damit kostbare Erinnerungen zu besitzen. Sie sah die Augen ihres Vaters vor sich, den liebevollen Gesichtsausdruck, wenn er das Lied seiner kleinen Francesca vorsang, auf die er so unendlich stolz war.

Das Lied war zu Ende. Man spielte einen anderen Ur-Oldie. Ronny. *»In Montana, in den Bergen …«*

»Willst du das auch noch hören?«, fragte Clarissa.

Franca schüttelte den Kopf. »Jetzt darfst du einen anderen Sender suchen.«

Die Gegend war noch in herbstlichen Nebel gehüllt, der sich nur langsam lichtete, allerdings hatte der Wetterbericht einen sonnigen Tag versprochen.

Ihr Weg führte rechtsrheinisch am Fluss entlang, den man durch den milchigen Dunst hindurch nur ahnen konnte.

Hinter Neuwied tauchten die steilen, mit Weinreben bepflanzten Hänge auf, die sich am unteren Ende teilweise im Nebel verloren.

Sie fuhren durch den Weinort Leutesdorf. Das nächste Dorf war Hammerstein. Vor ihnen ragte ein steiler Felsen auf. Franca schaltete einen Gang herunter und passierte im langsamen Tempo die Engstelle.

»Hast du die Burgruine oben auf dem Fels gesehen?«, fragte Clarissa, die den Kopf schräg gelegt hatte, um besser sehen zu können.

»Ich konzentriere mich lieber auf die Straße«, antwortete Franca. »Oder willst du, dass ich einen Unfall baue?«

»Schon gut.« Clarissa lachte. »Früher bin ich da öfter mit meinen Eltern gewandert. Beides passionierte Wanderer, was meinst du, was ich als Kind gelitten habe.«

»Du wirkst auch genauso. Ein geschädigtes Kind, das eine schlimme Kindheit hatte.«

»Du brauchst gar nicht so sarkastisch zu sein! Ich musste

ja Kinderarbeit verrichten. Zum Brombeerenpflücken oder zum Heidelbeerenernten wurden wir regelrecht verdonnert. Die hat meine Mutter zu Gelee oder Marmelade verarbeitet. Unser Keller stand immer voll von solchen Dingen. Im Herbst gingen meine Eltern regelmäßig zur Lese und ließen sich ihre Arbeit in Naturalien bezahlen. Da musste ich ebenfalls mit. Das hab ich gehasst. Erst als ich älter wurde, hab ich den Rheinwein schätzen gelernt.«

»Ich mag lieber italienischen Wein«, sagte Franca.

»Ich weiß, wegen deinem Papa.«

Franca hob lächelnd die Schultern. »Ich kann halt meine Wurzeln nicht verleugnen.«

»Hast du noch nie Rheinweine probiert?«

»Doch. Riesling. Der ist mir aber zu säurehaltig.«

»Es gibt auch Riesling mit wenig Säure. Und noch viele andere Sorten. Grauburgunder. Weißburgunder. Kerner. Scheurebe.«

Franca lachte. »Machst du jetzt Werbung für Rheinwein?«

»Ich finde eben, wir sollten uns viel mehr auf regionale Produkte konzentrieren. Wir essen Äpfel aus Neuseeland, trinken australischen Shiraz oder Chardonnay aus Südafrika und bedenken nicht, dass diese Produkte Tausende von Kilometern durch die Gegend kutschiert werden müssen, bevor sie bei uns ankommen.«

»Du klingst ja wie eine von den Grünen.«

»Was ist daran verkehrt?«

»Nichts. Ist mir nur bei dir noch nie so richtig aufgefallen.« Franca lächelte.

Durch Hammerstein führten schmale Sträßchen. Häuser und Weinberge bildeten eine harmonische Einheit, die Rebenzeilen, die sich wellenförmig bis ins Tal zogen, waren in die Landschaft eingepasst.

Frau Mansfeld hatte ihnen den Weg genau beschrieben und angemerkt, dass ihr Haus etwas abseits läge. Am Ende eines holprigen Weges sahen sie ein schiefergedecktes Bruchsteinhaus mit Dachgauben, das zwischen hohen Bäumen herauslugte. Das musste es sein. Franca stellte den Wagen davor ab und stieg aus.

Das Haus war von einer Mauer aus Bruchsteinen umgeben, an der Wilder Wein entlang kletterte.

»Ein verwunschenes Hexenhäuschen«, sagte Clarissa.

Franca sah sich ratlos um. Sie konnte weder ein Namensschild noch eine Tür entdecken. »Siehst du hier irgendwo einen Eingang?«, fragte sie.

Clarissa ging ein paar Schritte an der Mauer entlang. »Hier geht's rein.« In die Ranken des Wilden Weins war eine Schneise geschlagen, dahinter führte eine Holzpforte, die sich knarrend öffnete, in einen Vorgarten. Links stand mitten auf einer Wiese ein alter Kirschbaum, dessen Stamm von Efeuranken umschlungen war. Holunderbüsche mit eingetrockneten blauen Fruchtständen zogen sich an der Hinterseite entlang. In einem Gehege gackerten Hühner. Eine Schaukel und ein Sandkasten zeugten davon, dass hier Kinder zu Hause waren. Das Anwesen wirkte nicht sonderlich gepflegt, aber äußerst malerisch.

Helga Mansfeld hatte sie offenbar kommen gehört. Sie stand wartend in der offenen Haustür, begrüßte die beiden Polizistinnen und führte sie in ein Wohnzimmer, an dessen Fenster Häkelgardinen mit Blümchenmuster hingen.

Die Decke war holzgetäfelt. Viele kleine Gegenstände vermittelten Behaglichkeit. In etlichen Vasen waren orangefarbene Laternenblumen mit herbstlichen Zweigen arrangiert.

»Nehmen Sie doch Platz«, forderte Helga Mansfeld

ihren Besuch auf. »Kann ich Ihnen etwas anbieten? Ich habe frisch gebrühten Kaffee da.«

Die Kaffeekanne stand auf dem niedrigen Wohnzimmertisch auf einer weißen Spitzendecke. Drei Gedecke mit blauem Blümchendekor standen bereit.

Nachdem Helga Mansfeld die Tassen mit Kaffee gefüllt hatte, nahm sie auf dem weinroten Samtsofa Platz. Franca ließ sich in einen der gemütlichen Sessel sinken. Clarissa bevorzugte einen samtbezogenen Hocker.

»Ich bin froh, dass Sie gleich gekommen sind. Ich muss leider sagen, dass wir uns von der Polizei nicht immer ernst genommen fühlten.«

»Wieso nicht?« Franca hob ihre Tasse und nahm einen vorsichtigen Schluck.

»Die Polizei glaubte damals, meine Schwester sei einfach nur abgehauen. Man sagte uns, dass ein erwachsener Mensch selbst bestimmen dürfe, wo er sich aufhalten will, und vertröstete uns, dass sie sicher bald wiederkommen würde. Aber Mary Lou war doch erst 19, und es war überhaupt nicht ihre Art, einfach so zu verschwinden. Sie war immer sehr zuverlässig, obwohl manche Leute meinten, sie sei ein …« Helga Mansfeld unterbrach sich, biss sich auf die Lippen und schüttelte den Kopf. »Sie glauben gar nicht, wie belastend das ist, wenn man so gar nichts weiß. Ich habe schon nicht mehr zu hoffen gewagt, dass wir nach der langen Zeit vielleicht doch noch eine Antwort auf all unsere Fragen bekommen.«

Franca sah sich in dem Wohnzimmer mit den niedrigen Deckenbalken um. Immer wieder stellte sie fest, dass ein Haus nicht nur ein Platz zum Wohnen war, sondern viel über die Persönlichkeit seiner Bewohner aussagte. Aus diesem Grund suchte sie die Menschen gern in ihrem Zuhause auf.

»Sind Sie hier aufgewachsen?«, fragte sie.

Helga Mansfeld hatte ihr am Telefon mitgeteilt, dass sie zum Zeitpunkt von Marie Louises Verschwinden mit der Schwester ein Zimmer geteilt habe.

»Nein, das hier ist das Haus meiner Tante. Ich habe es geerbt. Aber es war ziemlich heruntergekommen, weil jahrelang nichts mehr dran gemacht wurde. Mein Mann und ich haben es mit viel Aufwand umgebaut. Mein Elternhaus ist aber hier ganz in der Nähe. Da können wir gleich hingehen, wenn Sie möchten. Meine Mutter lebt noch dort, zusammen mit meinem Bruder. Für sie wäre es ganz wichtig, wenn sie endlich erfahren würde, was damals passiert ist. Für mich natürlich auch«, fügte sie hastig hinzu. Dann stand sie auf und kam mit einem etwas ramponierten Schuhkarton zurück, der mit Fotos und Abziehbildchen beklebt war, die sich an den Ecken zu lösen begannen.

»Das gehörte meiner Schwester«, sagte sie. »Ich hab es all die Jahre aufgehoben.«

In dem Karton befand sich allerhand Krimskrams. Da waren aus Zeitschriften ausgeschnittene und mit der Zeit vergilbte Fotos von den Beatles, den Rolling Stones, Cliff Richards und anderen Popstars, die Franca aus ihrer Jugend kannte, und die vor 30 Jahren schon nicht mehr ganz taufrisch waren.

»Das englische Mary Lou gefiel ihr besser als Marie Louise, deshalb nannten wir sie so. Sie mochte Oldies sehr gern. Sicher kennen Sie das Lied ›*Hello Mary Lou*‹ von Ricky Nelson.«

Franca, die sofort die Melodie im Ohr hatte, nickte. Gleichzeitig bemerkte sie Clarissas fragenden Blick.

»Das war lang vor deiner Zeit«, schmunzelte Franca. »Ziemlich populärer Song.«

»Ihr Freund hat in einer Band gespielt. Hier, das sind

sie.« Helga zog ein Foto zwischen den Papierausschnitten hervor, das vier junge Männer mit langen Haaren in Sängerpose zeigte. »Rudi ist der Gutaussehende hier mit den dunklen Haaren.« Sie wies auf einen schlanken, hochgewachsenen Mann mit Elektrogitarre in der Hand.

»Das Lied war sozusagen ihr Markenzeichen. Manchmal hat Mary Lou sich mit den Jungs auf die Bühne gestellt und mitgesungen. Sie hatte eine schöne Stimme.« In Helgas Blick schlich sich ein verträumter Ausdruck.

»Erzählen Sie doch bitte, was sich damals abgespielt hat, als sie verschwand«, bat Franca.

»Ja also«, Helga nahm ein weiteres großformatiges Schwarz-Weiß-Foto aus dem Karton, das eine hübsche junge Frau mit dunklen langen Haaren zeigte. »Das ist das letzte Bild von meiner Schwester. Mein Bruder hat es aufgenommen. Er ist der Fotograf in unserer Familie.« In Helgas Gesicht trat ein wehmütiges Lächeln. »Mary Lou war sehr hübsch, wie Sie sehen können. Viel hübscher als ich.« Sie stieß ein kurzes, hartes Schnauben aus, das Franca irritierte. Das klang ja ganz so, als sei sie eifersüchtig auf die Schwester gewesen.

Franca nahm das Foto in die Hand und sah in aparte leicht schräg stehende Augen mit dichten Wimpern. In den Augen lag etwas Merkwürdiges, das sie nicht genau zu benennen wusste. Trauer vermischt mit Koketterie. Aber vielleicht interpretierte sie zuviel in das Foto hinein.

»Unsere Mutter ist jetzt bald 80 Jahre alt. Sie fragt sich natürlich, ob sie mit dieser Ungewissheit sterben muss. Es heißt doch immer, dass die Polizei regelmäßig ungeklärte Fälle bearbeitet. Aber in dieser Hinsicht ist nicht viel passiert. Kürzlich erfuhr ich, dass der Fall eingestellt wird. Wie kann das sein? Sagt man denn nicht, dass Mord nicht verjährt?«

Franca sah sie mit einem fragenden Blick an. »Glauben Sie, Ihre Schwester wurde ermordet?«

»Ich weiß es nicht.« Helga senkte die Lider. »Aber was würden Sie denken nach der langen Zeit? Wenn sie noch leben würde, hätte sie uns doch irgendein Zeichen gegeben. Wir haben immer über alles miteinander gesprochen. Sie erwartete ein Kind von ihrem Freund. Sie war richtig glücklich. Und dann …«

»Sie war schwanger?« Clarissa stellte die Frage.

Helga nickte, kramte weiter in dem Schuhkarton und nahm ein winziges gestricktes Paar Babyschuhe heraus. »Sie hatte bereits mit der Ausstattung für das Kleine begonnen. Sie hat sehr gerne Handarbeiten gemacht.«

»Was ist mit dem Vater des Kindes?«

»Sie wollten heiraten. Aber dazu ist es ja dann nicht mehr gekommen.«

»Sie kennen ihn?«

Helga nickte. »Es ist aus Leutesdorf, unserem Nachbarort. Als Jungendliche kannte man sich.«

»Was glaubt er?«

Helga hob die Schultern. »Rudi war genauso verzweifelt wie wir, als Mary Lou verschwand, und konnte sich das alles ebenfalls überhaupt nicht erklären.«

»War denn etwas Ungewöhnliches vorgefallen, bevor Ihre Schwester verschwand?«, forschte Franca weiter.

Helga schüttelte heftig den Kopf. »Sie glauben gar nicht, wie oft ich darüber nachgegrübelt habe. Nach Andeutungen hab ich gesucht, nach irgendwelchen Signalen. Aber es gab nichts. Sie war einfach nicht mehr da.«

»Wann genau ist sie verschwunden?«, fragte Clarissa, die sich Notizen machte.

»Das war am 7. November 1984, ein Mittwoch. Das Datum werde ich mein Lebtag nicht vergessen. Sie arbeitete als Arzthelferin bei einem Augenarzt in Neuwied. Mittwochnachmittag hatte sie immer frei. Da hatte sie meist was vor und kam nicht gleich nach Hause. Deshalb haben wir uns erst nichts dabei gedacht. Als sie spät am Abend immer noch nicht da war, haben wir angefangen, uns Sorgen zu machen.«

»Hat es denn auf der Arbeit irgendwelche Probleme gegeben?«

»Nun ja. Mit dem Chef hat sie sich manchmal angelegt. Sie war halt …«, Helga stockte, überlegte sichtlich nach dem richtigen Wort, »… manchmal war sie nicht so einfach. Sie konnte einem sehr direkt ins Gesicht sagen, wenn ihr etwas nicht passte. Das hat vielen nicht gefallen. Sie fand, dass sie auf der Arbeit ausgenutzt würde, darüber hatte sie sich beklagt. Sehr oft sollte sie Überstunden machen, länger dableiben, wenn die Patienten noch nicht durch waren. Der Arzt wollte diese Überstunden aber nicht bezahlen. Er sah es als selbstverständliche Mehrleistung an.«

»Welcher Arzt war das?«

»Dr. Grassberg, Augenarzt in Neuwied. Ich weiß nicht, ob er noch lebt. Der war damals schon ziemlich alt.«

»Und am Tag vor ihrem Verschwinden, ist da etwas Besonderes passiert?«

»Sie meinen, am Dienstag?« Helga überlegte kurz, dann schüttelte sie den Kopf. »Sie kam am Abend ganz normal von der Arbeit nach Hause. Sie war auch nicht aufgeregt oder nervös oder so. Sie war eigentlich wie immer. Nach dem Essen ging sie gern noch eine Runde an die frische Luft mit unserem kleinen Hund. Sie meinte, dann schlafe sie hinterher besser. Ich ging beizeiten ins Bett, weil ich am nächsten Tag früh raus musste. Ich hörte sie noch ins Zimmer kommen, war schon halb am Schlafen. Sie hat vor sich hingesummt und wollte mir noch was erzählen, aber ich hab nichts mehr mitbekommen, weil ich so müde war. Ich hab mir deswegen oft Vorwürfe gemacht, weil ich dachte, vielleicht war es etwas ganz Wichtiges. Und ich habs nicht gehört.«

Franca hatte genau zugehört. Was Helga Mansfeld erzählte, klang routiniert, logisch und zusammenhängend. So, als habe sie schon oft darüber berichtet. »War das das letzte Mal, dass Sie sie gesehen haben?«, fragte sie.

»Am Mittwochmorgen, als ich aufstand, hab ich sie zum letzten Mal gesehen. Aber da schlief sie noch.«

Franca blickte sie forschend an. »War das Kind denn gewollt? Ich meine, Ihre Schwester war ja erst 19.«

»Was heißt schon *gewollt.*« Helga hob die Schultern. »Es ist einfach passiert. Jedenfalls hat sie sich darüber gefreut. Hätte sie sonst mit der Ausstattung begonnen?«

»Und der Vater? Wie hieß er noch mal?«

»Rudi. Eigentlich Rudolf Freyung. Na ja, anfangs war er sicher wenig begeistert, er war ja nur ein paar Jahre älter als sie …«

»Und Ihre Eltern? Was sagten die denn zu dieser frühen Schwangerschaft?«

»Vater hatte uns Mädchen immer eingebläut, dass wir uns nicht mit den Männern einlassen sollen.« Helga verzog das Gesicht zu einem schiefen Grinsen. »Darüber haben wir uns natürlich lustig gemacht. Weil wir seine Ansichten kannten, hielten es alle für besser, ihm erst mal nichts zu sagen. Und dann …«

»Ihr Vater wusste nichts von Mary Lous Schwangerschaft?«

Helga schüttelte den Kopf. »Nicht, wenn Mutter dichtgehalten hat, wie sie immer behauptet hat. Aber natürlich hat er es später erfahren, als sie verschwunden war.«

Da hatten sich also Frau und Kinder gegen den Hausherrn verbündet. Interessanter Aspekt, dachte Franca.

Auch Clarissa hatte die ganze Zeit aufmerksam zugehört. »Der junge Mann, also Mary Lous Freund, war er tatsächlich der Vater des Kindes?«, fragte sie jetzt.

»Na hören Sie mal«, empörte sich Helga und sah Clarissa feindselig an. »Sie können den Rudi ja selbst fragen. Dann wird er Ihnen schon erzählen, wie es um die beiden stand.«

Franca tauschte einen Blick mit der jungen Kollegin. »Wir checken nur die verschiedenen Möglichkeiten, Frau Mansfeld. Wir brauchen schließlich Anhaltspunkte, wo wir ansetzen können«, lenkte sie ein.

»Die Polizei hat damals auch gefragt, ob Rudi etwas mit Mary Lous Verschwinden zu tun haben könnte. Aber da ist nichts bei 'rausgekommen. Und ich hab's auch nicht geglaubt. Der Rudi, das war ein anständiger Kerl.«

»Stehen Sie noch mit ihm in Verbindung?«

Helga schüttelte etwas abwesend den Kopf. Offenbar hing sie noch immer der von Clarissa gestellten Frage nach. »Nein, nicht der Rudi. Ich hätte mich sehr gefreut, wenn die beiden geheiratet hätten. Wirklich. Sie waren ein sehr schönes Paar.«

»Darf ich da mal reinsehen?«, fragte Clarissa und deutete auf den Schuhkarton.

Helga schob ihn ihr zu. Clarissa nahm einzelne Sachen heraus. Eine getrocknete rote Rose, die fast alle Blütenblätter verloren hatte. Einzelne beschriebene Blätter. Ein kleines Büchlein, in brüchiges grünes Kunstleder gebunden. »Was ist das?«, fragte sie. »Ein Tagebuch?«

»So was Ähnliches. Eigentlich nur ein Kalender mit Eintragungen. Darin hat sie alles Wichtige notiert.«

»Dürfen wir das mitnehmen?«, fragte Franca.

»Das war schon bei der Polizei. Die haben es mir wieder zurückgegeben. Sie konnten wohl nichts damit anfangen.«

»Vielleicht liest man heute manches mit anderen Augen«, sagte Franca. »Frau Mansfeld, wenn Sie Ihre Schwester charakterisieren sollten, was würde Ihnen als Erstes in den Sinn kommen?«

»Sie war nett.« Auf ihrem Gesicht erschien ein kleines Lächeln. Dann kam ein trauriges Zucken um die Mundwinkel dazu. »Sie hatte einen Hang zum Exotischen. Ihre Kleider waren ziemlich ausgefallen, BHs hasste sie. Aber sie konnte sich das leisten. Sie hatte einen schönen Busen. Und sie war hungrig … nach Leben.«

9

Helga saß da wie erstarrt. Sie war vollkommen verwirrt. Die beiden Polizistinnen hatten so merkwürdige Fragen gestellt und komische Andeutungen gemacht. Bisher war sie immer der Überzeugung gewesen, Rudi könne absolut nichts mit Mary Lous Verschwinden zu tun haben. Aber was wusste sie denn wirklich von ihm? Sie hatte ihn doch kaum gekannt. Vielleicht hatte er nur gute Miene zum bösen Spiel gemacht und sie alle getäuscht?

Ihr kam in den Sinn, wie schnell er damals geheiratet hatte. Kaum ein Jahr nach Mary Lous Verschwinden war vergangen, da hatte er bereits einen Ersatz für sie gefunden. Diese Nachricht hatte sie zwar unangenehm berührt, aber sie erklärte sich alles damit, dass er auf diese Weise seinen Schmerz über den Verlust seiner Geliebten überwinden wollte. Irritierend war allerdings, dass seine neue Frau bereits bei der Hochzeit sichtbar schwanger gewesen war, es musste also alles rasend schnell gegangen sein.

Männer sind nun mal so, hatte sie sich gesagt. Doch jetzt, nachdem die beiden Polizistinnen alles aufgewühlt hatten, waren die Zweifel wieder da, die, wenn sie ehrlich war, damals bereits an ihr genagt hatten. Was, wenn das alles ein abgekartetes Spiel war, und Rudi Mary Lou loswerden wollte, weil sie ihm lästig geworden war und er sich längst anderweitig orientiert hatte? Doch dann schüttelte sie den Kopf. Nein, so was gab es höchstens im Krimi, aber nicht in ihrer beschaulichen Region.

Gut, dass die beiden Polizistinnen nicht darauf bestanden hatten, zu ihrer Mutter zu gehen. Sicher hätte sie sich furchtbar aufgeregt. Es war besser, wenn sie, Helga, erst einmal allein mit ihr über die Möglichkeit sprach, dass man Mary Lou eventuell gefunden haben könnte. Helga wusste, dass es keinen Tag gab, an dem ihre Mutter nicht an ihre jüngste Tochter dachte. Aber wenn nun alles falscher Alarm war und die ganze Aufregung umsonst? Die Polizistinnen hatten gemeint, es dauere noch eine ganze Weile, bis feststehe, ob die gefundenen Überreste tatsächlich ihrer Schwester zuzuordnen seien. Sie hatten ihr einen Schlüsselbund und einen Ring gezeigt, Gegenstände, die man bei der Toten gefunden hatte, jedoch kannte Helga beides nicht.

Wie gelähmt blieb sie noch eine Weile sitzen, sah auf den geöffneten Schuhkarton mit den wenigen Relikten ihrer Schwester, die sie darin aufbewahrte. Dann gab sie sich einen Ruck, stand auf und lief die paar Meter die Straße entlang bis zu ihrem Elternhaus.

Sie fühlte sich verpflichtet, regelmäßig nach ihrer Mutter zu sehen. Obwohl sie jedes Mal Angst vor der Begegnung hatte. Angst vor dem flehendem Blick und dieser Verhärmtheit, die sich in ihren Augen eingenistet hatte, und die sie ungeschickt zu überspielen versuchte. Einer Traurigkeit und Bitterkeit, der Helga im Grunde ausweichen wollte.

Sie war ihrem Bruder Reinhard sehr dankbar, dass er sich um die Mutter kümmerte. Er fuhr sie zum Einkaufen und zum Arzt, während sie ihm im Gegenzug die Wäsche besorgte und das Essen kochte – ein gegenseitiges Geben und Nehmen. Lange hatte Helga damit gerechnet, dass dieser Zustand irgendwann beendet sei, wenn Reinhard eine Frau kennenlernte, mit der er zusammen eine Familie gründen wollte. Doch dies war bis jetzt nicht der Fall gewesen, und inzwischen glaubte sie nicht mehr an diese Möglichkeit, zumal Reinhard sich nie dahingehend äußerte. Er war wohl ein ewiger Junggeselle, worüber sie, Helga, ganz froh war, sonst hätte sie selbst für alles sorgen und die Angelegenheiten ihrer Mutter regeln müssen.

Als Helga die Haustür öffnete und den Flur mit seinem vertrauten Eigengeruch betrat, schoss ihr eine unangenehme Erinnerung in den Kopf. Sie wusste nicht, weshalb sie gerade jetzt daran denken musste. Vielleicht, weil sie vorhin Mary Lous Bild in der Hand gehalten hatte.

Reinhard hatte immer gern fotografiert und seine Fotos selbst entwickelt. Bereits als junger Mann hatte er sich eine teure Kamera von seinem Ersparten gekauft, seine Bilder waren wirklich gut, was nicht nur von der eigenen Familie bestätigt wurde.

Eines Tages hatte er den Wunsch geäußert, seine beiden Schwestern nackt fotografieren zu wollen. Helga lehnte sofort empört ab und nannte ihn einen Spinner, während Mary Lou lachend antwortete, sie solle doch nicht so spießig sein. Über mögliche Aktaufnahmen wurde allerdings nie wieder gesprochen.

Als sie die Küche betrat, rührte die Mutter in einem zerbeulten Kochtopf. Eine rundliche, gedrungene Frau in Kittelschürze, die mit aufgelöstem grauem Haar in gebückter Haltung am Herd stand.

»Ach, du kommst gerade recht«, begrüßte sie ihre Tochter. »Ich hab Linsensuppe gekocht. Reinhard hat von unterwegs angerufen, dass er nicht zum Essen kommt. Es ist also mehr als genug da für uns beide.«

Helga stand eine Weile unschlüssig da. »Kann ich dir was helfen?«, fragte sie schließlich.

»Danke, das ist lieb«, antwortete die Mutter, »aber im Moment ist das nicht nötig. Nachher kannst du den Tisch decken, wenn du willst.«

Helga wusste nicht so recht, wie sie mit ihren Neuigkeiten herausrücken sollte. Sie wollte auf keinen Fall die Mutter unnötig erschrecken. Doch diese wusste bereits Bescheid, wie sie erstaunt feststellte.

»Hast du das mit den Knochen in der Zeitung gelesen?«, fragte sie. Der ängstliche Ausdruck in ihren Augen war nicht zu übersehen. »Meinst du, das hat das was mit … meinem Mädchen zu tun?«

»Ja, ich hab davon gelesen«, bestätigte Helga. »Und ich hab auch schon mit der Polizei gesprochen. Aber sehr wahrscheinlich hat das nichts mit Mary Lou zu tun. Wer weiß, was das für Knochen sind, die die da gefunden haben.« Sie versuchte, überzeugend zu sein, auch weil sie dies selbst glauben wollte.

»Hast du inzwischen was an unserem Zimmer gemacht?«, lenkte sie das Gespräch in eine andere Richtung. »Du wolltest dort doch aussortieren.«

Damit endlich ein Schlussstrich gezogen wurde. Selbst

wenn Mary Lou zurückkam, würde sie nie wieder in ihrem Mädchenzimmer wohnen wollen.

»Ach Kind, lass doch alles, wie es ist.« Die Schultern der Mutter senkten sich.

Ja, alles so lassen, wie es war, das war Mutters Lebensmotto. Die Dinge ruhen lassen. Nicht dran rühren. Den Schmerz nicht an sich ranlassen. Vielleicht konnte sie nur auf diese Weise überleben. Aber solcherart kam niemand über einen schlimmen Verlust hinweg.

»Ich geh mal kurz rüber was nachschauen.«

Mit einem mulmigen Gefühl betrat Helga das Mädchenzimmer gleich neben der Küche, das sie früher mit ihrer Schwester geteilt hatte und das jetzt zu einer Art Rumpelkammer geworden war. Alles wurde dort hineingestellt und aufbewahrt, was man nicht ständig zur Hand haben musste.

Sie bahnte sich einen Weg zum Fenster, öffnete die Läden. Ließ frische Luft herein. Sah sich um. Über Möbeln und Gegenständen lag eine sichtbare Staubschicht. In der Luft tanzten Staubteilchen. Wahrscheinlich öffnete Mutter das Fenster so gut wie nie. Die Ecke mit den abgedeckten beiden Betten hatte etwas von einem Schrein. Auf Mary Lous Nachtschränkchen stand der Dual-Plattenspieler, hinter der Klappe lagen die wenigen Vinyl-Platten, und an der Wand lösten sich die Poster von damals, ohne ganz abzufallen, während über dem Bett von Helga gerahmte Blumenbilder hingen, die sie aus Zeitschriften ausgeschnitten hatte.

Auf dem Plattenteller lag noch die Scheibe, die Helga sich nach dem Verschwinden ihrer Schwester immer und immer wieder angehört hatte. Aus einem Impuls heraus schaltete Helga den Plattenspieler an. Die Scheibe begann sich zu drehen. Vorsichtig setzte sie die Diamantnadel auf.

Ein leises Rauschen. Dann begann eine Männerstimme

das Lied von Mary Lou zu singen. Helga schluckte. Es waren jedes Mal dieselben Gefühle, die dieses Lied in ihr auslöste. Eine Mischung aus Traurigkeit, Verlust, Zweifeln, Nichtwissen. Und ganz starkem Erinnern. Tränen traten ihr in die Augen. Sie blieb auf dem Bett sitzen, bis das Lied zu Ende war und nur noch ein leises Knistern ertönte. Dann stand sie auf.

Unter dem Fenster war ein Schränkchen eingebaut, das bündig mit der Fensterbank abschloss. Früher hatten die Schwestern dort ihre Besonderheiten und Schätze aufbewahrt. Heimlich gelesene Bücher, Modeschmuck, Nagellack. Krimskrams, den Mädchen benutzten. Helga öffnete das Schränkchen, an dessen Existenz sie gar nicht mehr gedacht hatte. Als Erstes fiel ihr eine Weinfibel in die Hand, mit der sich Mary Lou offenbar auf ihre künftige Aufgabe als Winzerin vorbereiten wollte. Im untersten Regal lagen ein paar Schulhefte. Im Grunde alles Dinge, die man wirklich nicht mehr aufzubewahren brauchte.

Helga nahm den kleinen Stapel heraus und sah die Schulhefte durch. Die Etiketten verwiesen auf ihre Bestimmung. Das Matheheft aus der Berufsschule. Ein Fachkundeheft. Einige medizinische Broschüren. Dazwischen lag ein Heft ohne Beschriftung.

Helga schlug es auf. Es waren Einträge in Mary Lous vertrauter Handschrift. Romantische Jungmädchengedanken über die Liebe, Wünsche, Hoffnungen. Offenbar hatte sie das Heft als Gedanken-Tagebuch benutzt, doch dies schien sie bald wieder aufgegeben zu haben, denn nur die ersten Seiten waren beschrieben. Beim weiteren Blättern bemerkte Helga, dass etwas zwischen den unbeschrifteten Seiten lag. Es war ein zusammengefaltetes Blatt, geschrieben an Boogie-Bear. So hatte Mary Lou ihren Freund Rudi genannt. Boogie-Bear oder einfach nur

Boogie. Helga begann zu lesen. Es war eher eine Notiz als ein richtiger Brief, ein Datum war nicht vermerkt.

Von den Schwierigkeiten mit Vater war die Rede und davon, dass Mary Lou die Enge im Elternhaus nicht mehr aushielt. Die Notiz wies etliche Korrekturen auf, auch waren einige Sätze derart durchgestrichen, dass sie nicht mehr zu entziffern waren.

Helgas Herz pochte zum Zerspringen. In diesen Zeilen war ihr ihre Schwester so nah, als ob sie neben ihr stünde. Es war ein letztes unbekanntes Zeugnis von ihr. Doch war es auch ein Beweis dafür, dass sie weggehen wollte? Vielleicht zusammen mit Rudi?

Sie blätterte weiter. Da steckten noch mehr Notizen, die alle an Boogie-Bear gerichtet waren. Das teilweise unleserliche Gekritzel schienen Vorschläge für gemeinsame Treffen zu sein. Auf manchen waren Datum und Uhrzeit erkennbar.

Ob diese Notizen irgendeine Bedeutung hatten? Oder das Heft mit den romantischen Einträgen? Vielleicht sollte sie alles den Polizistinnen geben. Zumindest würden sie dann selbst lesen können, wie es um Mary Lou und Rudi gestanden hatte.

Sie legte die anderen Hefte wieder in den Schrank zurück, behielt nur das unbeschriftete mitsamt den Notizen. Als sie die Tür zuklappen wollte, fiel ihr Blick auf einen roten Streifen, der unter dem Schrankpapier sichtbar wurde. Sie hob das Papier ein wenig an. Darunter lag ein Schnellhefter aus Pappe. Sie nahm ihn heraus und schlug ihn auf. Einige Din-A-4-große Fotos fielen heraus und segelten zu Boden. Helga bückte sich und hob sie auf.

Das Mädchen auf den Fotos war Mary Lou in verschiedenen Posen auf weißen Bettlaken. Allerdings hatte dieses Mädchen kaum Ähnlichkeit mit ihrer Schwester, so wie sie sie kannte. Sie war außerordentlich hübsch zurechtgemacht, die dunklen Haare hatte sie zu Locken gedreht. Obwohl sie völlig nackt war, war ihre Scham auf keinem der Bilder zu sehen, nur ihre Brüste. Eines der Fotos zeigte sie auf dem Rücken liegend mit angewinkelten Beinen. Einen Arm hatte sie über den Bauch gelegt, der andere stützte ihren Nacken. In ihrem Blick lag eine Mischung von Laszivität, Unschuld und Verführungslust.

Helga hatte diese Fotos noch nie gesehen. Sie war sich sicher, dass Reinhard der Fotograf war, weil er damals einmal einen solchen Wunsch geäußert hatte. Und sie erinnerte sich, dass Mary Lou nicht abgeneigt gewesen war, sich nackt fotografieren zu lassen. Zumal sie es liebte, sich in Szene zu setzen, ganz im Gegensatz zu Helga.

Doch für wen waren diese Fotos bestimmt? Waren sie überhaupt für jemanden bestimmt? Oder hatte Reinhard sie nur aus künstlerischem Interesse gemacht?

Sie nahm den Schnellhefter und das Schreibheft mitsamt den Notizen und ging zurück in die Küche, wo ihre Mutter den Tisch für zwei gedeckt hatte. Sie wusste, dass sie keinen Bissen runterkriegen würde.

»Mama, bitte sei mir nicht böse. Aber ich muss gleich wieder heim. Der Kleine kommt heute Mittag. Nicht, dass Jenny vor der verschlossenen Tür steht.«

»Da muss ich wieder alleine essen.« Die Stimme der Mutter klang enttäuscht und ein wenig anklagend. Dann fiel ihr Blick auf das, was Helga in der Hand trug. »Was ist das?«, fragte sie argwöhnisch. »Wieso nimmst du die Sachen mit?«

»Das sind meine Sachen von früher«, antwortete Helga leichthin, »die waren in dem Schränkchen unter dem Fenster. Ich hab dir ja gesagt, dass ich da jetzt nach und nach aufräumen will. Das hier ist ein Anfang. Den Rest sortiere ich später.«

»Aber von Mary Lou schmeißt du nichts weg, bitte?«

Noch lange spürte sie den Blick ihrer Mutter im Rücken.

10

Die weitläufige Obstwiese grenzte an den hinteren Teil des Weinguts. Kirschbäume wechselten sich ab mit knorrigen Apfel- und Zwetschgenbäumen. An einem der schorfigbraunen Stämme konnte Gesine die Überbleibsel eines verwitterten Vogelhäuschens erkennen. Ein schmaler Schotterweg führte zu einer grauen Doppelklappe.

»Was ist eigentlich dahinter verborgen?«, fragte sie.

»Das ist unser alter Weinkeller«, antwortete Leonhard.

»Habt ihr zwei Weinkeller?« Gesine kannte nur den modernen Keller mit seinen glänzenden Stahltanks, der sich unterhalb der Garage im vorderen Anbau befand.

Leonhard nickte. »Der hier ist noch von unseren Vorfahren. Wir zeigen ihn gern den Touristen im Rahmen von Weinführungen, weil er so urig ist. Willst du ihn mal sehen?«

Er öffnete die beiden hölzernen Flügel, die quietschend nachgaben, und klappte sie nach außen. Ausgetretene Steinstufen führten hinunter zu einer Holztür, an der der Lack großflächig abgeplatzt war. Leonhard schob den rostigen Riegel zurück und stemmte die Schulter gegen die offensichtlich verzogene Tür, die sich mit einem knarzenden Geräusch öffnete. Mit dem Fuß schob er einen Holzkeil unter den Spalt zwischen Tür und Boden und klemmte ihn fest.

Der Geruch nach Moder und abgelagerter Gärung, den Gesine bereits beim Herunterkommen wahrgenommen hatte, verstärkte sich. Leonhard zündete einige der Kerzen an, die in altertümlichen Leuchtern staken, und sofort wurde das Dunkel des Kellers in ein flackerndes Licht getaucht. Nachdem Gesines Augen sich an die Dunkelheit gewöhnt hatten, staunte sie nicht schlecht. Unter der gewölbten Decke verbarg sich das, was sie sich unter einem richtigen Weinkeller vorstellte. Holzfässer in unterschiedlichen Größen lagerten an beiden Seiten. In Nischen und eingelassenen Regalen unter gemauerten Rundbögen waren Holzkisten und Flaschen gestapelt. Einige Durchlässe ließen erkennen, dass dies nicht der einzige Kellerraum war.

»Ist in den Fässern hier noch Wein drin?«, wollte sie wissen.

Er schüttelte den Kopf. »Nein. Aber ich habe vor, die Barrique-Produktion wieder aufzunehmen. Was meinem alten Herrn gar nicht gefällt.«

»Warum denn nicht?«, wunderte sie sich. »Ich denke, Barrique-Weine sind etwas Besonderes.«

Er runzelte die Stirn. »Davon hab ich meinen Vater ebenfalls zu überzeugen versucht. Aber er meint, die Herstellung sei zu teuer und zu aufwendig. Ich solle meine Kraft und Zeit lieber in die Freyungschen Traditionsweine stecken. Der gewöhnliche Weintrinker würde den Unterschied sowieso nicht bemerken.« Er machte eine wegwerfende Handbewegung. »Was natürlich totaler Quatsch ist.«

»Worin besteht denn der Unterschied?«, wollte sie wissen.

»Teurere Weine werden besser selektiert. Das Eichenholz der Fässer verändert das Aromaspektrum und rundet es ab.« Er klopfte gegen ein Holzfass. »Barriqueweine lagern länger als Tafel- und Qualitätsweine. Die Eichenfässer sind nicht gerade billig und müssen alle paar Jahre ausgetauscht werden. All das wirkt sich natürlich auf den Preis aus.«

»Und du meinst trotzdem, der ganze Aufwand lohnt sich?«

Er sah sie erstaunt an. »Wenn man von einer Sache nicht hundertprozentig überzeugt ist, sollte man sie erst gar nicht anfangen. Das ist meine Meinung.«

Wie ein Lamm folgte Gesine Leonhard immer tiefer in den verwinkelten Weinkeller, der in verschiedene Kammern unterteilt war. In dem hinteren Raum, der durch eine schmiedeeiserne Tür abgetrennt war, lagerten verstaubte Flaschen in einem Regal voller Spinnweben.

Aus den Augenwinkeln nahm Gesine Schatten wahr, flackernden Wesen gleich, von denen sie wusste, dass sie gar nicht da waren.

»Sieht ein bisschen gruselig aus«, meinte sie in die flimmrige Dunkelheit hinein. »Erinnert mich irgendwie an den Film ›Der Name der Rose‹.«

»Da ist was dran.« Leonhard legte ihr eine Hand auf die Schulter. »Teile des Films wurden übrigens im Kloster Eberbach gedreht. Das liegt im Rheingau, gar nicht so weit von hier. Wir können gern mal einen Ausflug dorthin machen, wenn es dich interessiert.«

»Natürlich interessiert mich das.« Sie wandte den Kopf. »Wieso gab es eigentlich in Klöstern Weinkeller? Weil die Mönche so gern gepichelt haben?«

»Wahrscheinlich schon.« Er lachte. »Eigentlich brauchten sie den Wein für die heilige Messe. Und da früher viel gepanscht wurde, haben sie ihn lieber selbst gemacht. Da wussten sie, was drin ist.«

»Kann man nachvollziehen«, meinte sie. »Trinkt man eigentlich nur roten Messwein – wegen dem Blut Christi?«

»Man merkt, dass du nicht katholisch bist.« Er lachte leise. »Früher war es tatsächlich so, dass nur Rotwein gereicht wurde. Doch heute trinkt man auch weißen Messwein. Ich glaube, das hat eher praktische Gründe. Weil Weißwein nicht so schlimme Flecken hinterlässt, falls mal was daneben geht.«

Gesine nahm eine der reichlich angestaubten Flaschen aus dem Regal und betrachtete das altmodisch wirkende Etikett eingehend. ›Leutesdorfer Rosenberg, Riesling Spätlese‹ stand da in ineinander verschlungenen Buchstaben. Der Wein war aus dem Jahr 1984. Ob der wirklich noch trinkbar war? Sie legte die Flasche zurück. Gesine schmeckte Staub, der sich auf Lippen und Zunge gelegt hatte. Suchend sah sie sich um.

»Leonhard«, rief sie. »Wo bist du denn?«

Irritiert wartete sie auf eine Antwort, doch die kam nicht.

Sie lief in den angrenzenden Raum, aber auch hier war er nirgends zu sehen. »Leonhard?«, rief sie nochmals. In diesem Gewirr von verwinkelten Kammern und verstaubten Regalen konnte man sich wahrhaftig verlaufen.

»Hier bin ich«, hörte sie ihn antworten. Sie folgte seiner Stimme und sah ihn vor einem Holzbrett stehen, in dem Flaschen kopfüber staken.

»Was ist das denn?«, wunderte sie sich.

»Ein Rüttelbrett.« Leonhard nahm eine der Flaschen heraus, drehte sie und steckte sie wieder kopfüber zurück in die Öffnung. »Das ist mein Winzersekt. Darin will ich mich versuchen. Im Grunde knüpfe ich damit an eine alte

Tradition an. Großvater hat früher Winzersekt gemacht. Mein Vater hat das leider wieder eingestellt.«

»Weil ihm auch das zu aufwendig war?«

Leonhard schnaubte. »Du hast es erraten. Aber ein schöner Winzersekt ist lukrativ, und ich finde, das gehört einfach zum Sortiment dazu. Deshalb hab ich wieder damit angefangen. Diese Rüttelbretter sind noch von früher.«

»Und warum stecken alle Flaschen kopfüber da drin?«, fragte Gesine. Sie rieb sich über beide Arme, die kühle Temperatur hier unten machte sie frösteln.

»Weil das die Herstellung nach der Champagner-Methode ist. Der Sekt gärt in der Flasche. Die Flaschen müssen regelmäßig von Hand gerüttelt werden. Das ist schon Arbeit, aber es lohnt sich. Es ist nämlich öfter vorgekommen, dass bei einer Blindverkostung kein Unterschied zu echtem Champagner festgestellt werden konnte. Davon profitieren wir, weil sich viele Kunden gern für einen preisgünstigeren Winzersekt entscheiden.« Aus Leonhard sprudelten die Worte nur so heraus, wie immer, wenn er über sein Lieblingsthema sprechen durfte. »Hochwertiger Sekt hat eine feine Perlage und einen animierenden Mousseux. Fruchtige Sorten sind besonders beliebt. Top-Winzer liegen da vorn.«

»Und du willst einer werden?«

»Was heißt hier *werden*?« Er lachte vor sich hin. »Ich hab eine grundsolide Ausbildung und viele Fortbildungsseminare besucht. Ich kenn mich einigermaßen aus. Hier im alten Keller ist die Lagerung optimal für Flaschengärung, weil hier eine konstant kühle Temperatur und eine relativ hohe Luftfeuchtigkeit herrscht. Ich verstehe nicht, warum mein Vater so gegen alles ist, was ich mache. Manchmal meine ich, es geht ihm nur um Konfrontation. Dabei will er, dass ich das Weingut weiter führe.

Da muss er doch auch akzeptieren, dass ich meine eigene Philosophie habe.«

Gesine fiel auf, dass Leonhard sich ziemlich oft über das Unverständnis seines Vaters beklagte.

»Als mein Opa noch bei klarem Verstand war, hat er mich in vielen meiner Vorhaben unterstützt. Seit er immer gebrechlicher wird, fehlt mir sein Beistand.«

»Und deine Mutter?«

Leonhard hob die Schultern. »Die redet mal so, mal so. Eine echte Hilfe ist sie nicht.«

Sie waren wieder im vorderen Kellerraum angelangt. An den Kerzen hatten sich Wachsnasen gebildet.

»Genug gesehen?«

Gesine nickte.

Leonhard schloss die Holztür, schob den Riegel wieder vor, und beide gingen die Stufen zurück nach oben. Die Doppelklappe ließ er offen.

Mit einem tiefen Atemzug sog Gesine die frische Luft ein. Die Helligkeit blendete sie. Sie blinzelte einige Male, bis sich ihre Augen an das Sonnenlicht gewöhnt hatten. Die Farben des baumbestandenen Wiesengeländes nahm sie nun viel intensiver wahr. Die Apfelbäume hingen voller Früchte. Viele waren bereits heruntergefallen und lagen im Gras. Niemand schien sich um sie zu kümmern.

»Werden die Äpfel nicht verwertet?«, fragte sie.

Leonhard stand nah bei ihr, aber sie berührten sich nicht. »Wir haben zu viele davon. Das hier ist nicht unser einziges Obstgrundstück.«

»Aber das ist doch schade«, rief sie aus. »All die schönen Äpfel. Da kann man doch Most draus machen. Oder Apfelmus. Meine Mutter hatte ein ganz tolles Rezept. Mit Vanille und Zimt. Das schmeckt richtig gut.«

Er hob die Schultern. »Man kann sich nicht um alles kümmern.«

Sie legte die Hand auf seinen Arm. »Soll ich das tun? Ich hab schließlich Zeit.«

»Du?«

»Ja, warum denn nicht? Wenn ich mithelfen könnte, würde ich mich weniger als Besuch fühlen, der noch zusätzlich Arbeit macht.«

Schon öfter hatte sie das dringende Bedürfnis verspürt, sich auf irgendeine Art nützlich zu machen. Alle auf dem Hof arbeiteten ständig irgendwas, da kam sie sich bisweilen merkwürdig vor, wenn sie einfach in den Tag hinein lebte. Sie wollte auf keinen Fall den Eindruck erwecken, sie sei eine faule Liese, vor allem nicht gegenüber Leonhards Eltern. Sie konnte anpacken, und das würde sie allen zeigen. Sie hatte sich fest vorgenommen, wenigstens bei der Lese zu helfen, schließlich wollte sie mit den Arbeiten im Weinberg vertraut werden.

Er berührte sie sanft am Arm. »Du weißt, dass alle dich mögen und niemand etwas derartiges von dir erwartet. Doch wenn du willst, kannst du gern was tun. Aber du musst nicht, das weißt du.«

Von Weitem sah sie, dass Marek, einer der polnischen Saisonarbeiter, mit schnellen Schritten über die Wiese lief. Er und ein weiterer Arbeiter hatten vor Kurzem ihre Zimmer im Weingut bezogen. Sie kamen jedes Jahr und halfen bei der Lese. »Die verdienen bei uns wesentlich mehr als daheim. Obwohl wir ihnen ja nicht so viel zahlen können«, hatte Leonhard erklärt. »Aber sie haben Kost und Logis frei.« Die Zimmer der Polen lagen unmittelbar neben dem Anbau, den seine Großeltern bewohnten.

Leonhard wandte sich zu ihr um. »Ich wollte kurz bei meinem Opa vorbeischauen. Kommst du mit?«, fragte er.

»Ich weiß nicht«, sagte sie zögerlich. Der alte Mann jagte ihr Angst ein, daran hatte sich nichts geändert. Sie wusste nicht recht, wie sie sich ihm gegenüber verhalten sollte. Oftmals starrte er sie nur an, sobald sie in seine Nähe kam, so lange, bis es ihr unheimlich wurde. Ein durchdringender und wie sie meinte feindseliger Blick, der ihr jedes Mal Gänsehaut verursachte.

»Ach komm, nur kurz. Er wird sich schließlich an dich gewöhnen müssen.«

Sie zog die Augenbrauen hoch und ging mit langsamen Schritten hinter ihm her. »War er denn schon immer so?«, fragte sie nach einer Weile.

»Was meinst du?« Leonhard wandte sich zu ihr um.

»Na ja, so abweisend. Ich fühle mich von ihm richtiggehend zurückgestoßen.« Es war nicht zum ersten Mal, dass sie diese Empfindungen Leonhard gegenüber äußerte. Doch er schien das nicht besonders ernst zu nehmen.

»Es ist die Krankheit, das fortschreitende Alter. Das darfst du nicht falsch verstehen. Früher war er ganz anders. Hellwach. An allem interessiert. Du musst bedenken, dass er sich nicht mit böser Absicht so merkwürdig verhält. Er ist eben nicht mehr Herr seiner Sinne. Das hat ganz sicher nichts mit dir zu tun.«

Einem ersten Impuls folgend, wollte sie ihm widersprechen, doch dann hielt sie sich zurück. Was konnte sie sich schon für ein Urteil erlauben? Mit alten dementen Menschen hatte sie bisher kaum Umgang gehabt. Ihre Großmutter war zwar ebenfalls verwirrt gewesen, doch auf eine eher freundliche Art. Sie hatte stets vor sich hin gelächelt und immer die gleichen Worte wiederholt. Und über Witze, die die Kinder erzählten, hatte sie jedes Mal herzlich gelacht. Auch wenn es immer dieselben Witze waren.

»Als ich klein war, hat Opa mir beigebracht, wie man Männchen aus Holz schnitzt. Er hat sich viel Zeit für mich und Franzi genommen. Auch wenn noch so viel Arbeit war. Im Gegensatz zu meinen Eltern. Die waren immer beschäftigt. Aber zu Opa konnten wir kommen. Und er hatte immer ein Stückchen Schokolade für uns.«

»Das kann ich mir vorstellen, dass das dir gefallen hat, du Süßmaul«, lachte Gesine und wuschelte ihm durch die Haare.

»Mein Opa ist ein ganz besonderer Mensch, deshalb tut es mir auch so leid, wie er sich verändert hat. Früher hatte er fast so etwas wie einen siebten Sinn. Manchmal hat er Dinge vorausgeahnt, die dann später wirklich eingetroffen sind. Das hat mir sehr imponiert. Und er war ein guter Schachspieler. Das Spiel stand immer fertig aufgebaut auf einem Tischchen im Wohnzimmer. Aber heute kann er leider nicht mehr spielen.« Leonhard seufzte. »Es ist schlimm, wenn man miterleben muss, wie ein Mann, der mal so vital war, plötzlich abbaut. Im Grunde ist er ein armer Kerl. Manchmal denke ich, er ist ganz schrecklich wütend.«

»Wütend? Weshalb? Deine Großmutter tut doch alles für ihn.«

»Das ist es ja, was ihm zu schaffen macht. Damit wird er nicht fertig. Früher war er der Herr im Haus, der sich um alles kümmerte und alles bestimmte. Ein Sturkopf war er schon immer.« Leonhard lächelte beinahe. »Er wollte, dass alle nach seiner Pfeife tanzen, und das hat wohl auch weitgehend funktioniert. Er würde natürlich gerne weiter bestimmen. Aber das funktioniert nicht mehr, und dass er ständig auf Hilfe angewiesen ist, muss furchtbar sein für einen Mann wie ihn. Er ist wütend darüber, dass die Dinge nicht mehr so sind wie früher. Das muss man ihm nachsehen.«

»Muss man das?«, murmelte Gesine. »Du hast doch selbst erlebt, wie unfreundlich er zu mir ist. Wieso verteidigst du ihn ständig und sagst ihm nicht, wie unmöglich er sich benimmt?«

Leonhard schwieg einen Moment. Schließlich sagte er: »Wie willst du jemandem was erklären, wenn du keine Ahnung hast, was noch bei ihm ankommt?«

Sie schluckte. Sie mochte solche Diskussionen nicht. Am liebsten wäre ihr, nicht mehr mit Leonhards Großvater konfrontiert zu werden. Aber das war unter den gegebenen Umständen nicht möglich, da sie stets damit rechnen musste, ihm irgendwo innerhalb des Weinguts zu begegnen.

Man hatte ihr beigebracht, freundlich zu alten Menschen zu sein, auch wenn sie wunderlich waren. Bisher hatte sie sich daran gehalten. Doch diese Feindseligkeit, mit der ihr Leonhards Großvater begegnete, konnte sie nicht einfach ignorieren.

»Vielleicht hättet ihr ihn schon viel früher in seine Schranken verweisen sollen«, sinnierte sie.

»Er ist doch kein kleines Kind, das man noch erziehen kann«, antwortete Leonhard scharf. Etwas milder setzte er hinzu: »So wie du ihn erlebst, ist er wirklich erst seit Kurzem.«

Sie waren an der Wohnungstür der Großeltern angekommen. »Tut mir leid, ich will mir das jetzt nicht antun«, sagte Gesine und machte auf dem Absatz kehrt.

11

»Na, nicht genug Arbeit?« Mit einem dumpfen Geräusch platzierte Julietta Haag eine dicke Akte auf Francas wie stets übervollen Schreibtisch. »Das hat ein Kurier abgeliefert«, verkündete sie mit ihrer tiefen Reibeisenstimme, die vom Genuss vieler Zigaretten herrührte. Obwohl sie bereits seit einem Jahr mit dem Rauchen aufgehört hatte. »Ich glaub, das ist für dich. Von der Staatsanwaltschaft. Ist wohl versehentlich bei uns gelandet.«

»Oh danke. Ich hab mich schon gewundert, wo das abgeblieben ist.« Franca hatte das Original der Akte Marie Louise Schönborn bei der Staatsanwaltschaft angefordert. In den Kopien der Polizei fehlten oft die Nachträge, und die könnten im vorliegenden Fall von besonderem Belang sein.

»Was hast du denn mit diesem alten Schinken vor? Also nicht, dass ich neugierig wäre.« Juliettas wasserblaue Augen waren von vielen kleinen Fältchen umgeben, nicht alles Lachfalten, wie sie einmal erwähnt hatte. Wie ein fedriger Helm umrahmte das wasserstoffblond gefärbte Haar ihr schmales Gesicht.

Franca schätzte die Kollegin vom K2, das Gewaltdelikte gegen Kinder und Frauen bearbeitete. Ab und an saßen sie bei einem Glas Wein nach Feierabend zusammen. Julietta hatte lange Jahre ihren kranken Vater gepflegt und kannte das Leben in all seinen Facetten. Manchmal äußerte sie Weisheiten, die Franca erstaunen ließen.

»Es ist eine Vermisstensache, die schon ewig her ist«, beantwortete Franca Juliettas Frage.

»Und jetzt gibt's was Neues?«

Franca hob die Schultern. »Vielleicht.«

»Wenn du meine Hilfe brauchst, du weißt ja, du kannst dich jederzeit an mich wenden.«

Nachdem Julietta gegangen war, begann Franca sich durch den fast 500 Seiten dicken Ordner zu wühlen. Protokolle, Zeugenvernehmungen, Fotos, Zeitungsausschnitte und unzählige Notizen bildeten ein umfangreiches, aber unvollständiges Mosaik, weil wichtige Anhaltspunkte fehlten.

Seit nunmehr fast 30 Jahren war Marie Louise Schönborn, genannt Mary Lou, verschwunden. Es gab zwar etliche Mutmaßungen, was mit ihr passiert sein könnte, aber keine einzige konkrete Spur.

In den meisten Fällen tauchten vermisst gemeldete Personen nach einer kurzen Zeitspanne wieder auf. Dahingehend spekulierten wohl auch anfangs die Kollegen beim Linzer Kriminalkommissariat, wo die Vermisstenmeldung eingegangen war. Nach einiger Zeit waren umfangreiche Suchmaßnahmen erfolgt, die jedoch erfolglos blieben. Ermittlungen, die offensichtlich in bestimmten Abständen in die Wege geleitet wurden, brachten ebenfalls keine Ergebnisse. Eine Notiz aus dem Jahr 2006 besagte, dass bei der Langzeitvermissten davon ausgegangen werden muss, dass sie höchstwahrscheinlich getötet und beseitigt worden war. Dass sie irgendwo ein neues Leben begonnen hatte, war zwar nicht ganz auszuschließen, aber nach Lage der Dinge ziemlich unwahrscheinlich.

Die Zeugenaussagen deckten sich im Großen und Ganzen mit dem, was Helga Mansfeld ausgesagt hatte.

Dr. Grassberg, Mary Lous Arbeitgeber, hatte bestätigt, dass die Vermisste am Mittwoch, dem 7. November 1984, dem Tag ihres Verschwindens, ganz normal gearbeitet und pünktlich Feierabend gemacht hatte. Kurz nach 14 Uhr hatte sie sich aus der Praxis verabschiedet. Weder ihrem

Arbeitgeber noch ihren Kolleginnen war etwas Außergewöhnliches aufgefallen. Darüber hinaus konnte Dr. Grassberg keine Aussagen machen. Über das Privatleben seiner Angestellten sei er nicht informiert, hatte er ausgesagt. Offensichtlich wusste er nicht, dass sie schwanger war. Jedenfalls stand davon nichts in den Berichten.

Um 14.30 Uhr war sie von einer Bekannten in einer Neuwieder Bäckerei gesehen worden, danach verlor sich ihre Spur.

Wiederholt wurde von anderer Seite geäußert, Marie Louise könnte nach Holland gefahren sein, um das Kind abtreiben zu lassen. In diesem Zusammenhang wurde vermutet, dass sie vielleicht per Anhalter gefahren sein könnte. Sämtliche Nachforschungen blieben jedoch ohne Ergebnis, obwohl ein Zeuge sich ziemlich sicher war, Marie Louise einige Wochen nach ihrem Verschwinden im Amsterdamer Rotlichtbezirk gesehen zu haben.

Aus langjähriger Erfahrung wusste Franca, dass man bei Zeugenaussagen generell vorsichtig sein musste. Das menschliche Gehirn sei so programmiert, dass es Erwartungshaltungen gerecht werden wolle, hatte ihr einmal ein Psychologe erklärt. Deshalb sei es normal, dass wir stets bestrebt seien, etwaige Lücken durch Interpretationen und sinnstiftende Erklärungen zu ergänzen. So könne man sich die Vielzahl von unkorrekten Zeugenaussagen erklären, die Zeugen seien dabei jedoch immer der Meinung gewesen, sie sagten die Wahrheit.

Bei der Lektüre ergab sich langsam ein Profil der Person Marie Louise Schönfeld. Sie war eine junge, hübsche und offenbar temperamentvolle Frau, die sich in einen Winzer aus dem Nachbarort Leutesdorf verliebt hatte und bereits nach kurzer Zeit von ihm schwanger wurde. Ob gewollt oder nicht – auf diese Frage war niemand der Berichteschreiber eingegangen. Helga hatte zwar geäußert, dass die beiden heiraten wollten, aber vielleicht wollte Rudolf Freyung dies am Ende nicht mehr. Womöglich hatte seine Familie etwas gegen eine derart überstürzte Hochzeit, jung, wie die beiden waren.

Was ist mit dir passiert?

Franca betrachtete eingehend das Bild des Mädchens, das offensichtlich in einem Fotostudio aufgenommen wurde. Mary Lou in einer Bluse mit exotischem Muster. Sie sah sehr hübsch, aber auch ein wenig künstlich aus. Sicher war das Foto bearbeitet, die Unebenheiten, die Ecken und Kanten waren wegretuschiert, um ein Idealbild darzustellen. Franca verglich dieses Foto mit einem Schnappschuss, den Helga ihr mitgegeben hatte. Dieses Bild war in einem Weinberg aufgenommen worden. Darauf wirkte Mary Lou längst nicht so hübsch, sondern sah etwas verbissen aus. Vielleicht lag das auch nur daran, dass sie ins Sonnenlicht schaute und deswegen die Augen zusammenkniff. Sie trug unvorteilhafte Arbeitskleidung, die Haare waren im Nacken zusammengebunden, einige Strähnen hatten sich gelöst und hingen feucht ins Gesicht. In der Hand hielt sie eine kleine Schere. Sie hatte offenbar nicht bemerkt, dass sie fotografiert wurde.

Welches Bild von beiden trifft nun die wahre Marie Louise, dachte Franca. Wahrscheinlich keins von beiden. Oder irgendwas dazwischen.

Ernsthaft und fröhlich. Kokett und gewissenhaft. Diese Eigenschaften mussten sich nicht gegenseitig ausschließen.

Für Sekundenbruchteile schob sich Clarissas Bild über das von Mary Lou, die Konturen der beiden jungen Frauen verwischten sich.

Wie kam sie bloß darauf? Beide Frauen hatten absolut keine Ähnlichkeit miteinander. Außer vielleicht der Tatsache, dass beide jung waren – die eine auf den Fotos, die andere in der Jetztzeit – verband sie nichts.

Bist du von zu Hause abgehauen? Wolltest du das Kind nicht mehr? Wolltest du dieses spießige Leben nicht mehr, das dir mit einem Mal nicht mehr erstrebenswert erschien, sondern etwas ganz anderes?

Marie Louise Schönborn wäre nicht das erste Mädchen gewesen, das sich ins Ausland absetzte und dort eine neue Identität annahm. Oder ins Rotlichtmilieu abglitt, aus welchen Gründen auch immer.

In der Akte festgehalten war auch der merkwürdige Telefonanruf des fremden Mannes mit dem ausländischen Akzent, der kurz nach Mary Lous Verschwinden bei den Schönborns eingegangen war. Diesen Anruf hatte Helga Mansfeld erwähnt. Der Mann hatte ein paar kurze, nicht ganz verständliche Sätze gesagt, wobei die Worte »Mary Lou« und »Amsterdam« gefallen waren sowie die Aufforderung, keine Polizei einzuschalten. Solche Spinner waren jedoch keine Seltenheit. Den Namen Mary Lou und die Spekulationen um ihr Verschwinden konnte der Unbekannte aus der Zeitung entnommen haben, um sich wichtig zu machen.

Auffällig war, dass es nach ihrem Verschwinden weder Kontobewegungen gegeben hatte, noch war ihr Personalausweis erneuert worden. Eigentlich nichts, was darauf schließen ließ, dass sie noch am Leben war, dennoch hatte die Staatsanwaltschaft keine hinreichenden Anhaltspunkte für das Vorliegen einer Straftat erkennen können.

Da keine neuen Hinweise auftauchten und es auch keinen konkreten Tatverdacht gab, war Marie Louise Schönborn einer der vielen Namen aus der Vermisstenkartei geworden, deren Fall bis heute nicht aufgeklärt war. Im nächsten Jahr wären ihre Akten vernichtet worden, wie Helga Mansfeld richtig bemerkte, hätte es nicht den Knochenfund gegeben, ein Anlass für die Polizei, die Ermittlungen erneut aufzunehmen.

Einen Fall zu rekonstruieren, der jahrelang in den Aktenschränken geruht hatte, war nie einfach, ganz davon abgesehen, dass viele Zeugen nicht mehr am Leben waren. Je länger die Ereignisse zurück lagen, umso schwerer fiel es den Beteiligten, sich an Details zu erinnern. Manches, das damals in klarem Licht erschien, war heute bedeutungslos geworden. Und umgekehrt konnte manches bedeutungsvoll sein, dem man damals keine Besonderheit beigemessen hatte.

Francas Augen brannten. Sie rieb sich die Schläfen, schloss kurz die Lider und versuchte, sich hineinzudenken in die belastende Situation, die solch ein Verschwinden für die gesamte Familie, den Freund und vielleicht auch dessen Familie bedeutete. Fast 30 Jahre lebten diese Menschen nun schon mit ihren Erinnerungen und mit dem unbefriedigenden und kräftezehrenden Gefühl des Nichtwissens.

Das Linzer Kriminalkommissariat, das damals den Fall bearbeitet hatte, existierte mittlerweile nicht mehr. Kriminalhauptkommissar Ernst Bongartz hatte seinerzeit die Ermittlungen geleitet. Inzwischen war er sicher längst pensioniert. Aber es konnte nicht schaden, sich mit ihm über den Fall zu unterhalten. Sie machte sich eine Notiz, sich baldmöglichst mit Ernst Bongartz in Verbindung zu setzen, bevor sie sich wieder den eng beschriebenen Seiten zuwandte.

Mary Lous Vater hatte offensichtlich besonders unter dem Verschwinden seiner jüngsten Tochter gelitten. Zahlreiche Notizen dokumentierten, dass er öfter bei der Polizei anrief, um sich nach den Fortschritten der Ermittlungen zu erkundigen. Weiteren Anmerkungen entnahm Franca, dass er offensichtlich depressiv geworden war und seiner Arbeit als Maurer nicht mehr nachgehen konnte. Fünf Jahre nach Mary Lous Verschwinden war er gestorben. Eine Todesursache war nicht vermerkt.

Plötzlich wurde Franca stutzig. Die Vermisstenanzeige war nicht am Tag von Mary Lous Verschwinden eingegangen und auch nicht am darauffolgenden Tag, sondern ganze drei Tage später, nämlich am 10. November 1984. Merkwürdig. Wieso hatte die Familie sich so lange Zeit gelassen?

Sie stand auf, ging ans Fenster und öffnete es. Sie brauchte dringend eine Pause.

Als sie zurück an ihren Schreibtisch ging, fiel ihr Blick auf einen nachträglichen Aktenvermerk. Jemand hatte empfohlen, den damaligen Freund genauer unter die Lupe zu nehmen. Es war aufgefallen, dass Rudolf Freyung bereits ein gutes Jahr nach dem rätselhaften Verschwinden seiner Freundin geheiratet hatte und ein erstes Kind schon kurz nach der Trauung geboren wurde.

»Das nenne ich mal flott«, entfuhr es Franca. Eine erneute Zeugenvernehmung unter diesem Aspekt fand sich allerdings nicht in den Akten.

12

Es war ein langer Tag gewesen, und sie und Rudi hatten noch keine zwei zusammenhängenden Sätze miteinander gesprochen. Früher hatten sie öfter auf dem überdachten Sitzplatz im Innenhof die Abende bei einem Gläschen Wein ausklingen lassen, doch das war schon lange nicht mehr der Fall gewesen, weil es immer noch irgendetwas zu tun gab. Vielleicht änderte sich jetzt etwas. Jetzt, da Leonhard und Gesine zusammengefunden hatten und Rudi vielleicht eher bereit war, seinen Sohn als vollwertigen Erwachsenen zu behandeln, indem er ihm mehr Verantwortung für das Weingut übertrug.

Die Holztür öffnete sich knarzend. »Du bist noch hier draußen?«, fragte Rudi.

»Es ist so ein schöner Abend. Komm, setz dich noch ein wenig zu mir«, sagte sie mit sanfter Stimme. »Ich hole uns einen Riesling.«

Sie hatte fast schon seinen Protest erwartet, doch nachdem er nicht antwortete, deutete sie dies als Zustimmung. Sie ging ins Haus und nahm eine angebrochene Flasche Goldschiefer Riesling Auslese aus dem Kühlschrank, ein Wein, den sie für ihren besten hielt. Er war halbtrocken, hatte eine verträgliche Säure und schmeckte sehr fruchtig. Zurück im Hof goss sie den Wein in die beiden bereitgestellten Gläser. Dann hob sie ihr Glas und prostete ihm lächelnd zu.

Mit einer müden Bewegung nahm er das seine in die Hand. Sein Blick war ausdruckslos. Schon seit Tagen war ihr aufgefallen, wie abgearbeitet Rudi aussah. Tiefe Schatten lagen unter seinen Augen. Das musste aufhören. Sie konnte nicht verstehen, warum er nicht einsehen wollte, dass er nicht mehr der Jüngste war. Auch er brauchte ab und zu eine Pause. Doch sobald sie dieses Thema ansprach, reagierte er hart und abweisend. Auf ein Gespräch darüber wollte er sich einfach nicht einlassen.

Wir sollten uns einen Urlaub gönnen, dachte sie. Natürlich erst nach der Lese, im Moment war jede helfende Hand gefragt. Aber im Winter würde es ruhiger werden. Man musste es sich eben richtig einteilen, und vor allem: Man musste es wollen.

Ihr großer Traum war eine Reise durch die norwegischen Fjorde bis ans Nordkap, um dort die magischen Nordlichter zu sehen. Doch jedes Mal, wenn sie dies auch nur andeutete, hatte Rudi abgewunken. »Wie soll das denn gehen?«, hatte er gefragt. »Wie stellst du dir das denn vor? Jetzt, wo Vater so schlecht dran ist. Ganz davon abgesehen, was das kostet.«

Ihr lag auf der Zunge, dass sie schon so lange nicht mehr verreist waren, und dass es für alles eine Lösung gebe. Dass man die Schwiegermutter nicht mit dem Schwiegervater allein lassen konnte, sah sie ein. Aber man könnte ihn eine Weile in Kurzzeitpflege geben. Sie hatte sich bereits erkundigt, wo das möglich war. Vielleicht würde Gesine nach ihrem ersten Aufenthalt hier bei ihnen bald wiederkommen wollen, dann wäre es doch schön für das junge Paar, sich ohne die ständige Nähe der Eltern zu beschnuppern. Sie hatte einen guten Eindruck von dem Mädchen.

Allerdings wusste man momentan nie, wie alles weitergehen würde. Die Demenz und die Gebrechlichkeit ihres Schwiegervaters nahmen stetig zu, immer öfter bat die Schwiegermutter um Hilfe, und es war vielleicht nur eine Frage der Zeit, wie lange sie sich noch um ihren Mann kümmern konnte. Früher oder später würde man darüber nachdenken müssen, den Großvater ganz in ein Altersheim zu geben, doch zurzeit wollte niemand dieses Thema ansprechen.

Charlotte trank einen Schluck Wein, setzte ihr Glas auf dem Tisch ab und sagte unvermittelt: »Was hältst du denn von ihr?«

Rudi sah sie erstaunt an. »Wen meinst du?«

Sie bemerkte, dass seine Hand, die das Weinglas hielt, zitterte. Ob ihm die viele Arbeit so sehr zu schaffen machte? Oder sollte er irgendeine Krankheit ausbrüten?

»Na Gesine.«

»Ach die.« Er atmete laut aus. »Ja, was soll ich da sagen? Ist doch Leonhards Angelegenheit.« Er zögerte einen Moment, dann fragte er mit gerunzelter Stirn: »Meinst du denn, das mit den beiden ist was Ernstes?«

Charlotte nickte mit Nachdruck. »Ich glaube schon. So wie die miteinander turteln.«

Er machte eine wegwerfende Handbewegung. »Leonhard ist noch so jung. Der soll sich erst mal die Hörner abstoßen.«

Charlotte schüttelte missbilligend den Kopf. Das war wieder einmal typisch. Manchmal mangelte es ihrem Mann entschieden an Feingefühl.

Sie fand es schön, dass ihr Sohn bereits jetzt in jungen Jahren die Frau gefunden hatte, die bereit war, das Leben mit ihm zu teilen. Gut, man musste natürlich abwarten, ob ihr das Winzerdasein nicht zu anstrengend war und ob sie sich überhaupt vorstellen konnte, hier am Rhein zu leben. Sie war in einem Hotelbetrieb auf einer Insel groß geworden, wo alles seinen eigenen Gesetzen folgte. Die Nordsee war weit weg von Leutesdorf, und sagte man nicht immer, die Menschen vom Meer könnten sich nur schwer ans Festland gewöhnen? Andererseits hatte Liebe schon so einiges bewirkt. Und sie glaubte, erkennen zu können, dass Gesine und Leonhard echte Liebe füreinander empfanden, so wie die beiden miteinander umgingen. Um diese wie zufälligen Berührungen, wenn sie aneinander vorübergingen, um sich dann verschwörerische Blicke zuzuwerfen, hatte sie sie fast ein wenig beneidet.

In diesem Zusammenhang fragte sie sich nicht zum ersten Mal, was aus Rudi und ihr geworden war, und ob das, was sie beide miteinander verband, noch mit dem Wort *Liebe* bezeichnet werden konnte. Aber vielleicht maß sie diesem diffusen Gefühl zu viel Bedeutung bei. Die Dinge änderten sich mit der Zeit, das war ein altbekanntes Phänomen, dem niemand entgehen konnte.

Sie fröstelte ein wenig. Offenbar hatte sie die Herbstkühle unterschätzt. Sie überlegte kurz, ob sie ins Haus gehen sollte, um sich ein Tuch um die Schultern zu legen, da bemerkte sie, wie Rudi eine Packung Zigaretten aus seiner Hosentasche nestelte.

»Du rauchst wieder?«, fragte sie erstaunt. Ihre Stimme klang schriller als beabsichtigt.

Er antwortete nicht, zog eine Zigarette hervor und zündete sie an.

Kopfschüttelnd blieb sie sitzen. Wie viele Gespräche hatten sie über dieses Thema geführt. Weil er vom vielen Rauchen kaum noch Luft bekam. Weil er Medikamente nehmen musste, die seine Lunge freimachen sollten. Die Atemprobleme äußerten sich besonders, wenn er in den Steillagen unterwegs war.

Wie oft hatte sein Arzt – auch in ihrer Gegenwart – gesagt, dass Rudi auf sich aufpassen müsse. Ob ihm wirklich so wenig an seinem Leben lag?, hatte sie ihn sehr ernsthaft gefragt. Und an der Verantwortung ihr, den Kindern und dem Weingut gegenüber.

Irgendwann hatte Rudi tatsächlich mit dem Rauchen aufgehört. Von heute auf morgen war er offensichtlich vernünftig geworden. Fünf Jahre war das jetzt her. Fünf Jahre ohne eine einzige Zigarette. Freudig hatte er ihr mitgeteilt, wie gut ihm das tat. Dass seine Lebensqualität zugenommen habe. Dass er ein ganz anderes Geruchs- und Geschmacksempfinden habe. Er konnte sich wieder frei in den Steillagen bewegen, verspürte keine Atemnot mehr.

Hatte er das denn alles vergessen?

»Rudi?«, äußerte sie in forderndem Ton, weil sie ihn zu einer Antwort bewegen wollte.

»Lass mich!« Er wendete sich von ihr ab. Blies den Rauch in die Luft. Sah ihm nach. Vermied den Blickkontakt mit ihr.

Sie verstand ihn einfach nicht. Wie man so unvernünftig sein konnte! Aber sie wusste natürlich, dass lamentieren nichts brachte.

Die angenehme Stimmung war dahin. Sie stand auf. »Ich geh ins Bett«, sagte sie. Dann drehte sie sich noch mal um. »Ach übrigens, das hätte ich fast vergessen. Da hat eine Kommissarin von der Polizei angerufen. Sie will morgen Nachmittag vorbeikommen.«

Er zuckte regelrecht zusammen. »Wieso das denn?«

Charlotte hob die Schultern. Sie ahnte mehr, als sie wusste, dass es um diese verschwundene Mary Lou gehen musste, das Phantom, das zu Rudis Vergangenheit gehörte und immer noch unsichtbar irgendwo herumschwebte. Den Namen hatte sie immer vermieden, auszusprechen, nicht zuletzt deswegen, weil sie beim bloßen Gedanken an diese Frau jedes Mal einen heftigen Anflug von Eifersucht verspürte. Ein Gefühl, das dadurch verstärkt wurde, dass Rudi in letzter Zeit öfter im Schlaf etwas murmelte, das sie aufhorchen ließ. Obwohl sie sich gar nicht sicher war, ob er ihren Namen tatsächlich erwähnte oder ob ihr nur ihre Fantasie einen Streich spielte, verschlimmerte sich das nagende Gefühl. Immer wieder sagte sie sich, dass sie keinen Grund dazu hatte, eifersüchtig zu sein. Mary Lou war fort. Und sie war da. Sie lebte mit Rudi, teilte seine Vergangenheit mit ihm und die Zukunft. Das allein zählte. Doch es wollte ihr nicht gelingen, mit diesen Sätzen ihre innere Unruhe zu bezwingen.

Mit schnellen Schritten ging sie ins Haus. Als sie im Bad vor dem Spiegel stand und sich Nachtcreme auf die Haut tupfte, betrachtete sie sich mit kritischem Blick. Gesicht und Hals waren fülliger geworden, wie ihr gesamter Körper. Die Haut auf Nase und Wangen schimmerte rot von vielen geplatzten Äderchen. Mit einem inneren Seufzer dachte sie daran, wie sie ausgesehen hatte, als sie Rudi kennengelernt hatte. Damals war sie wesentlich schlanker und ganz ansehnlich gewesen. Sie war bei Verwandten gewesen, die sie zum Leutesdorfer Weinfest eingeladen hatten. Auf dem Festplatz hatte sie ein betrunkener Rüpel angerempelt und sich an sie drangehängt. Rudi, der zufällig in der Nähe war, hatte sie aus der misslichen Lage befreit. Dafür war sie ihm sehr dankbar. Als sie ihn näher betrachtete, bemerkte sie, wie gut und imposant er aussah, wie höflich und zuvorkommend er sich benahm. Sie war wie elektrisiert, und ihr schoss durch den Kopf: Den will ich. Den und keinen anderen. Doch Rudi verabschiedete sich, und sie wusste in diesem Moment noch nicht einmal seinen Namen.

Danach besuchte sie Tante und Onkel noch ziemlich oft, in der Hoffnung, dem jungen Mann wieder zu begegnen, in den sie sich unsterblich verliebt hatte. Dann sah sie ihn auf der Straße. Das Herz blieb ihr stehen. Er war nicht allein! Hand in Hand ging er zusammen neben einer ausgesprochen hübschen jungen Frau, die ihn mit verliebten Blicken anhimmelte. Er bemerkte Charlotte nicht einmal.

Charlotte war furchtbar enttäuscht. Er hatte also eine Freundin. Er war überhaupt nicht an ihr interessiert, an jenem Abend war er nur höflich gewesen. Nichts weiter. Konnte es wirklich Zufall sein, dass sie wenig später erfuhr, dass seine Freundin fort war? Nein, es war ihre Chance. Die sie nutzte.

Fast 30 Jahre war das jetzt her.

Rudi hatte nie mit ihr über seine Gefühle für Mary Lou gesprochen. Als sie ihn einmal im unverbindlichen Plauderton danach fragte, gab er ihr nur einsilbige Antworten. Doch wenn sie ehrlich war, hatten sich beide im Grunde darum bemüht, nicht auszusprechen, was damals vorgefallen und wie alles gekommen war.

Sie hörte unten eine Tür gehen. Er kam die Treppe hoch, riss die Badtür auf. »Kannst du mir mal sagen, was die von mir wollen?«, rief er aufgebracht. »Wieso können die einen nicht in Ruhe lassen?«

Sie stellte den Cremetiegel auf das Regal zurück. »Ich weiß es nicht, die Polizistin hat nicht gesagt, warum sie dich sprechen will.«

»Ich bin jedenfalls nicht da.« Er machte eine unwirsche Handbewegung.

»Das kannst du nicht machen, Rudi«, sagte sie. »Die kommen extra hierher, und sie haben sich schließlich angekündigt.«

»Und ob ich das kann. Du wirst schon noch sehen, was ich alles kann.«

13

Clarissa legte den Hörer auf. »Dr. Grassberg hat die Praxis Anfang der 90er Jahre aus Altersgründen geschlossen. 1998 ist er verstorben.«

Franca nickte. »So was in der Art hab ich mir fast gedacht.«

Sie reichte ihrer Kollegin ein Schwarz-Weiß-Foto hinüber, das sie lange betrachtet hatte. »Mary Lou war wirklich eine Hübsche. Etwas Besonderes. Und sie hatte so etwas Verträumtes, Wildes. Schau doch mal. Auf diesem Foto kommt das richtig raus.«

Clarissa lachte. »Du meinst, etwas, was den Dorfburschen gefällt, die sonst nur Alltagskost kennen?« Sie nahm das Foto in die Hand. »Ich weiß nicht. Aus dieser Mary Lou werde ich einfach nicht schlau. Wahrscheinlich, weil sich die Zeugenaussagen in Vielem widersprechen. Einmal heißt es, sie war sanft wie ein Lämmchen, ein andermal wird sie als Vamp beschrieben, der die Männer reihenweise verrückt gemacht hat. Da frag ich mich doch: Wie passt da diese biedere Absicht dazu, derart früh heiraten zu wollen?«

»Sie war schwanger«, antwortete Franca. »Und du weißt doch, wie sich das verhält mit den Zeugenaussagen. Da bringt jeder seine eigene Wahrheit mit rein. – Sag mal, ist dir aufgefallen, dass die Familie erst drei Tage nach ihrem Verschwinden die Polizei verständigt hat?«

»Ach ja?« Clarissa riss die Augen auf. »Das ist ja äußerst merkwürdig. Wenn Eltern wirklich besorgt sind, dann gehen sie doch sofort zur Polizei, oder? Ich meine, die war zwar volljährig, aber sie lebte noch zu Hause.«

»Darüber hab ich mir auch meine Gedanken gemacht. Gerade bei *den* Eltern. So wie Helga sie beschrieben hat, war der Vater der reinste Wachhund. Wieso hat der nicht gleich Alarm geschlagen, nachdem sein Schützling nicht rechtzeitig im Bett lag?«

Clarissas Blick verdunkelte sich. »Der wäre nicht der erste Vater, der den Beschützer spielt und in Wahrheit ein Ungeheuer ist. Vielleicht war er auch einer von denen, der sein Töchterchen keinem anderen Mann gegönnt hat.«

»Keine voreiligen Schlüsse!«, warnte Franca. Obwohl ihr ähnliche Gedanken durch den Kopf gegangen waren. Sie hatte in den letzten Jahren einige Fälle von Familienvätern bearbeitet, die durchgedreht waren, weil ihr männliches Selbstverständnis erschüttert worden war.

Beziehungsschwierigkeiten waren und blieben die häufigsten Mordmotive. Während Frauen eher töteten, um den Partner loszuwerden, entsprach es ihrer Erfahrung, dass Männer durch einen Tötungsakt in der Regel behalten wollten, was sie offensichtlich als ihr Eigentum ansahen. Dabei machten sie auch vor den eigenen Kindern nicht halt. Obwohl sich dies ziemlich unlogisch anhörte – wie kann man etwas behalten, indem man es tötet? – wurde dies immer wieder in konkreten Fällen nachgewiesen. Meist handelte es sich bei solchen Tätern um Männer mit wenig Selbstwertgefühl, die sich durch die Trennung tief gekränkt fühlten.

»Das ist doch kein voreiliger Schluss«, empörte sich Clarissa. »Sagst du nicht immer, man muss in alle Richtungen denken und darf keine Möglichkeit auslassen?« Sie blätterte in den Unterlagen, die vor ihr auf dem Schreibtisch lagen. »Dass ihr Freund bereits ein Jahr nach ihrem Verschwinden geheiratet hat und kurz danach ein Kind geboren wurde, das ist ja wohl ebenfalls höchst verdächtig, oder?«

»Das ist mir auch aufgefallen«, bestätigte Franca.

Clarissa sah sie nachdenklich an. »Und wenn Rudolf Freyung doppelgleisig gefahren ist? Wenn diese Frau, die er so schnell geheiratet hat, bereits seine Freundin war, und Mary Lou nur eine Nebenliebe, die lästig geworden war?«

»Du meinst: eine, die ihm im Weg war und störte. Umso mehr, nachdem sie schwanger wurde?«

Clarissa zuckte mit den Schultern. »Ich bin jedenfalls sehr gespannt auf diesen Rudolf.« Sie sah auf die Uhr. »Wann müssen wir denn nach Leutesdorf?«

»Ist noch ein bisschen Zeit.«

»Dann geh ich mal in der Kantine was essen. Ich hab einen Riesenhunger. Kommst du mit?«

Franca schüttelte den Kopf. »Ich hab einen Apfel dabei. Mein Arzt meint, ich sollte abnehmen.«

Clarissa legte den Kopf schräg. »Findest du das auch?«

»Na ja, da ist schon einiges an Gewicht hinzugekommen im Gegensatz zu früher. Jahrelang hab ich konstant 53 Kilo gewogen. Irgendwann überschritt ich die Grenze, und mit meinem Gewicht ging es stetig bergauf. Obwohl ich mein Essverhalten nicht grundsätzlich verändert habe. Mein ich zumindest.«

»Was wiegst du denn?«

»Verrat ich nicht.«

Clarissa grinste. »Also ich finde dich nicht zu dick. Und wenn du dich mit deinem Gewicht wohlfühlst, dann bleib doch so.«

Franca verzog das Gesicht.

»An deiner Stelle würde ich mir mal überlegen, den Arzt zu wechseln.«

14

Gesine schlug die Augen auf und blinzelte. Eben noch hatte sie sich an warme Haut geschmiegt und von Leonhards Händen gehalten gewusst, nun fühlte sie sich hinauskatapultiert aus ihrer traumwarmen Welt in die nüchterne Wirklichkeit.

Sie stand auf und stieß die altmodischen Klappläden auf. Draußen zwitscherten die Vögel in der Morgensonne, durch das offene Fenster wehte ein lauer Wind. Schnell zog sie sich an, ging die Treppe hinunter und bemerkte, wie still es im Haus war. Die Küche fand sie erwartungsgemäß leer vor.

Offenbar waren alle schon unterwegs, was ihr gar nicht so unrecht war. Der Frühstückstisch war noch für eine Person gedeckt. Schnell schenkte sie sich eine Tasse Kaffee aus der Warmhaltekanne ein, bestrich ein Stück Brot mit Butter und selbstgemachter Marmelade und sah sich in der Küche um. Alles wirkte schon ein wenig vertraut und dennoch fremd. Wie so oft, wenn sie morgens allein war, dachte sie an zu Hause, an das Hotel ihrer Eltern, an den morgendlichen Betrieb. Sie nahm sich vor, am Abend mit den Eltern zu telefonieren. Aber was sollte sie ihnen sagen? Bis jetzt hatte sie sich noch nicht entschieden, wie lange sie in Leutesdorf bleiben wollte. Danach würden sie ganz sicher fragen.

Schnell räumte sie das benutzte Geschirr in die Maschine, stellte Butter und Marmelade in den Kühlschrank und ging vor die Tür.

Heute war wieder ein strahlender Herbsttag, den wollte sie zu einem ausgedehnten Spaziergang nutzen. Sie fand es reizvoll, die Gegend allein zu erkunden. Der Limeswanderweg führte durch die Gemarkung von Leutesdorf. Vielleicht fand sie unterwegs Hinweise auf den römischen Grenzwall, womöglich bekam sie einen der Wachttürme zu sehen.

Sie ging durch die Obstwiese, die sich hinter dem Haus mit seinen vielen verwinkelten Anbauten anschloss und direkt neben einem großen Garten lag, in dem Leonhards Mutter Gemüse, Salat und Tomaten anbaute. Eingerahmt wurde der Gemüsegarten von Blumenrabatten voller bunter Astern, die einen leuchtenden Teppich bildeten. In einer Ecke neigten sich mannshohe Sonnenblumen. Nun passierte sie eine wuchernde Brombeerhecke, dazwischen standen hohe Nesseln, denen sie geflissentlich auswich.

Sie spazierte den ihr inzwischen bekannten asphaltierten Weg hoch in die Weinberge, doch diesmal schlug sie eine Abzweigung ein, die wieder hinunter ins Tal führte. Auch hier stieß sie oft auf den Namen *Freyung* vor den Parzellen, doch von Leonhard und seiner Familie war niemand zu sehen. Wahrscheinlich waren sie anderswo in einem ihrer vielen Wingerten beschäftigt.

An den Terrassenmauern waren Informationstafeln angebracht, die über die Besonderheiten des Weinanbaus und die kulturhistorischen und landschaftlichen Zusammenhänge informierten. Gesine las, dass der Mittelrhein eine Sonderstellung im deutschen Klimaraum einnimmt, weil er zu den wärmsten Landstrichen Deutschlands gehört. An 40 bis 48 Tagen im Jahr steigt die Temperatur über die 25-Grad-Marke. Die milden Winter und nicht zu heißen Sommer sorgen für eine lange Vegetationsperiode. Wegen der günstigen klimatischen Bedingungen hat die Rebe mehr Zeit, Mineralstoffe in die Beeren einzulagern und Zucker zu bilden. Eine ideale Ausgangsposition für den Riesling, die begehrteste und anspruchsvollste Rebsorte.

Auch Leonhards Familie baute überwiegend Riesling an, dessen Trauben sie inzwischen gut von anderen Sorten unterscheiden konnte, weil die Beeren relativ klein waren.

Immer weiter lief sie die asphaltierte Straße entlang, kletterte ein Stück durch die Weinberge hinab und wieder bergauf. Mit einem Mal sah sie weiter unten am Hang ein hohes steinernes Kreuz aus den Reben herausragen, das ihre Aufmerksamkeit erregte. Da kein direkter Weg dorthin führte, bahnte sie sich einen Pfad durch die grünflimmernden Rebengänge und blieb schließlich vor dem verwitterten Steinkreuz stehen. Unter dem Relief mit Jesus am Kreuz befand sich eine weitere Bilddarstellung, eine Vase mit Blumen, die von einer kryptisch anmutenden Schrift umrahmt wurde. Sie versuchte, die Inschrift zu entziffern, die auf Säule und Sockel eingeritzt war. Manche Buchstaben und Abkürzungen konnte sie nicht deuten. Sie verstand nur so viel, dass im Oktober des Jahres 1715 an dieser Stelle ein Daniel Mohr aus Leutesdorf von einem Mann namens Nicklas Kotzet totgeschlagen wurde.

Das Kreuz stand nahe der Straße nach Hammerstein, wo ein schroffer Felsvorsprung den schmalen Durchlass noch verengte. Oben auf dem Felsen waren die Reste einer Burgruine sichtbar. Gesine stieg den Weinberg wieder hinauf, bis sie schwer atmend oben auf dem asphaltierten Weg ankam. Dort blieb sie einen Moment stehen und atmete tief durch.

Ein kräftiger Wind zerrte an Hecken und Reben, der sie an die Nordsee denken ließ. Unmerklich war das Wetter umgeschlagen. Der Himmel hatte sich zugezogen und eine bedrohliche Farbe angenommen. Sie überlegte, wie weit sie vom Weingut entfernt war. Der kalte Wind drang durch ihre dünne Jacke. Einen Schirm hatte sie nicht dabei, als sie vom Haus wegging, hatte nichts auf einen Wetterumschwung hingedeutet. Obwohl sie sofort zu rennen begann, kam sie klitschnass und schwer atmend beim Weingut an.

Im Hausflur lief ihr Franzi entgegen. Sie trug einen abgewetzten Overall, darunter ein ausgeleiertes Sweatshirt, Kleidung, die sie molliger wirken ließ, als sie war. In einer Hand hielt sie einen gefüllten Kartoffeleimer, in der anderen einen Korb mit Äpfeln. Sie verzog belustigt das Gesicht, als sie Gesine sah. »Na, du siehst ja aus wie ein begossener Pudel nach einem Marathonlauf. Wo warst du denn?«

»Unterwegs.« Gesine hob die Schultern, lächelte entschuldigend und ging sofort unter die Dusche. Als sie wohlriechend und in trockenen Kleidern in die Küche zurückkam, war Franzi mit Kartoffelschälen beschäftigt. »Kann ich dir was helfen?«, fragte Gesine.

»Gern.« Franzi schob ihr die Schüssel mit Kartoffeln zu.

Gesine schaute ungläubig auf die Menge. »So viele Kartoffeln. Was gibt's denn?«

»Döppekuche.« Franzi warf ihr einen belustigten Blick zu. »Momentan kochen wir ja noch für ein paar Leute mehr. Die Polen essen auch mit uns. Die haben immer viel Hunger. Unsere regionalen Gerichte mögen sie besonders gern.«

»Was ist denn das, Döppekuche?«

»Du lernst in diesem Haushalt allerlei rheinische Spezialitäten kennen. Übersetzt heißt das Topfkuchen. Ist aber kein Kuchen, sondern ein Kartoffelgericht. Döppekuche ist eigentlich ein Arme-Leute-Essen, so wie die Pizza in Italien, und kann auf vielerlei Art variiert werden, mal mit Mettwurst, mal mit Dörrfleisch oder auch ohne Fleisch.

Traditionelle Beilage ist Apfelmus, und da wir im Moment ziemlich viele Falläpfel haben und die alten Kartoffeln wegmüssen, kann man beides gut verwenden.«

»Ja, ich hab auch schon daran gedacht, dass man mit den Äpfeln was machen sollte. Wär doch schade, wenn die verkommen. Du kochst gern?«

Franzi nickte. »Ist 'ne schöne Abwechslung. Und wenn es dann noch allen schmeckt, macht's noch mal so viel Spaß.«

Gesine nahm eine der Kartoffeln aus der Schüssel.

»Erzähl doch mal ein bisschen von dir. Wie ist das denn so als Nordseepiratin in den rheinischen Weinbergen?« Auf Franzis Gesicht machte sich ein Grinsen breit.

»Wieso? Ihr seid doch alle sehr nett, da muss man sich doch einfach wohlfühlen«, antwortete Gesine vorsichtig.

»Sag mal, kannst du dir echt vorstellen, hier mit Leonhard zu leben? Was die Arbeit bei uns für einen Stellenwert hat, hast du ja sicher mitbekommen.«

Gesine senkte den Blick und schob die Schneide des Messers unter die angeschrumpelte Schale der Kartoffel. »Bei uns im Hotel muss man auch arbeiten. Davor hab ich mich noch nie gescheut.«

»Aber ihr könnt euch im Winter ausruhen. Bei uns ist das nur bedingt der Fall, weil es eigentlich immer was zu tun gibt. Wenn wir an einer Ecke fertig sind, geht's an der nächsten wieder los.«

»Das ist bei uns nicht viel anders«, entgegnete Gesine.

Franzi senkte die Stimme. »Ich wünsch mir für meinen Bruder eine Frau, die ihn wirklich liebt.«

Gesine spürte, dass Franzi ihren Blick suchte, doch sie widmete sich weiter aufmerksam der Kartoffel, von der sie die Schale ablöste.

»Natürlich ist es wichtig, dass man miteinander arbeitet. Ich glaube, jeder Winzerbetrieb geht zugrunde, wenn sich einer ausklinkt. Jede Hand wird gebraucht, sogar die der Kinder.«

»Dann musstet ihr schon früh helfen?«, erkundigte Gesine sich beiläufig und nahm aus den Augenwinkeln wahr, dass Franzi die Schultern zuckte.

»Ich denke nicht, dass uns das geschadet hat.« Sie hob den Blick, in dem etwas Forderndes lag. »Wir sind damit aufgewachsen, anzupacken, wo es nötig war. Ob bei der Lese oder sonstwo. Wir mussten natürlich nicht die gleiche Leistung bringen wie die Erwachsenen, da war man schon nachsichtig. Ich finde, dass die Kinder heute viel zu sehr verwöhnt werden. Dabei schadet es doch nichts, ein wenig Verantwortung zu übernehmen. Das Ergebnis sieht man ja, die leben alle nur noch in ihren Facebook- und Smartphone-Welten, aber mal das Geschirr abwaschen, das wäre ja Kinderarbeit …« Mit Schwung warf sie eine geschälte Kartoffel in die Schüssel zu den anderen.

»Ich finde auch, dass ein bisschen Verantwortung besser auf das Leben vorbereitet als dieses Verzärteln, wie man es heute überall beobachtet«, antwortete Gesine. »Ich musste auch schon früh mithelfen in unserem Hotel.«

»Dann sind wir uns doch einig.« Ihre Blicke trafen sich, auf beiden Gesichtern lag ein Lächeln.

»Wann musst du denn zurück nach Köln?«, fragte Gesine, der wieder einmal klar wurde, dass sie sich von allen Familienmitgliedern am besten mit Franzi verstand. Und dass ihr vor dem Tag grauste, an dem Franzi nicht mehr da war.

»Eigentlich Semesteranfang, aber ich kann mir Zeit lassen«, antwortete sie gedehnt. »Ich hab momentan keine rechte Lust auf das Studium. Dieser theoretische Kram geht mir tierisch auf die Nerven. Ich finde, hier wird meine

Arbeitskraft mehr gebraucht. Du siehst wenigstens sofort ein Ergebnis.« Sie wies auf die Schüssel mit den geschälten Kartoffeln.

»Und du bekommst keine Schwierigkeiten?«, wunderte sich Gesine.

»Nö. Mein Prof ist ziemlich großzügig. Das krieg ich schon gebacken«, meinte sie, hob den Korb mit den Äpfeln auf den Tisch und schob ihn zu Gesine hin. »Die brauchst du nicht zu schälen«, sagte sie. »Nur vierteln und Kerngehäuse und die faulen Stellen rausschneiden.«

Eine Weile herrschte Schweigen. Jede der beiden jungen Frauen ging ihrer Arbeit nach.

»Vorhin, als ich spazieren war, da hab ich ein Kreuz in den Weinbergen gesehen«, sagte Gesine, während sie einen Apfel zerteilte. »Da ist ein Mann erschlagen worden. Was hat es denn damit auf sich?«

»Du meinst das Mohrsche Mordkreuz.« Franzi hantierte mit der Küchenmaschine, um die geschälten und gewaschenen Kartoffeln zu raspeln. »Nein, das war kein Mann, der ermordet wurde, sondern seine Frau. Man kann das an dem Kürzel S.H.F. und dem dahinterstehenden Namen erkennen, der Gertrud bedeutet. Ihr Mann hat das Kreuz errichten lassen. Die runenartigen Zeichen darunter, die eingerahmt sind von den Buchstaben D und M können eine sogenannte Hausmarke bedeuten, in dem Fall die des Daniel Mohr.«

»Warum ist dieses Kreuz denn aufgestellt worden?«

Franzi sah sie nachdenklich an. »Er wollte wohl, dass seine Frau in guter Erinnerung bleibt und man die Tat nicht vergisst. Hier in der Gegend wirst du überall auf solche Kreuze mit ähnlichen Kürzeln stoßen. Die haben die Menschen errichtet, wenn jemand ums Leben gekommen ist wie in diesem Fall. Oder auch sonst wie zur Erinnerung.«

»Sind hier so viele Menschen ermordet worden?«

Franzi stieß ein herzliches Lachen aus. »Nein, nein, keine Angst. Wir leben hier in einer äußerst friedlichen Gegend. Die Kreuze sind ja zum Teil schon uralt. Ich glaube, das Mohrsche Mordkreuz ist bald 300 Jahre alt.«

»Weiß man denn, was damals passiert ist?«, fragte Gesine nach einer Weile.

Franzi zuckte mit den Achseln. »Ein Totenbuch aus dieser Zeit gibt es nicht. Auch hat man in keiner Chronik etwas darüber gefunden, nur eben die Zeilen auf diesem Kreuz. Da der Name des Täters so offenkundig erwähnt ist, nimmt man an, dass Gertrud Mohr vergewaltigt und dann getötet wurde. Aber wie gesagt, das ist eine Vermutung. Etwas Genaues weiß man nicht.«

15

Kurz zuvor noch hatte es geregnet, jetzt spiegelten sich Sonnenreflexe in den glänzenden Pfützen auf der Straße. Eine Wettermixtur, kommentierte der Mann im Radio die Situation. Herabfallende welke Blätter bildeten durch die Nässe eine gefährliche Rutschbahn, deshalb hatte Franca die Geschwindigkeit des Passat gedrosselt. Gemächlich fuhr sie am Fluss zu ihrer Linken entlang, der schieferfarben schimmerte. Aus den Augenwinkeln nahm sie wahr, dass sich ein weißer Schlepper in Richtung Köln auf gleicher Höhe mit ihnen befand.

»*Ora et labora*. Na das passt ja.« Clarissa kicherte.

»Wie bitte?«

»Steht da auf dem Lastkahn. *Ora et labora*. Bete und arbeite. Eins davon tun wir ja. Oder hast du auch schon dein Morgengebet verrichtet?«

»Wie bist du denn drauf?« Franca verzog das Gesicht und drehte den Kopf nach links. Der Schlepper bewegte sich langsam in der Mitte des Flusses.

»Vorsicht. Hier geht's ab.« Clarissa deutete mit dem Finger auf ein Hinweisschild, das Franca fast übersehen hätte. Im letzten Moment bremste sie ab und riss den Lenker herum, um gerade noch rechtzeitig die Kurve zu kriegen. Eine schmale Straße führte unter einer Unterführung hindurch direkt zum Rheinufer. Mit Schrittgeschwindigkeit fuhr sie durch eine enge, von Platanen gesäumte Straße mit dem Namen August-Bungert-Allee. Eine herrschaftliche Villa mit neoklassizistischen Säulen davor erregte ihre Aufmerksamkeit.

»Weißt du, wer August Bungert war?«, fragte sie Clarissa.

»Wenn nur der Rhein nicht wär und der Sonnenschein«, begann Clarissa in übertriebener Opernmanier zu schmettern.

»Was ist das denn?« Franca sah sie fragend mit gerunzelten Brauen an.

»Das stammt aus einem Gedicht von Carmen Sylva alias Prinzessin Elisabeth zur Wied alias Königin von Rumänien. Das Haus hat sie dem Komponisten August Bungert geschenkt als Dank dafür, dass er einige ihrer Gedichte vertonte. Er galt übrigens zu seiner Zeit als der stärkste Konkurrent von Richard Wagner. Cosima Wagner hat damit gedroht, die Aufführungsrechte von Wagneropern zurückzuziehen, sollte auch nur eine Oper von Bungert aufgeführt werden. Offensichtlich eine sehr effektive Methode, sich die Konkurrenz vom Hals zu schaffen. Kaum jemand kennt heute noch August Bungert.«

Franca klappte den Mund auf und wieder zu. »Sag mal, woher weißt du das denn alles?«

Clarissa grinste vor sich hin. »Meine Eltern haben früher mal in der Nähe des Carmen-Sylva-Gartens gewohnt. Und da ich schon immer neugierig war, hab ich mich eben über die Herkunft des Namens informiert.«

»So ein schlaues Kind warst du. Alle Achtung.«

In langsamem Tempo passierten sie ein lang gezogenes Gebäude mit zwei auffälligen steinernen Löwen davor und das anschließende Gasthaus ›Leyscher Hof‹, bis sie unter dem Rundbogen des Zolltors durchfuhren, an dessen Außenwand Markierungsschildchen angebracht waren, die über die Hochwasserstände der letzten Jahrzehnte Auskunft gaben.

An der Allee, die zum Rhein hin offen war, zweigte die Auffahrt zu einer Autofähre nach Andernach ab.

Franca stellte den Passat auf einem Parkplatz an der Rheinpromenade ab, stieg aus dem Wagen und sah sich interessiert um. An ihren letzten Besuch in Leutesdorf, der sehr lange zurücklag, konnte sie sich nicht mehr erinnern, wahrscheinlich war das zu ihrer Kinder- oder Jugendzeit gewesen. Im Gras glitzerten Regentropfen. An den Bäumen auf den Hängen am gegenüberliegenden Rheinufer waren herbstliche Farbtöne auszumachen.

»Hübsch«, sagte sie, als ihr Blick die Fachwerk- und Bruchsteinhäuser an der Rheinpromenade streifte, von denen einige klein waren wie Spielzeughäuschen.

»Na ja«, Clarissa runzelte die Stirn. »Ich möchte nicht in so einem winzigen Haus wohnen.«

Das Weingut Freyung lag in einem der engen Seitengässchen, die von der Rheinpromenade abzweigten. Nur wenige Meter mussten sie gehen, dann standen sie vor einem Haus, dem man sein ehrwürdiges Alter ansah. Es hatte einen breiten Giebel, eine ausladende vordere Fassade und an der rechten Ecke einen Erker mit einer Sandsteinfigur, die Maria mit dem Jesuskind darstellte. Unter dem Dach konnte man eine verwitterte Jahreszahl entdecken: 1792.

»Das Weingut gefällt mir«, sagte Franca anerkennend. »Das ist so richtig schön verwunschen.« Das Gebäude war halbseitig von einer Mauer begrenzt, die von Glyzinien bewachsen war, deren Blätter langsam dahinwelkten. Die andere Hälfte umschloss ein halbhoher Gitterzaun.

Neben dem hölzernen Eingangstor befand sich ein kleiner Schaukasten integriert in die Mauer, der die Weine des Weinguts Freyung ausstellte. Goldschiefer Riesling, Leutesdorfer Rosenberg, Spätburgunder Felsenspiel. Die Preise schienen recht moderat. Am teuersten war ein Charta-Riesling für acht Euro, allerdings hatte Franca keine Ahnung, was das für eine Bezeichnung war.

Den Eingang bedeckte ein überdachter Vorbau. Durch ein Holzportal gelangte man in einen Innenhof, der mit Bruchsteinplatten ausgelegt war. Dort stachen mit Blumen bepflanzte Steintröge und Holzfässer ins Auge, ebenso ein steinerner Brunnen und eine Kelter sowie etliche Gerätschaften, die offensichtlich aus dem Weinbau stammten.

Alles wirkte gediegen, altertümlich und auch ein bisschen mediterran. Ein Sammelsurium, das Franca ein wenig an Italien erinnerte.

Eine füllige rotwangige Frau in Jeans und karierter Bluse trat aus dem Haus und kam ihnen entgegen.

»Mazzari, Kripo Koblenz«, stellte Franca sich vor.

»Meine Kollegin Clarissa Sonnenberg. Wir hatten uns angemeldet.«

»Ja, ich weiß«, antwortete Frau Freyung und blieb unschlüssig vor den beiden Polizistinnen stehen.

»Mein Mann ist im Weinberg. Aber vielleicht kann ich Ihnen erst mal weiterhelfen?« Die Stimme klang betont freundlich, doch Franca bemerkte durchaus den zögerlichen Unterton.

»Oh, das ist ganz schlecht«, sagte sie. »Wir müssten schon mit ihm persönlich sprechen.«

Mit zusammengepressten Lippen sah Charlotte Freyung von Clarissa zu Franca und wieder zurück und lächelte schüchtern. »Es geht um dieses Mädchen, das vor langer Zeit verschwunden ist, nicht wahr?«, fragte sie nun direkt. Franca, die die Winzerin verstohlen musterte, glaubte einen Anflug von Panik in ihren Augen erkennen zu können. Wieso war sie denn derartig nervös? Es war schon fast schmerzlich zu beobachten, wie sehr sie sich bemühte, ihre Gesichtszüge unter Kontrolle zu halten.

»Kannten Sie Marie Louise Schönborn?«

Charlotte Freyung schüttelte heftig den Kopf und versuchte, Francas Blick auszuweichen. »Nein, nein. Ich hab sie einige Male gesehen, damals, als sie noch mit meinem Mann … aber kennen kann man das nicht nennen«, fügte sie schnell hinzu.

»Wie lange haben Sie und Ihr Mann sich denn gekannt, bis Sie heirateten?«

»Wer? Äh … Wieso wollen Sie das denn wissen?« Nun schien Charlotte Freyung vollkommen perplex.

»Natürlich müssen Sie diese Frage nicht beantworten. Aber uns ist aufgefallen, dass Ihre Eheschließung ein knappes Jahr nach dem Verschwinden von Marie Louise Schönborn stattgefunden hat.«

»Ich wüsste nicht, was das mit … der Sache zu tun hat.« Ihr Gesicht überzog sich mit einer feurigen Röte. »Ich hab ja schließlich niemandem den Mann weggenommen.« Ihre Stimme klang scharf, wie jemand, der sich verteidigen wollte.

Franca wartete, ob noch ein weiterer Kommentar folgte, doch als nichts mehr kam, fragte sie: »Was hat Ihr Mann Ihnen von seiner Beziehung zu Marie Louise Schönborn erzählt?«

»Sehr wenig.« Sie zuckte die Schultern. »Mir ist bekannt, dass sie schwanger war und dass die beiden heiraten wollten. Aber dann war sie ja weg …« Ein Flackern trat in ihre Augen. »Mein Mann spricht nicht gern über seine Gefühle. Er macht die Dinge mit sich aus. Immer schon. Deshalb kann ich da wenig zu sagen.«

Was hätte er wohl getan, wenn seine verschwundene Freundin eines Tages wieder vor ihm gestanden wäre, schoss es Franca durch den Kopf. Vielleicht wusste er aber auch, dass genau dies niemals eintreten würde?

Insgeheim stellte sie einen Vergleich zwischen Marie Louise Schönborn und Charlotte Freyung an. Der Unterschied zwischen diesen beiden Frauen konnte gar nicht größer sein. Allerdings durfte man nicht vergessen, dass Mary Lou im blühenden Jugendalter verschwunden war und Charlotte Freyung damals sicher auch frischer ausgesehen hatte als heute.

Franca sah sich in dem malerischen Innenhof um. Entlang der mit Drähten und Kletterhilfen überspannten Palisaden rankten sich Weinreben, die voller Früchte hingen.

»Das haben Sie alles sehr liebevoll ausgestattet«, sagte Clarissa anerkennend. »Bei Ihnen muss man sich ja wohlfühlen. Sind das dort hinten Ofenplatten?«

»Genau. Die sammeln wir. Ganz stolz bin ich auf ein

paar sehr schöne antike Stücke aus Gusseisen. Ofenplatten dienten früher nicht nur dekorativen Zwecken. Sie speicherten auch die Hitze«, erklärte Charlotte Freyung eifrig.

Franca warf ihrer jungen Kollegin einen dankbaren Blick zu. Ihre Bemerkung hatte vermocht, Charlotte Freyung aus ihrer Reserviertheit zu locken.

»Das zeigen wir auch gern den Touristen. Wenn es Sie interessiert, führe ich Sie ein wenig herum.«

»Vielleicht später.« Nur ungern bremste Franca ihren plötzlichen Redefluss. Aber schließlich waren sie aus einem ganz bestimmten Grund hier. »Erst müssten wir uns mit Ihrem Mann unterhalten.«

»Ich verstehe.« Plötzlich trat ein wilder Blick in Charlotte Freyungs Augen. »Vater«, rief sie aufgebracht. »Vater, wo willst du denn schon wieder hin?«

Franca wandte den Kopf und sah einen alten Mann, der mit unsicheren Schritten vor die Tür trat.

»Kleinen Moment, bitte«, raunte Charlotte Freyung den beiden Polizistinnen zu. Sie lief auf den alten Mann zu und legte ihm die Hand auf die Schulter, die er mit einer unwirschen Bewegung abzustreifen versuchte.

»Die wollen mich vergiften«, rief er aufgebracht. »Das Gesindel da drin will mir ans Leben.«

»Niemand will dir was tun. Komm wieder mit rein.« Charlotte sprach mit ihrem Schwiegervater wie mit einem kleinen Kind.

Er hob wie witternd den Kopf und schien plötzlich die beiden Polizistinnen zu bemerken. »Kommen Sie sie holen?«, fragte er. »Das ist gut. Das ist gut. Endlich wird mal was getan.«

Charlotte Freyung warf Franca und Clarissa einen bedauernden Blick zu und sprach weiter mit beruhigenden Worten auf ihren Schwiegervater ein.

»Komm, Vater. Wir gehen rein. Mutter sucht dich sicher schon.«

Franca beobachtete, wie die Frau behutsam mit dem alten Mann umging, ihn sanft am Arm berührte und ihn schließlich dazu bewegte, wieder ins Haus zurückzukehren. Es dauerte nicht lang, da kam sie zurück in den Hof.

»Entschuldigen Sie bitte, mein Schwiegervater hat im Moment eine schlimme Phase und denkt, alle Welt wolle ihm etwas anhaben. Das ist wohl nicht ungewöhnlich bei Demenzkranken«, meinte sie entschuldigend.

»Sie kümmern sich um ihn?«, fragte Franca.

Charlotte Freyung zuckte die Schultern. »Hauptsächlich tut das meine Schwiegermutter. Aber man darf ihn keine Minute aus den Augen lassen. Es ist wie bei einem kleinen Kind. Er bringt alles durcheinander. Die Zeiten. Die Örtlichkeiten. Manchmal verwechselt er mich sogar mit seiner Tochter, die nach Bayern gezogen ist und nur selten zu Besuch kommt. Die Ärzte haben uns erklärt, dass bei dieser Krankheit Stück für Stück der Bezug zur Realität schwindet und dass Demente nicht mehr unterscheiden können, was sie sich einbilden und was wirklich um sie herum passiert. Aber auch wenn man das weiß, ist es schlimm …«

Franca nickte ihr zu. »Können wir dann zu Ihrem Mann?«, fragte sie.

Charlotte Freyung ruckte mit dem Kopf, als ob sie gar nicht mehr an den eigentlichen Grund gedacht habe, weshalb die beiden Polizistinnen hier waren. Dann nickte sie. »Am besten bringe ich Sie hin. Es ist ein bisschen kompliziert.«

Franca und Clarissa stiegen in den Geländewagen.

»Gibt es denn noch viele Winzer in Leutesdorf?«, fragte Franca, als sie die schmale Straße entlang der Weinberge mit ihren gerade ausgerichteten Rebzeilen entlangfuhren.

»Nicht mehr so viele wie früher. Um die zehn dürften es noch sein. Vielleicht auch ein paar mehr, wenn man die Nebenerwerbsbetriebe mit einrechnet. Leutesdorf hat die größte zusammenhängende Weinbergsfläche im unteren Mittelrheintal. Unser Weingut ist eines der ältesten.« Wie Charlotte Freyung dies betonte, klang es ziemlich stolz. »Die Bereitschaft, diesen Beruf auszuüben, geht immer mehr zurück, das ist allgemein spürbar. Es ist kein einfacher Beruf, aber man hat sein Auskommen. Ohne den Weinanbau würde die Landschaft viel eintöniger aussehen. Das sieht man schon jetzt an den aufgelassenen Wingerten. Wir Winzer sorgen dafür, dass das Landschaftsbild erhalten bleibt. Obwohl das alles natürlich mit vielen Einbußen verbunden ist.«

»Sie kommen ursprünglich aus Leutesdorf?«, wollte Clarissa wissen, die auf der Rückbank saß.

Charlotte schüttelte den Kopf. »Ich komme von der Nahe. Als Kind war ich öfter hier in Ferien, meine Tante und mein Onkel leben in Leutesdorf. Deshalb bin ich mit der Gegend hier vertraut.«

Sie verringerte das Tempo und parkte den Wagen am Seitenrand. Hangabwärts inmitten einer der Rebzeilen stand ein großgewachsener Mann in Arbeitskleidung, der ganz in seine Tätigkeit versunken war.

Alle stiegen aus dem Fahrzeug.

»Rudi«, rief Charlotte laut. »Kommst du mal?«

Er wandte kurz den Kopf, rührte sich aber keinen Zentimeter vom Fleck. Der gutaussehende Mann, der er einmal gewesen ist, ist ihm noch immer anzusehen, dachte Franca. Unvermittelt fiel ihr der Reim vom spannenlangen Hansel und der nudeldicken Dirn ein, den sie als Kind gelernt hatte.

Rudolf Freyung machte keinerlei Anstalten, zu ihnen

hinaufzukommen. Franca wollte nicht länger warten und stieg vorsichtig den Hang hinab. Ein paar Mal rutschte sie aus und griff dabei Halt suchend in Reben und Drähte. Schließlich erreichte sie Rudolf Freyung, der ihr mit unbewegter Miene entgegensah.

»Herr Freyung. Ich hatte mein Kommen angekündigt. Insofern hatten wir eigentlich erwartet, Sie zu Hause anzutreffen«, sagte sie, als sie ein wenig außer Atem bei ihm ankam.

Sein Blick changierte ins Feindselige. »Ich hab zu tun. Kann mir nicht leisten, zu Hause herumzuhocken, bis Sie kommen.«

Franca ignorierte seine wenig entgegenkommende Haltung. »Ich muss Ihnen ein paar Fragen wegen Marie Louise Schönborn stellen«, sagte sie ungerührt.

»Ich kann Ihnen nichts sagen, was Sie nicht sowieso schon wissen. Das alles ist so lang her. Wieso fangen Sie jetzt wieder damit an?« Er hob eine Rebe hoch und streifte ein paar Blätter ab, die auf den Boden fielen.

»Es gibt Hinweise darauf, dass wir eventuell die Leiche Ihrer damaligen Freundin gefunden haben.«

Abrupt hielt er in seiner Tätigkeit inne und ruckte herum. »Was?«

Franca hielt den Asservatenbeutel hoch, in dem sich der Schlüsselbund mit dem silbernen Herzanhänger befand. »Kennen Sie den?«, fragte sie.

Er warf einen flüchtigen Blick auf den Klarsichtbeutel. »Was soll das sein?«

»Vielleicht ein Hinweis auf Ihre frühere Freundin.«

Er schüttelte heftig den Kopf. »Nee. Hab ich nie gesehen«, sagte er sehr bestimmt. »Wo haben Sie den denn her?«

Ohne auf seine Frage einzugehen, zog Franca einen weiteren kleinen Plastikbeutel hervor. »Wir haben auch diesen Ring gefunden. Vielleicht kommt Ihnen der bekannt vor?«

Frankenstein hatte ihr den gründlich gereinigten Ring mit dem geäußerten Bedauern übergeben, leider nichts Markantes daran entdeckt zu haben.

Rudolf Freyung sah nun doch genauer hin. Dann schüttelte er abermals den Kopf. »Ich kenne diese Sachen nicht. Wieso glauben Sie denn, dass sie Mary Lou gehörten?« Er sah Franca durchdringend an. Jeglicher Argwohn schien aus seinem Blick verschwunden.

»Sie haben doch sicher von dem Knochenfund hier in der Nähe gehört. Wir haben Grund zu der Annahme, dass es sich bei dem Skelett um Ihre frühere Freundin handeln könnte.«

»Ich komm momentan wenig zum Zeitungslesen.« Er zog die Augenbrauen zusammen. »Sie glauben, dass ...« Er sprach nicht weiter. Wirkte mit einem Mal sehr in sich gekehrt.

»Was denken Sie denn, was damals mit Ihrer Freundin geschehen ist?«

Er hob die Schultern. »Ich hab gar nichts gedacht. Sie war einfach weg. Und man muss ja weiterleben, nicht wahr?« Er wandte sich wieder den Reben zu, warf prüfende Blicke darauf, zupfte hie und da Blätter weg.

»Hatten Sie nie den Wunsch, herauszufinden, was damals passiert ist?«

Nun hob er ruckartig den Kopf. »Die Vergangenheit kann man nicht mehr lebendig machen. Und selbst wenn Sie sie jetzt gefunden haben, so ändert das doch im Grunde nichts.«

»Für den Täter schon.« Clarissa war ebenfalls den Hang hinuntergeklettert und bei ihnen angelangt. »Wie Sie wissen dürften, verjährt Mord nicht.«

»Was soll das heißen?« Nun wurde sein Blick wieder

argwöhnisch. »Halten Sie etwa mich für einen Mörder? Hören Sie, das haben schon Ihre Kollegen damals gedacht. Und es gab absolut keinen Hinweis dafür. Keinen einzigen.« Er schnaubte. »Und jetzt kommen Sie mit diesem alten Käse an und rühren alles wieder auf. Sie machen es sich ganz schön leicht, wissen Sie das?«

Franca verlagerte ihr Gewicht von einem Bein auf das andere. Die äußerst unangenehme Hangposition schien Rudolf Freyung nichts auszumachen.

»Wie standen Sie denn zu der Tatsache, dass Mary Lou schwanger war? Sie waren beide ja noch sehr jung.«

»Wir hätten geheiratet. So wie sich das gehört. Aber dann kam alles anders. Und ich weiß nicht, was Sie mit Ihrer Fragerei bezwecken wollen. Entschuldigen Sie, ich muss jetzt hier wirklich weitermachen.« Damit wandte er den beiden Frauen den Rücken zu.

»Dann sollten wir die Befragung im Koblenzer Präsidium fortsetzen. Morgen früh um neun Uhr?«

»Das geht nicht. Da hab ich eine wichtige Besprechung.«

»Zehn Uhr. Das ist mein letztes Wort.« Francas Stimme hatte an Schärfe zugenommen. »Sie werden uns wohl oder übel Rede und Antwort stehen müssen.«

Er machte eine wegwerfende Handbewegung.

Clarissa und Franca kletterten mühsam den Hang wieder hoch. Es dauerte eine Weile, bis sie oben ankamen, wo sie von Charlotte mit bangem Gesichtsausdruck erwartet wurden. Franca konnte nicht einschätzen, wie viel von dem Gespräch sie mitbekommen hatte.

Auf der Rückfahrt, die schweigend verlief, wirkte Charlotte in sich gekehrt.

»Halten Sie meinen Mann wirklich für einen Mörder?«, fragte sie schließlich, als sie wieder am Weingut angelangt waren.

»Je eher wir das ausschließen können, umso besser«, antwortete Franca. »Aber dazu ist es eben notwendig, dass man miteinander spricht.«

»Ich weiß, was Sie meinen«, sagte Charlotte. Es klang resigniert.

16

»Sag mal, wer war das denn?« Gesine hatte die beiden Frauen beobachtet, die aus Charlottes Geländewagen ausgestiegen waren. Die rothaarige mit den Piercings schätzte sie etwa in ihrem Alter, und die andere, relativ kleine war sicher über 50. Allerdings wie Mutter und Tochter wirkten sie nicht.

»Wahrscheinlich Kundinnen«, antwortete Leonhard.

»Die sahen aber nicht wie Kundinnen aus.«

»Wie denn dann?«

»Keine Ahnung. Ich hab nur gehört, dass sie was von deinem Vater wollten. Aber es ging nicht um Wein.«

»Wo hast du das denn gehört?« Leonhard runzelte die Stirn.

»Ich war gerade in der Küche. Das Fenster stand offen. Da ist ein Name gefallen. Marie Louise Schönborn. Weißt du, wer das ist?«

Leonhards Blick verfinsterte sich. »Jetzt fängst du auch noch damit an«, sagte er missbilligend.

»Wieso?«, fragte Gesine erstaunt.

»Sobald dieser Name in diesem Haus erwähnt wird, herrscht dicke Luft.«

»Ach ja? Warum denn?«

Leonhard machte eine resignierende Bewegung. »Es gibt da so eine alte Geschichte. Mein Vater war wohl in seinen Jugendjahren verliebt in ein Mädchen, eben in diese Marie Louise oder Mary Lou, wie sie genannt wurde. Die ist eines Tages spurlos verschwunden. Offenbar weiß niemand, was passiert ist.«

Gesine wurde hellhörig. »Guck mal an, bei euch passieren also doch interessante Sachen. Ich dachte, hier ist alles ruhig und friedlich.« Sie lachte.

»Ist es auch.«

»Aber ihr habt Mordkreuze in euren Weinbergen und junge Frauen, die spurlos verschwunden sind.« Ihr Ton war leicht neckend. »Und du weißt wirklich gar nichts über diese Mary Lou?« Sie neigte den Kopf.

»Na ja.« Er wand sich ein wenig. »Ich hab vor einiger Zeit einen Umschlag gefunden in der Kommode in einem der Fremdenzimmer. Darin waren Zeitungsartikel, die von dem Fall berichteten.«

»Hast du die noch?«, fragte sie.

Er hob die Achseln. »Ich hab den Umschlag liegenlassen, wo er war. Es ist das Zimmer, das in dieser Saison Marek bewohnt.«

»Meinst du, der Umschlag ist noch da?«

»Wieso? Willst du da etwa rein?«

»Warum denn nicht? Jetzt, wo du mich richtig neugierig gemacht hast.« Gesine sah ihn herausfordernd an.

»Hör mal. Das tut man nicht. Es gibt ja immerhin so was wie eine Privatsphäre. Du würdest auch nicht wollen, dass man in deinem Zimmer die Schubladen durchsucht, oder?«

»Dann erzähl mir haarklein, was in den Artikeln drinstand.«

»Du bist vielleicht neugierig. Also wirklich.« Er gab ihr einen Nasenstüber. »Ehrlich gesagt, so genau weiß ich das gar nicht mehr. Das ist ja jetzt auch schon eine ganze Weile her, und diese Geschichte hat sich schließlich vor meiner Geburt abgespielt.«

»Ein bisschen was wirst du doch noch wissen«, insistierte sie. »Waren Fotos dabei?«

Er nickte. »Diese Mary Lou war sehr hübsch, und wenn ich dich so ansehe, siehst du ihr direkt ein wenig ähnlich.«

Gesine verzog das Gesicht. »Ist das jetzt ein Kompliment oder was?«

Er ging nicht darauf ein. »Ihr Verschwinden hat ziemliches Aufsehen erregt, wie du dir denken kannst. Die Polizei hat wohl intensiv nach ihr gesucht, aber ohne Ergebnis. Das eigentlich Pikante ist, dass sie von meinem Vater schwanger war, und es gab verschiedene Spekulationen, was mit ihr passiert sein könnte.«

»Die war schwanger von deinem Vater?« Gesine hörte ihm gebannt zu. »Und was ist mit ihr passiert?«

»Nun ja, einmal wurde vermutet, dass sie einfach abgehauen sei, um irgendwo ein neues Leben anzufangen. Ein anderes Mal hieß es, dass mein Vater etwas mit ihrem Verschwinden zu tun haben könnte.« Er hob den Kopf und sah sie eindringlich an. »Als ich das gelesen hatte, war ich ziemlich geschockt.«

Sie zog die Augenbrauen zusammen. »Meinst du denn, da ist was dran?«

»Nein«, sagte er bestimmt. »Das kann ich mir einfach nicht vorstellen. Da hat sich sicher irgend so ein Schreiberling was aus den Fingern gesogen. Wie das immer bei solchen Geschichten der Fall ist, wenn niemand was Konkretes weiß.«

Gesine sah ihn nachdenklich an. »Ich würde wahrscheinlich auch nicht glauben, dass meine Eltern etwas mit einem schlimmen Verbrechen zu tun haben könnten.«

»In einem Dorf wie dem unseren, wo jeder jeden kennt, wird viel geredet. Da gibt es immer Klatsch und Tratsch. Neider, die dem anderen nicht das Schwarze unter dem Fingernagel gönnen und ihm die Pest an den Hals wünschen.«

»Haben denn deine Eltern nicht mit euch über diese Sache gesprochen? Ich meine, über so einen Verdacht unterhält man sich doch.«

Er schüttelte den Kopf. »Du kennst meinen Vater.«

»Und du hast nie nachgefragt?«

»Ich hab dir doch gesagt, dass jedes Mal, wenn das Thema auch nur gestreift wurde, eine ungute Stimmung herrschte. Ich war zwar noch ein kleines Kind, aber ich hab genau gespürt, wann ich meinen Mund zu halten hatte.« Er rieb sich den Nacken und sah an Gesine vorbei. »Außerdem: Es ist ja überhaupt nicht gesagt, dass Mary Lou tot ist. Vielleicht hat sie sich einfach ins Ausland abgesetzt.«

Gesine hatte ihn genau beobachtet. Er schien sehr angespannt. Das Thema berührte ihn offensichtlich mehr, als er zugeben wollte. »Hast du dir mal Gedanken darüber gemacht, dass in dem Fall irgendwo ein Halbgeschwisterchen von dir herumlaufen könnte?«, fragte sie und im selben Moment bereute sie diese Frage.

»Ach hör doch auf.« Ein Muskel zuckte in seinem Mundwinkel.

»Was meint denn Franzi zu der Geschichte?«, versuchte sie, das Thema in eine andere Richtung zu lenken.

»Über so was reden wir nicht.«

Gesine spürte seine Abwehr und die Distanz, die sich plötzlich zwischen ihnen beiden bemerkbar machte. Das hatte sie nicht gewollt. »Hey du, ist ja schon gut.« Sie beugte sich zu ihm hin, sodass ihre Köpfe sich kurz berührten.

Vielleicht will man manche Dinge nicht so genau wissen, dachte sie. Weil man Angst vor der Antwort hat. Weil vieles Selbstverständliche infrage gestellt werden könnte. Dennoch stellte sie die Frage: »Meinst du, es gibt eine neue Spur, wenn die Polizei hierherkommt?«

Er zuckte vor ihr zurück. »Woher soll ich das denn wissen?«

Gesines anfänglich spielerischer Umgang mit diesem Thema hatte sich in eine vollkommen andere Richtung verschoben. Sie hätte viel darum gegeben, der Sache den unbekümmerten Unterton zurückzugeben. Doch das war nicht mehr möglich.

Leonhards Gesichtsausdruck hatte sich vollkommen verändert, alles Weiche war daraus verschwunden. Angst lag in seinen Augen. Und seine Körperhaltung drückte etwas aus, das sie nicht in Worte fassen konnte.

17

»Weißt du, was mir immer wieder auffällt?« Clarissa saß neben Franca im Auto. Sie hatten gerade den Laacher See passiert und fuhren eine kurvige Anhöhe hinauf. Ihr Ziel war das Örtchen Glees. Dort wohnte der pensionierte

Kommissar Ernst Bongartz, der seinerzeit in Linz den Fall Marie Louise Schönborn bearbeitet hatte.

»Na, was fällt dir immer wieder auf?«

»Dass es hier so unsagbar schön ist.«

»Ach nee.« Franca grinste.

»Besonders jetzt im Herbst, wo sich die Blätter färben. Hast du das Spiegelbild der Bäume im See bemerkt? Ich finde es toll, dass wir bei unseren Dienstfahrten solche Eindrücke geboten bekommen und man seine Heimat besser kennenlernt. Ich war jedenfalls noch nie in Glees.«

»Ich auch nicht. Ist ja nun auch nicht grade der Nabel der Welt.«

Am Morgen war Rudolf Freyung pünktlich zu der vereinbarten Zeit im Polizeipräsidium erschienen. Er wirkte müde und genervt, und das Gespräch hatte sich als äußerst zäh und einsilbig entwickelt. Etwas Neues hatten sie nicht von ihm erfahren können.

Franca passierte den Ortseingang und fuhr durch ein paar enge Gassen, bis das Navi verkündete, dass das Ziel erreicht sei.

Das Häuschen war ein Winkel-Bungalow, umgeben von einem weitläufigen Garten. Eine Frau mit silbergrauen Löckchen öffnete ihnen die Tür.

»Guten Tag, Frau Bongartz. Mazzari, Kripo Koblenz. Wir hatten telefoniert.«

Die alte Dame lächelte. »Mein Mann ist draußen im Garten. Aber kommen Sie doch rein.« Sie führte die beiden Polizistinnen durch den Flur in das Wohnzimmer, das mit seinen dunklen Eichenmöbeln und den Perserteppichen auf dem Schiffsbodenparkett einen gediegenen Eindruck vermittelte. »Er kriegt selten Besuch von seinen ehemaligen Kollegen. Nun ja, man weiß ja, jeder ist beschäftigt und hat mit sich selbst genug zu tun. Sie kommen aus Koblenz, sagen Sie?«

Sie öffnete die Terrassentür. »Früher hatte er keine Zeit für den Garten. Da hab ich alles selber machen müssen. Mein Kreuz ist davon schon ganz kaputt.« Frau Bongartz' Blick wanderte von Clarissa zu Franca. »Freuen Sie sich auch schon auf Ihren Ruhestand?«

»Ich … äh«, Franca war irritiert. Ruhestand? Mit diesem Gedanken hatte sie sich noch nicht beschäftigt. Sie war so in ihrem Hamsterrad gefangen, das sich drehte und drehte, und sie zusehen musste, dass sie einigermaßen funktionierte. Aber Frau Bongartz hatte ja recht. So furchtbar lange würde das nicht mehr dauern. Vielleicht sollte sie sich auch schon mal Gedanken darüber machen, was sie dann mit der vielen Freizeit, die ihr vom jetzigen Standpunkt aus unvorstellbar erschien, anfangen sollte.

Kugelig und bronzeglänzend ragte Ernst Bongartz' Kopf aus dem grauen Haarkranz. Auffallend in seinem ledergegerbten Gesicht war ein mächtiger grauer Schnurrbart, dessen Enden er kunstvoll hochgezwirbelt trug, was einen etwas mondänen Eindruck machte und irgendwie nicht zu seiner eher rustikalen Erscheinung in Arbeitshose und kariertem Flanellhemd passte. Tief gebeugt stand er vor einem Rosenbusch, dessen welke Knospen er mit einer Gartenschere entfernte. Franca rief ihn bei seinem Namen.

Wie ertappt drehte er sich um. »Haben Sie mich erschreckt!«, sagte er.

»Tut mir leid. Ihre Frau hat uns hierher geschickt.«

Er legte die Gartenschere aus der Hand, zog die Handschuhe aus und gab den beiden Polizistinnen die Hand.

»Meine Schuld. Ich wusste ja, dass Sie kommen.«

Franca lächelte ihn an. »Sie hatten seinerzeit den Fall Marie Louise Schönborn bearbeitet.«

Er nickte. »Die verschwundene schwangere 19-Jährige aus Hammerstein. Nicht gerade ein Ruhmesblatt, was wir da hinterlassen haben.« Er kratzte sich am Kopf. »Das KK Linz war nur eine kleine Dienststelle, wir haben dort alles Mögliche bearbeitet, vom Hühnerdiebstahl bis zur Vermissung. Aber diese Sache ist mir natürlich deutlich in Erinnerung geblieben, weil sie uns alle ganz schön in Atem gehalten hat.« Er strich sich über das Kinn. »Es hat mich furchtbar gewurmt, dass wir so gar nichts Konkretes herausgefunden haben, obwohl wir uns redlich bemüht haben. Und dass ich bei meiner Pensionierung den Fall ungeklärt zurücklassen musste, gefiel mir gar nicht.«

»Das kann ich gut verstehen«, sagte Franca.

»Wir haben unser Bestes gegeben, wirklich. Aber es war alles furchtbar rätselhaft. Diese junge Frau war wie vom Erdboden verschluckt. Es gab keinerlei Spuren. Weder solche, die auf ein Gewaltverbrechen schließen ließen, noch hatten wir irgendeinen anderen Erklärungsansatz.«

»Deshalb wurde das Ganze als Vermisstensache behandelt?«

Er hob die Schultern: »Sie wissen ja, solange keine Leiche auftaucht …«

Franca wies auf ihre Kollegin. »Das ist übrigens Clarissa Sonnenberg, unsere Jungkommissarin.«

»Sie sind ja wirklich ziemlich jung«, meinte Bongartz lächelnd, der Clarissa von oben bis unten betrachtete. Cool und lässig stand sie da in ihren knallengen Jeans, der nietenbesetzten Jacke und den roten Converse Sneakers. »Und schon Kommissarin?«

Unwillkürlich überfiel Franca das Gefühl, die Kollegin verteidigen zu müssen. »Frau Sonnenberg ist eine sehr gute Kommissarin«, antwortete Franca an Clarissas Stelle. »Sie betrachtet die Dinge von einer anderen Warte, auf die wir alten Hasen gar nicht mehr kommen, weil wir zu sehr in den eingefahrenen Bahnen denken.«

Bongartz lachte auf. »Solche Leute kann man in der Tat gut gebrauchen.«

»Na ja. Ich habe eine gute Lehrmeisterin«, antwortete Clarissa, die tatsächlich leicht verlegen wurde. »Ich bin eben von Natur aus neugierig und stelle gern alles Mögliche infrage.«

»Das ist nicht die schlechteste Herangehensweise«, meinte Bongartz und seufzte laut auf. »Wir hatten damals einige Schwierigkeiten mit dem Staatsanwalt, der mir in die Kandare fuhr, wo er nur konnte, und andere Meinungen als die seinen sofort wegwischte. Wenn er nur ein bisschen kooperativer gewesen wäre, wären wir vielleicht ein Stück weitergekommen, aber so …« Bongartz vollführte eine resignierende Handbewegung. »Er war der Meinung, bei dem Mädchen handelte es sich um eine zweite Nitribitt, ein Flittchen, das abgehauen war, weil es ihm zu Hause zu eng wurde und in Amsterdam das große Abenteuer suchte. Er pochte darauf, dass sie volljährig sei und machen könne, was sie wolle. Er sehe absolut keine Anhaltspunkte für das Vorliegen einer Straftat. Ja, was will man da machen als kleiner Polizist?«

»Sie haben also von Anfang an eine Straftat vermutet?«, fragte Clarissa.

»Allerdings. Ich fand, der Herr Staatsanwalt machte es sich gar zu einfach. Aber es nutzte ja nichts.« Er hob die Schultern. »Wir kamen keinen Schritt weiter. Egal, was wir auch anstellten. Der Fall war und blieb Vermisstensache. Die Akte kam zwar immer mal wieder auf den Tisch, aber im Grunde hat sich niemand so recht drum kümmern wollen. Es gab ein paar halbherzige Versuche, aber wenn man so ganz ohne Unterstützung ist …«

»Sie glauben also nicht, dass Mary Lou sich ins Amsterdamer Rotlichtmilieu abgesetzt hat?«, fragte Franca.

»Es gab nur einen einzigen vagen Hinweis. Sie wissen doch selbst, wie das ist mit solchen Zeugenaussagen. Ich glaube nicht, dass da was dran war. Wer weiß, wen dieser angebliche Zeuge dort in Amsterdam gesehen hat. Ich bin nach wie vor der Meinung, das Mädchen ist nicht abgehauen.« Er schüttelte heftig den Kopf. »Das passte einfach nicht.«

»Und was glauben Sie?«, fragte Clarissa.

»Was ich glaube? Dass die jemand weghaben wollte. Dass derjenige sie irgendwo verbuddelt hat, wo man sie so schnell nicht findet. Als ich von dem Knochenfund neulich hörte, dachte ich sofort: Endlich wird das jetzt aufgeklärt.« Er suchte Francas Blick. »Haben Sie schon ein Ergebnis?«

Franca schüttelte den Kopf. »Wir warten noch darauf. Es müsste aber bald vorliegen.«

Er kratzte sich am Kopf. Dann zwirbelte er seinen mächtigen Schnurrbart. »Würden Sie es mir sofort sagen? Es wäre für mich eine Genugtuung, wenn der Fall noch zu meinen Lebzeiten abgeschlossen werden könnte.«

»Selbstverständlich«, sagte Franca. »Hatten Sie denn einen bestimmten Verdächtigen im Auge?«

»Allerdings.« Bongartz Blick traf sie wie ein Blitz. »Der Vater des Mädchens war unser Verdächtiger Nummer eins. Der war mir von Anfang an nicht geheuer. Ein grobschlächtiger Mensch. Maurer von Beruf. Einer, der sich nicht im Griff hatte. Die ganze Familie hat vor dem gezittert, und es hat auch schon mal was gesetzt, wenn er besoffen nach Hause kam. Da sind ordentlich die Fetzen geflogen. Wer weiß, was er seiner Tochter noch alles angetan hat.«

Franca runzelte die Stirn. »Sie glauben, dass er sie missbraucht hat?«

»Weiß man's?« Bongartz schnaubte. »Sie wissen doch selbst, dass in dieser Welt nichts unmöglich ist. Väter halten ihre Töchter jahrelang im Keller gefangen, vergewaltigen sie, schwängern sie. Nicht in Timbuktu. Nein, hier bei uns um die Ecke. Was meinen Sie, weshalb ich kaum noch Zeitungen lese? Ich hab keine Lust mehr, mich auf meine alten Tage weiterhin mit diesem Dreck zu beschäftigen. Da schneid ich doch lieber Rosen in meinem Garten.« In seinem Gesicht deutete sich der halbherzige Versuch eines Lächelns an.

»Ist denn bei der Befragung des Vaters irgendetwas rausgekommen? Ich erinnere mich nicht so genau an die Aktenlage.«

»Oh«, er hob beide Hände, eine missbilligende Geste. »Natürlich haben wir ihn zu Unrecht verdächtigt. Natürlich war er unschuldig. Krokodilstränen hat er geweint. Und ständig dieses Gejammer um seine kleine Marie Louise. Ihr Foto trug er immer bei sich in der Hosentasche. Ganz zerknittert war es. Demonstrativ hat er ihr Bild gestreichelt. Scheinheilig, sag ich da nur. Ich hab solche Typen einfach viel zu oft erlebt, als ich den hätte ernst nehmen können.«

»Aber offensichtlich konnte ihm nichts nachgewiesen werden?«, insistierte Franca.

Unwirsch schüttelte er den Kopf. »Die Familie hat zusammengehalten wie Pech und Schwefel und immer auf den großen Unbekannten verwiesen. Wir konnten einfach nichts machen.«

»Und was denken Sie über den damaligen Freund des Mädchens?«, fragte Clarissa, die aufmerksam dem Gespräch gelauscht hatte.

»Rudolf Freyung. Der war harmlos. Bei ihm hab ich echte Trauer gespürt. Die jungen Leute wollten heiraten. Und mit einem Mal war das Mädchen weg. Nein, der hatte ganz sicher nichts mit ihrem Verschwinden zu tun.«

18

Gesine zog zerschlissene Jeans und ein verwaschenes T-Shirt an, abgelegte Kleidung, die Franzi gehörte und ihr ein ganzes Stück zu weit war, doch für die Arbeiten im Weinberg sollte das genügen.

Heute sollten die blauen Spätburgundertrauben in Leonhards Jungfeld gelesen werden, das gab unter Umständen böse Flecken, deshalb wollte sie ihre eigene Kleidung schonen. Leonhard hatte ihr ein paar knöchelhohe Arbeitsschuhe hingestellt, die für den Steilhang besser geeignet waren als normale Turnschuhe.

Als sie an Mareks Fremdenzimmer vorbeiging, dachte sie einen kurzen Moment mit einem schlechten Gewissen daran, wie sie sich vor einigen Tagen in das Zimmer des Polen geschlichen hatte. Sie war allein im Haus gewesen, das Zimmer war nicht abgeschlossen. Den braunen Umschlag in der untersten Schublade der Kommode hatte sie sofort gefunden und an sich genommen. Die Artikel hatte sie allesamt sehr aufmerksam gelesen. Dass sie der auf mehreren Fotos abgebildeten Mary Lou ähnlich sehen sollte, konnte sie nicht bestätigen, außer dass die Gesichtsform identisch war sowie Farbe und Länge der Haare.

Sehr erstaunt war sie allerdings darüber, in welcher Weise über ihren künftigen Schwiegervater berichtet wurde. Mary Lou sei seine große Liebe gewesen, hieß es, er habe sie heiraten wollen und er verstünde das alles nicht.

Wenn die Dinge die damals eingeschlagenen Wege gegangen wären, würde es Leonhard heute nicht geben, schoss ihr durch den Kopf. Dann wäre Rudi mit Mary Lou verheiratet, die beiden hätten vielleicht weitere Kinder bekommen, und Charlotte hätte einen anderen Mann geheiratet. Eine merkwürdige Vorstellung.

Doch alles hatte sich anders entwickelt. In späteren Artikeln war nicht mehr von großer Liebe die Rede, sondern es wurden Verdachtsmomente geäußert. Rudolf Freyung wisse mehr, als er preisgeben wollte, hieß es an einer Stelle. Doch letzten Endes war der Fall ungelöst geblieben. Niemand konnte erklären, was mit Marie Louise Schönborn geschehen war.

Gesine trat vor die Tür. Leonhard und sein Vater waren dabei, Kisten und Gerätschaften in die beiden Geländewagen einzuladen, mit denen die Helfer transportiert wurden. Obwohl keiner der beiden Männer etwas sagte, drückte ihre Körperhaltung eine gewisse Anspannung aus, die Gesine jedes Mal zu bemerken glaubte, wenn Vater und Sohn sich auch nur in die Nähe kamen.

Hintereinander fuhren sie die asphaltierte Wirtschaftsstraße hoch und parkten beide Fahrzeuge auf einer breiten Grasnarbe oberhalb des Weinbergs.

Es war ein strahlend schöner Tag Anfang Oktober.

Leonhard trug ebenso wie sein Vater eine grüne Latzhose mit blau abgesetzten Taschen, darunter ein blauweiß gestreiftes Winzerhemd. Die Heckklappen wurden geöffnet, leuchtend orangefarbene Plastikkisten wurden an die Helfer verteilt, ebenso Arbeitshandschuhe und kleine Lesescheren. Jeder der Helfer bekam eine Zeile zugewiesen. Gesine bemerkte, dass Leonhards Vater am äußersten Rand des Weinbergs mit seiner Arbeit begann, offenbar, um seinem Sohn so weit wie möglich aus dem Weg zu gehen.

»So genau weiß ich nicht, was ich tun soll«, meinte Gesine etwas ratlos. »Einfach die Trauben abschneiden und in die Kiste werfen? Es ist schließlich meine erste Lese.«

Leonhard schmunzelte. »Genauso. Aber nimm nur die gesunden Trauben. Faule oder sonst wie befallene sortierst du aus. Die kannst du ganz leicht erkennen. Siehst du, hier?« Er griff nach einer etwas zermatscht wirkenden Traube, schnitt sie von der Rebe und hielt sie ihr hin.

»Und was mach ich mit denen?«

»Einfach fallenlassen. Die verrotten zu natürlichem Dünger. Oder du lässt sie hängen für die Vögel. Das kannst du halten, wie du magst.«

»Und was ist mit denen hier? Die sind schon ganz verschrumpelt?«

»Die kannst du gut dazunehmen, weil die wie Rosinen sind und nicht schaden. Wenn ein Pilz oder Botrytis erkennbar ist, schneidest du diese Nester heraus. Die Trauben haben einen silbrigen Belag oder wirken dann wie stark eingestaubt.« Mit sicherem Griff fasste er in die Reben. »Dann gibt es noch die kleinen Triebtrauben wie die hier, die lässt du ebenfalls hängen.«

»Sind die schlecht?«

»Nicht unbedingt. Aber sie verderben den Geschmack, weil sie nicht so süß sind wie die anderen.«

»Hm. Ob ich das alles richtig erkenne?« Gesine war skeptisch.

»Keine Angst. Die Trauben sind sehr gesund. Es wird nicht viel Ausschuss dabei sein. Und ich komm immer mal wieder bei dir vorbei und gucke nach, wenn du das möchtest.«

»Ja, klar möchte ich das.« Sie zog die Arbeitshandschuhe über und begann, eine Traube nach der anderen abzuschneiden, die sie in die Plastikkiste fallen ließ.

Es war still hier oben. Ab und zu drangen die Stimmen der Arbeiter durch die Rebzeilen, die sich gegenseitig etwas zuriefen. Leonhard hatte ihr erklärt, dass kein deutscher Winzerbetrieb ohne die polnischen Saisonarbeiter auskäme. Sie waren ausgesprochen fleißig und zuverlässig, deshalb waren sie so beliebt. Früher war die Beschäftigung von Polen weitaus komplizierter und mit hohem bürokratischem Aufwand verbunden. Inzwischen hatte sich vieles verbessert, weil der Gesetzgeber die Auflagen vereinfacht hatte.

Gesine arbeitete sich kontinuierlich entlang der Rebzeile den Hang hinunter. Die orangefarbene Plastikkiste füllte sich mehr und mehr mit blauen Trauben, jedoch musste nach jedem Verschieben nach unten ein fester Standplatz dafür gefunden werden, was bei der steilen Hanglage nicht immer einfach war. Ständig war sie bemüht, die Balance zu halten. Ein paar Mal kam sie ins Rutschen und setzte sich prompt auf den Hosenboden.

Sie hielt einen Moment inne und streckte den Rücken durch. Die ungewohnte Arbeit empfand sie als anstrengend. Sie war verschwitzt, ihr Kreuz schmerzte, die Beine begannen zu zittern. Morgen würde sie höchstwahrscheinlich einen ordentlichen Muskelkater haben.

Ihr Mund war wie ausgetrocknet, doch die Getränke befanden sich oben in den Geländewagen. Wenn sie etwas trinken wollte, musste sie den gesamten Hang hochsteigen und danach wieder herunterkommen, das verbot ihr

Ehrgeiz. Nur noch ein paar Rebstöcke, dann war die Zeile beendet.

Sie sah sich um. Unter ihr lag Leutesdorf neben dem breiten Band des Rheins, der das Tal durchschnitt. Zwischen den Häusern, die sich eng aneinanderdrängten, ragte der romanische Turm der St. Laurentius-Kirche hervor. Auf der gegenüberliegenden Seite des Rheins konnte man etwas weiter entfernt die Gebäude von Andernach erkennen.

Dann machte sie sich wieder an ihre Arbeit. Erneut zog sie an der Kiste, um sie zum nächsten Rebstock zu befördern. Eine falsche Bewegung, und die volle Kiste fiel um. Sie ärgerte sich kolossal, weil sie nun alle Trauben vorsichtig wieder einsammeln musste.

»Das passiert jedem mal.«

Sie hatte Leonhard nicht kommen gehört. Schuldbewusst sah sie ihn an. »Macht das nichts wegen dem Staub?«, fragte sie.

Er lachte. »Es gibt ja Wasser. Die Trauben werden sowieso vor dem Maischen gewaschen. Mach dir darum keine Gedanken.«

»Dann kannst du ja gleich schauen, ob ich alles richtig gemacht habe«, meinte sie.

Er bedachte sie mit einem liebevollen Blick. »Du machst alles richtig, mein Engel. Ich bin stolz auf dich. Aber wenn es dir zu viel wird, dann sag es, ja?«

Plötzlich war ein Tumult zu hören. Aufgeregte Männerstimmen schwirrten durcheinander. Sie hob den Kopf, konnte aber durch das dichte Grün der Reben nichts sehen.

»Was ist denn da los?«, fragte sie Leonhard.

Er hatte ebenfalls den Kopf gehoben und sah in die Richtung, aus der der Tumult kam. »Keine Ahnung«, sagte er. »Ich seh mal nach.«

Dann erkannte sie die aufgeregte Stimme von Leonhards Vater. »Marek ist gestürzt. Ich glaube, wir müssen einen Krankenwagen holen. So wie es aussieht, hat er sich was gebrochen.«

19

Clarissa kam zur Tür herein und wedelte mit einem dünnen Hefter. »Liebesbrief von deinem Freund.«

Franca sah auf. »Welcher Freund?«

»Der geschätzte Herr Dr. Küppersbusch.« Clarissas Tonfall war süffisant.

Franca verzog das Gesicht. Noch allzu genau hatte sie das herablassende »gute Frau« des jungen Rechtsmediziners im Ohr, mit dem er sie auf dem Friedhof regelrecht abgekanzelt hatte. »Und? Was sagt er?«

»Offensichtlich ist das Skelett nicht Marie Louise Schönborn zuzuordnen. Küppersbusch will festgestellt haben, dass das Knochenmädchen die längste Zeit ihres Lebens in Rumänien gelebt hat. Und das trifft ja nun weiß Gott nicht auf unsere Mary Lou zu.«

Clarissa legte den Hefter auf Francas Schreibtisch.

»Das heißt, wir haben zwei verschiedene Fälle.« Franca seufzte. »Es wäre ja auch zu schön gewesen. Aber geahnt habe ich das eigentlich die ganze Zeit.«

Sie schlug den Hefter auf und las aufmerksam das Gutachten. Es war übersichtlich gegliedert. Küppersbusch stellte darin nicht nur Behauptungen auf, er begründete auch ausführlich, wie er zu seinen Schlussfolgerungen gekommen war. Außerdem merkte er an, dass seine Angaben entsprechende Streuungen beinhalteten, da biologische Systeme – und damit auch der Mensch an sich – stets eine bestimmte Variationsbreite aufweisen.

Die Angaben über Lage und Auffindesituation und die relative Vollständigkeit des Skeletts waren Franca im Großen und Ganzen bekannt. Weiterhin beschrieb er, alle Skelettregionen seien mit Knochenmaterial belegbar, jedoch fehlten sowohl einige Brust- und Halswirbelfragmente als auch Teile der Handbereiche, die allerdings für die weiteren Bestimmungen nicht maßgeblich seien. Eine Besonderheit bildete der später aufgefundene Schädel. Darin seien mehrfach stumpfe und halbscharfe Gewalteinwirkungen durch Axt- oder Beilhiebe nachweisbar, hauptsächlich im Bereich der linken Schädelhälfte, die der Unbekannten kurz vor dem Ableben beigebracht wurden.

Vom Schreibtisch gegenüber kam ein ungewöhnliches Geräusch. Ein Rascheln, schließlich ein lautes Knacken. Clarissa hatte sich ein Stück Schokolade abgebrochen und steckte es in den Mund.

»Willst du auch?«, fragte sie.

Franca schüttelte den Kopf. »Du weißt doch, dass ich auf mein Gewicht achten muss.«

»Das ist Bitterschokolade«, mümmelte Clarissa. »Mit Chili. Scharf und schmelzig. Macht nicht dick, aber kreativ.«

Franca lachte. »Von wem hast du denn diese Weisheit?«

»Neueste Erkenntnis. Man muss nur dran glauben.« Clarissa grinste spitzbübisch. »Na? Nicht doch ein winziges Stückchen?«

»Gib schon her!« Franca langte über den Schreibtisch, nahm das ihr dargebotene Stück Schokolade entgegen, steckte es in den Mund und schloss genießerisch die Augen. »Hm. Schmeckt wirklich gut.«

»Sag ich doch.«

Den bittersüßen Geschmack im Mund vertiefte sie sich wieder in ihre Lektüre.

Aus dem Oberkiefer der Toten waren noch zu Lebzeiten die Schneidezähne herausgebrochen worden, was auf eine weitere erhebliche Gewalteinwirkung hindeutete.

Zum Zeitpunkt ihres Todes war die Unbekannte 22 Jahre alt gewesen. Plus minus höchstens ein Jahr. Ihre Körpergröße war mit ca. 1,60 Meter angegeben. Insofern unterschied sie sich sowohl alters- als auch größenmäßig von Mary Lou, die erst 19 Jahre alt und gut zehn Zentimeter größer gewesen war. Küppersbusch hatte angemerkt, die Bestimmung des biologischen Alters könne relativ konkret angegeben werden, da sich dies bis zu einem Alter von 23 Jahren über die Verwachsung der Gelenke und die Verwachsungsnähte am Schädel bestimmen ließe.

Die Unbekannte war in Rumänien aufgewachsen und hatte die letzten zwei bis drei Lebensjahre in Deutschland verbracht. Offensichtlich ließ die Isotopenanalyse, die die Grundlage von Küppersbuschs Erkenntnissen war, solche genauen geografischen Bestimmungen zu. Allerdings hatte Franca dies bisher nie so übersichtlich und nachvollziehbar in den Gutachten lesen können.

»Isotope sind unterschiedlich schwere Atome der Elemente, die von Region zu Region in unterschiedlichen Verhältnissen vorkommen«, hieß es erklärend im Gutachten. »Der ›Isotopenmix‹ verrät, wo ein Mensch gewohnt und welche Reisen oder Umzüge er unternommen hat. Wasser und Nahrung, die der Mensch in seiner Kindheit zu sich nimmt, hinterlassen in der Zahnstruktur und in den Knochen die Signatur von Strontium und Blei, woraus auf die geografische Herkunft geschlossen werden kann. Diese Signatur verändert sich in der Regel nicht mehr, selbst wenn der Mensch später an einem anderen Ort lebt. Deshalb sehe ich die gewonnenen Erkenntnisse anhand dieser Methode als ziemlich sicher an.«

Eine weitere Merkmalausprägung war, dass das Skelett der Toten zeitweise schlecht verheilte Knochenbrüche aufwies, was auf einen früheren Unfall oder Misshandlungen hindeuten könnte. Franca erinnerte sich, dass Küppersbusch auf diese Möglichkeit bereits auf dem Friedhof aufmerksam gemacht hatte. Am fünften Halswirbel war eine postmortal erbrachte Schnittspur erkennbar, dort, wo der Kopf abgetrennt worden war.

Die toxikologische Analyse ergab ein positives Ergebnis: In dem isolierten Knochenmaterial waren Rückstände der synthetischen Droge Methamphetamin festgestellt worden.

Die Angaben über die Liegezeit des Skeletts waren weniger eindeutig. Aus den Untersuchungen und Bodenproben ging hervor, dass die Leiche der Unbekannten längere Zeit an einem anderen Ort als dem Auffindeort gelegen haben musste. Dies ließ vermuten, dass die junge Frau irgendwo anders getötet wurde und ihre Knochen nach dem Verwesungsprozess in einer Plastiktüte verpackt auf dem Friedhof vergraben wurden.

Zum Todeszeitpunkt gebe es keine konkreten Anhaltspunkte, er schätze ihn – sehr vorsichtig – auf ein Datum zwischen 1985 und 2005. Genauer ließe sich dies leider nicht eingrenzen.

Nachdenklich legte Franca die Mappe beiseite. Als sie hochsah, blickte sie direkt in Clarissas Augen.

»Hast du es gelesen?«

Franca nickte.

»Und was denkst du?«

Franca hob die Achseln. »Was soll ich denken?«, fragte sie vorsichtig.

»Eine junge Rumänin, die niemand vermisst. Die sich folglich illegal in Deutschland aufhielt. Sie hatte Rückstände von synthetischen Drogen in den Knochen. Ihre Überreste weisen massive Spuren von Gewalteinwirkung auf. Das lässt doch eigentlich nur einen Schluss zu.«

»Und der wäre?« Franca war klar, worauf Clarissa hinauswollte.

»Ich weiß ja, dass man mit Spekulationen immer vorsichtig sein sollte. Aber für mich deuten all diese Angaben ziemlich klar auf das Rotlichtmilieu hin. Konkret: Zwangsprostitution.«

Franca nickte nachdenklich. »Könnte sein. Dazu würden zumindest die Spuren von Misshandlung passen.«

»Alles andere doch auch. Herkunft Rumänien. Synthetische Drogen, die bei Zwangsprostituierten ganz oft im Spiel sind, weil die sonst gar nicht überstehen könnten, was Zuhälter und Freier von ihnen verlangen. Dann die professionelle Entsorgung. Und nicht zuletzt die Tatsache, dass die Frau bisher niemand vermisst hat.«

»Es ist zumindest ein Ansatz«, gab Franca zögerlich zu.

Clarissa strahlte. »Ich hab schon gedacht, du hältst mich für bescheuert.«

»Wieso sollte ich? Was du sagst, macht durchaus Sinn. Ich wundere mich nur, dass du so gut Bescheid weißt über all diese Dinge.«

»Ich bin Polizistin und habe eine umfassende Ausbildung genossen«, äußerte Clarissa kokett. »Zwangsprostitution und Menschenhandel mit all den unwürdigen Begleiterscheinungen gehören zu meinen Spezialgebieten, über die ich mich gut informiert habe, also Bereiche, bei denen polizeiliche Kontrollmöglichkeiten relativ eingeschränkt sind.« Clarissa fuhr sich durchs hennarote Haar. »Du weißt doch, dass mich so was reizt.«

»Und was schlägst du vor?«, fragte Franca.

»Ich hab mir überlegt, die Ärzte abzuklappern. Mit diesen massiven Brüchen musste die Frau doch bei einem Arzt oder in einer Klinik behandelt worden sein.«

»Ich möchte deinen Enthusiasmus ja nicht bremsen«, meinte Franca. »Aber ich bezweifle, ob man in solchen Kreisen ganz normal zum Arzt geht. Außerdem hat sich Küppersbusch nicht auf die Liegezeit festgelegt. Wir wissen also nicht, wie lange das alles schon her ist.«

»Aber irgendwo müssen wir doch anfangen«, beharrte Clarissa.

»Wir sollten mit Julietta reden. Vielleicht sind bei früheren Razzien besonders brutale Zuhälter aufgefallen und gelistet«, antwortete Franca. »Und sie soll noch mal genau die Vermisstendatei checken. Wir haben ja jetzt einige Anhaltspunkte mehr.«

Clarissa war skeptisch. »In der Richtung hab ich schon alles geprüft. Da war nichts. Ich kann mir nicht vorstellen, dass diese Mädchen in irgendwelchen Dateien geführt werden. Die sind Gebrauchsware, von Menschenhändlern eingekauft, illegal nach Deutschland verschleppt, wo sie anschaffen müssen bis zum geht nicht mehr. Wenn sie nicht spuren, werden sie gefügig gemacht. Wenn sie dann immer noch nicht spuren, werden sie einfach weggeworfen und irgendwo verscharrt. So einfach ist das.«

All dies war Franca nicht unbekannt, dennoch fragte sie: »Woher willst du das denn so genau wissen?«

»Ich weiß es natürlich nicht. Aber ich werde es herausfinden.«

Clarissa blätterte in den Papieren, die vor ihr lagen. Eines der Fotos vom Friedhof, das das Gerippe auf der

Plane zeigte, hielt sie hoch. »Das war einmal ein Mensch«, sagte sie nachdenklich. »Eine junge Frau, nur ein paar Jahre jünger als ich, als sie starb.« Sie suchte Francas Blick. »In Deutschland sah sie eine gute Zukunft. Sie wollte ganz sicher noch nicht sterben. Sollten wir da nicht alles tun, um herauszufinden, warum sie nicht mehr am Leben ist? Ich meine wirklich alles?«

»Wenn du so gut über all diese Gepflogenheiten informiert bist, dann müsstest du auch wissen, dass die Drahtzieher so geschickt vorgehen, dass kaum jemand ihre Spur zurückverfolgen kann.« Franca seufzte. »Wir tun, was wir können, aber auch für uns gibt es Grenzen.«

Clarissa richtete sich auf. »Und wer sagt, dass ich die anerkennen muss?«

20

Charlotte stand an der Spüle und ließ heißes Wasser in eine verkrustete Pfanne laufen. Zusammen mit dem Spülmittel bildete sich sofort weißer Schaum. Sie nahm die Bürste und begann zu schrubben. Die Sorgen finden kein Ende, dachte sie. Jeden Abend lag sie lange wach, bevor sie einschlafen konnte. Nun hatte sich Marek auch noch den Knöchel gebrochen und fiel für die restliche Lese aus. Dabei hatten sie gerade auf ihn gesetzt. Er war ein junger Familienvater und hoch motiviert. So schnell würden sie keinen adäquaten Ersatz bekommen.

Wenigstens war er krankenversichert. Nicht auszudenken, wenn sie auch noch für seinen Krankenhausaufenthalt hätten aufkommen müssen.

Über all das, was sie bedrückte und was ihr regelrechte Magenkrämpfe verursachte, hätte Charlotte gerne mit Rudi geredet, und natürlich auch über das, was zurzeit in seinem Kopf vorgehen musste. Doch seit dem Besuch der beiden Polizistinnen war er noch mehr in sich gekehrt als vorher. Dass ihn das alles aufwühlte, war ihm deutlich anzumerken und nicht zuletzt an seinem Zigarettenkonsum abzulesen. Zwar vermied er es, im Haus zu rauchen, aber ihr blieb natürlich nicht verborgen, dass er regelmäßig vor die Tür in den Hof ging, wo er dann nachdenklich stand und den Rauch in die Luft blies. In diesen Momenten hätte sie ihn am liebsten geschüttelt und ihm zugerufen: »Warum redest du denn nicht mit mir? Ich bin doch deine Frau.«

Früher hatte sie sich bisweilen tatsächlich so verhalten. Da hatte sie noch daran geglaubt, sie könne diesen schweigsamen, zurückhaltenden Mann wenigstens ein bisschen ändern. Ihn dazu bringen, von sich zu erzählen, von dem, was ihn bewegte, um besser einschätzen zu können, wie er die Welt um sich herum wahrnahm. Doch jedes Mal, wenn sie sich derart gebärdete, sah er sie mit großen Augen an und sagte keinen Ton mehr. So war sie weiterhin auf ihre Interpretationen angewiesen, und ob die immer richtig waren, bezweifelte sie.

Sie legte die Spülbürste beiseite. Richtig sauber war die Pfanne nicht geworden. Aus der Schublade mit den Putzmitteln nahm sie Stahlwolle und begann mit Nachdruck zu reiben. Als sie aus dem Fenster sah, liefen Leonhard und Gesine über den Hof. Er hatte den Arm um sie gelegt und sie ging nah an seiner Seite, den Kopf liebevoll ihm zugeneigt, ein inzwischen vertrautes Bild. Sie machte sich prächtig, das Inselmädchen. Soviel Arbeitseifer hätte Charlotte ihr nicht zugetraut. Sie freute sich für Leonhard über solch eine tolle Gefährtin.

Sie versuchte, sich die Anfangszeit ihrer Beziehung mit Rudi ins Gedächtnis zurückzurufen. Es war schön gewesen mit ihnen beiden, zumindest hatte sie dies so im Gedächtnis behalten. Sie hatten sich oft berührt, aneinandergekuschelt, er hatte bei ihr Geborgenheit gesucht, das war deutlich zu spüren gewesen, am Anfang waren dafür kaum Worte nötig.

Sie lächelte wehmütig, als sie daran dachte, wie sie Rudi damals regelrecht angehimmelt, ja sogar grenzenlos bewundert hatte. Er sah sehr gut aus, stellte etwas dar und war in seinem Freundeskreis beliebt. Doch das Leben auf dem Weingut hatte sie bald in ihre Schranken verwiesen. Zu Hause war Rudi ein anderer als in Gesellschaft seiner Kumpel. Ein Grund dafür war sicher, dass sie nicht allein lebten und sich anfangs Küche und Bad mit den Schwiegereltern teilten. Nur zwei kleine Zimmer waren ihnen zugewiesen, ein Wohnzimmer und ein Schlafzimmer, in die sie sich zurückziehen konnten.

Von Anfang an führte der Schwiegervater das Regiment. Er bestimmte, welche Arbeiten getan werden mussten und welche in seinen Augen unnötig waren. Und er mischte sich in die Belange des jungen Paares in einer Weise ein, die Charlottes Widerstand erregten.

Sicher hatten sie etwas überstürzt geheiratet, aber es gab ja einen triftigen Grund: Leonhard war unterwegs gewesen. Und dieses Mädchen, das von ihm schwanger war und das Rudis Eltern überhaupt nicht genehm war, war weg. Abgehauen, hieß es. Manchmal beschlich sie der Verdacht, ob sie nicht ein allzu schneller Ersatz war für seinen Verlust, aber diesen unangenehmen Gedanken drängte sie schnell wieder beiseite, sobald er sich in ihrem Gehirn auszubreiten versuchte. Alles war seiner Wege gegangen. Sie hatten geheiratet, sie hatten zwei gesunde Kinder, sie lebten ihr Leben.

In Gegenwart seines Vaters hatte Charlotte ihren Mann oft schwach und willenlos erlebt. Das Schlimme war, dass Rudi offenbar nichts daraus gelernt hatte, sondern sich alles mit seinem eigenen Sohn zu wiederholen schien. Es tat ihr weh, zu beobachten, wie Rudi systematisch versuchte, Leonhard klein zu halten, indem er seine Ideen und Visionen regelmäßig abschmetterte. Wenn sie Rudi darauf ansprach, dass er Leonhard genauso behandelte, wie sein Vater ihn behandelt hatte, wurde er fuchsteufelswild und nannte sie eine Spinnerin. Er wollte die Zusammenhänge einfach nicht erkennen und spielte weiterhin den Chef.

Wenn sie es recht bedachte, schien ihr, dass Rudis Dasein ein einziger Kampf um Anerkennung war. Aber ob ihm das bewusst war? Stets hatte er seinem Vater imponieren wollen. Doch er war nur ein mittelmäßiger Schüler gewesen, der den Realschulabschluss gemacht hatte. Die Gesellenprüfung hatte er gerade so geschafft. Doch er hatte sich in den Kopf gesetzt, den Meister zu machen. Um dies zu erreichen, hatte er einige zusätzliche Lehrgänge besucht. Nur damit er seinem Vater etwas beweisen konnte, wie Charlotte vermutete. Doch dem Alten hatte der Lerneifer des Sohnes wenig imponiert. Kein Wort hatte er darüber verloren, als eines Tages der Meisterbrief im Wohnzimmer hing.

Mit der Schwiegermutter hatte sich Charlotte einigermaßen arrangiert. Richtig gemocht hatte sie diese Frau nie, die, so schien es, wie in Affenliebe an ihrem Mann und auch an ihrem Sohn hing.

Mit den Jahren war Rudi immer introvertierter geworden. Charlotte vermutete, dass er resigniert hatte. Er wolle keinen Krach, hatte er oft gesagt, wenn sie ihn fragte, warum er sich nicht wehre, sich gegen seinen Vater durchsetzte. Maßgeblich verändert hatte sich seine Haltung erst ab dem Zeitpunkt, als sein Vater immer verwirrter wurde.

So viel ging ihr durch den Kopf. Auch das Gespräch mit den beiden Kommissarinnen hatte Charlotte richtiggehend aufgewühlt. Da war so vieles, von dem sie nichts wusste.

Charlotte rätselte noch immer über den Grund, weshalb die beiden Polizistinnen Rudi aufgesucht hatten. Merkwürdig war auch, dass Rudi aufs Präsidium zitiert wurde. Was dort besprochen worden war, hatte er ihr natürlich verschwiegen. Die merkwürdigsten Mutmaßungen gingen ihr seitdem im Kopf herum. Vielleicht war Mary Lou damals gar nicht nach Amsterdam abgehauen, wie offensichtlich alle Welt vermutete, sondern es war etwas Schreckliches mit ihr geschehen, das Rudi nie richtig verkraftet hatte.

Mit Unbehagen wurde ihr plötzlich bewusst, dass sie beide schon lange nicht mehr miteinander geschlafen hatten. Zwar schliefen sie im gleichen Bett, doch Berührungen fanden höchstens zufällig statt. Und wenn sie versuchte, näher an ihn heranzurücken, dann spürte sie, wie er zurückwich. Sie wollte sich nicht gekränkt fühlen, entschuldigte sein Verhalten damit, dass er müde und abgearbeitet war. Aber konnte man damit alles entschuldigen?

Schon oft hatte sie sich gefragt, was dieses große Wort *Liebe* im Grunde genommen bedeutete. War das nicht eher ein Sich-aneinander-Gewöhnen? Ein Zurückblicken-Können auf gemeinsame Erlebnisse. Eine Kameradschaft basierend auf der Gewissheit, dass das Leben zu zweit leichter war als alleine?

Ihre Gedanken verschoben sich ineinander, verschränkten sich. Verknüpften sich. Da hinein schlich sich die Frage, ob Rudi vielleicht mit Mary Lou eine ganz andere Art von Liebe erlebt hatte. Womöglich hatte er mit ihr sein können, wie er mit ihr, Charlotte, nie war. Leidenschaftlicher. Inniger. Vielleicht war ein Mensch nur einmal im Leben zu solchen tiefen Gefühlen fähig und für die folgenden Lieben blieb nichts mehr übrig. Oder nicht mehr viel.

Es war durchaus denkbar, dass er mit diesem Mädchen Träume hatte, die er begraben musste, aus welchem Grund auch immer. Und das nagte an Charlotte.

21

Die leeren Augenhöhlen des Totenschädels starrten auf etwas, das nicht sichtbar war. Der nicht mehr vorhandene Mund begann plötzlich zu sprechen. »Hast du auch wirklich alles getan?«, glaubte sie zu hören. »Es gibt noch so viel …« Dann ebbte die Stimme ab, noch bevor der Satz zu Ende gesprochen war.

Mit rasend klopfendem Herzen und ausgetrocknetem Mund kämpfte Franca mit dem Wachwerden. Sie blinzelte ein paar Mal und versuchte die wie festgeklebte Zunge vom Gaumen zu lösen. Sie war sich nicht sicher, ob sie von ihrer Mutter, von Mary Lou oder von einem surrealen Wesen geträumt hatte, das es gar nicht gab.

Augenblicklich fiel ihr das Gespräch ein, das sie mit ihrem italienischen Cousin Michele geführt hatte, der als einziger Verwandter aus dem Trentino zur Beerdigung ihrer Mutter angereist war. Michele hatte ihr einen Teil ihrer gemeinsamen Geschichte erzählt, die ihr bisher verborgen gewesen war. Sein Vater, den Franca nie kennengelernt hatte, war aktiver Partisan gewesen, der gegen Ende des Zweiten Weltkrieges gegen das Vordringen der deutschen Soldaten in Norditalien kämpfte. Bei einem seiner Einsätze war er nur knapp dem Tod entronnen. Die Narben seiner Schussverletzungen hatten ihn ein Leben lang an seinen Widerstandskampf erinnert. Als sein Bruder, Francas Vater, nach Deutschland gehen wollte, sprach er sich vehement gegen dieses Vorhaben aus. Dass dieser später auch noch eine Deutsche heiratete, hatte er ihm nie verziehen.

»Er kannte deine Mutter nicht, dann hätte er anders geurteilt. Mir hat sie immer imponiert.« Michele hatte gelacht, als er dies erzählte. Allerdings war es ein schmerzliches Lachen.

Je länger Franca über dies alles nachdachte, umso mehr wurde ihr bewusst, wie willkürlich alles war, und dass die Existenz eines jeden einzelnen Menschen und dessen Schicksal von den unterschiedlichsten Faktoren abhing. Ob ihr dieser Traum noch mehr mitteilen wollte?

Zeiten und Begebenheiten hatten sich überlagert. Sie selbst war zugleich Kind und Erwachsene gewesen, eine Beobachterin, die nicht verstand, was sich vor ihren Augen abspielte: Ihre Mutter, oder wer auch immer das war, deren Abbild sie sah, war zugleich tot und lebendig.

Sie fühlte sich seltsam deplatziert, je länger sie über diesen Traum und seinen möglichen Symbolgehalt nachdachte. Wie sehr einen Träume in eine andere Welt versetzen können, dachte sie. Die Zeit ist aufgehoben, Vergangenheit und Gegenwart sind eins. Menschen, die verstorben sind, tummeln sich munter zusammen mit den Lebenden, Bekannten und Unbekannten. Völlig unzusammenhängende Ereignisse und Begebenheiten fügen sich natürlich ineinander. Alles scheint so unwirklich, und dennoch hat es etwas mit uns zu tun. Mit unserer Gefühlswelt, mit unseren Gedanken. Mit unseren Wünschen.

Vielleicht ist es auch mein schlechtes Gewissen, das sich gemeldet hat, dachte sie. In solchen frühmorgendlichen Momenten unmittelbar nach dem Aufwachen war ihre Mutter ihr ganz nah. So nah wie selten zu ihren Lebzeiten.

Zwei Tage hatte sie in ihrem Häuschen im Koblenzer Stadtteil Pfaffendorf gelegen, als eine Nachbarin Franca anrief, um ihr ihre Besorgnis mitzuteilen. »Ihre Mutter macht die Tür nicht auf und geht nicht ans Telefon. Auch die Rollläden wurden nicht mehr geöffnet. Können Sie mal nachschauen kommen?«

Sofort war Franca nach Pfaffendorf gefahren, wo sie mit bangem Gefühl die Haustür aufschloss. Sie fand ihre Mutter im Nachthemd tot im Bett. Wenigstens war es ein Trost, dass sie friedlich eingeschlafen war. Dass sie keine größeren Schmerzen erleiden musste. Doch Mutter und Tochter hatten sich nicht voneinander verabschieden können, das war etwas, das seitdem an Franca nagte.

In dem Haus war Franca aufgewachsen, dort hatte sie eine unbeschwerte Kindheit verbracht. Nach dem frühen Tod ihres Vaters hatte ihre Mutter alleine dort gelebt. Besonders in ihren letzten Lebensjahren hatte sie mehr oder weniger deutlich den Wunsch ausgesprochen, Franca möge das Häuschen übernehmen. Es lag in einer ruhigen, gepflegten Umgebung inmitten einer Hanglage, die sich zum Rhein hinunterzog. Jedoch konnte man die Nähe des Flusses lediglich erahnen. Im Garten stand noch immer die Schaukel, die ihr Vater eigens für seine kleine Francesca gebaut hatte. Franca hatte überwiegend schöne Erinnerungen an ihre Kindheit und frühe Jugend, aber ab einem bestimmten Zeitpunkt hatte sie darauf bestanden, ihr eigenes von ihr selbst gewähltes Leben führen. In ihrer Wohnung in der Koblenzer Altstadt fühlte sie sich wohl, obgleich sie schon öfter über einen Umzug nachgedacht hatte. Jedoch wenn sie ehrlich war, wollte sie keine Veränderung und bleiben, wo sie war. In ihr Elternhaus zurückzukehren hätte sie als Rückschritt empfunden. Alles hatte seine Zeit. Und ihre Zeit in Pfaffendorf war längst vorbei. So waren die Dinge geblieben, wie sie waren. Allerdings dies in aller Deutlichkeit mit ihrer Mutter zu besprechen und sich endgültig dafür oder dagegen zu entscheiden, war Franca immer wieder ausgewichen.

Doch auch nach dem Tod ihrer Mutter kam für sie ein Umzug in ihr Elternhaus nicht infrage. So hatte sie sich entschlossen, wenn auch schweren Herzens und mit schlechtem Gewissen, das Haus zu verkaufen. Kein leichtes Unterfangen, stand es doch noch immer auf der Angebotsliste des Immobilienmaklers, wahrscheinlich, weil es sehr renovierungsbedürftig war.

Inzwischen hatte sie alles, was sie behalten wollte, zusammen mit ihrer Tochter Georgina aussortiert. Persönliche Dinge, Fotoalben und Briefe, auch einige Bücher bewahrte sie auf. Keine Möbelstücke – dafür war in Francas Wohnung kein Platz mehr. Ganz davon abgesehen, dass die meisten Möbel ihrer Mutter nicht besonders wertvoll und ziemlich abgenutzt waren.

Auch Georgina hatte kein großes Interesse gezeigt an dem alten Kram, wie sie sich ausdrückte. Lediglich ein Kaffeeservice mit bunten Blümchen hatte sie für sich behalten wollen. Ein Andenken an ihre Oma, das sie an Besuche erinnerte, als sie im Blümchengedeck Kakao und Kuchen serviert bekommen hatte.

Wie wenig doch vom Leben eines Menschen übrig bleibt, hatte Franca gedacht, als die Habseligkeiten ihrer Mutter in einem großen Container abtransportiert wurden, geradewegs auf die Müllkippe.

Wieder einmal spürte sie, wie sehr ihr ihre Mutter fehlte. Vielleicht vermisst man Menschen erst dann, wenn man weiß, dass sie für immer gegangen sind, dachte sie. Zu Lebzeiten hat man immer die Gewissheit ihrer Gegenwart – man könnte sie ja besuchen, wenn man wollte – und verdrängt die Tatsache, dass sie irgendwann nicht mehr existieren könnten.

Kurz blitzte der Gedanke an Helga Mansfeld und ihre vermisste Schwester Mary Lou auf. Wie viel Ungewissheit musste mit ihrem plötzlichen Verschwinden einhergegangen sein, und noch immer wusste sie nicht, was mit ihr geschehen war. Lebte sie noch – oder war sie tot? Welche Ungeheuerlichkeit hinter diesen beiden Begriffen steckte. Welche Konsequenz für die Menschen, die um sie bangten. Und natürlich auch für den Menschen selbst, den es betraf.

Das unbestimmte Gefühl, dass das Geheimnis von Mary Lous Verschwinden in ihrer unmittelbaren Umgebung liegen musste, hatte sich durch den Traum verstärkt.

Langsam kehrte das Gefühl, sich im vertrauten Schlafzimmer zu befinden, zurück. Franca stand auf, ging in die Küche und machte sich einen doppelten Espresso. Vor ihrem Dienst wollte sie nach Hammerstein fahren, um

Helga Mansfeld die Ergebnisse der Isotopenanalyse persönlich zu überbringen.

Das Gefühl der Verpflichtung, aufzuklären, was damals geschehen war, war stärker geworden, je länger sie sich mit dem Fall befasste. Und wenn sie ihre gesamte Kraft dazu aufwenden würde, es musste ganz einfach möglich sein, herauszufinden, was es mit Mary Lous Verschwinden auf sich hatte. In diesem Land hatte jeder Angehörige ein Recht auf Aufklärung. Und wenn das die Kollegen damals nicht eingelöst hatten, würde sie das jetzt tun. Eher würde sie keine Ruhe geben.

22

Mit bangem Blick wartete Helga Mansfeld in der Tür. Sie musste Francas Kommen beobachtet haben und stand da wie erstarrt. Schließlich besann sie sich und bat die Kommissarin ins Haus. Im Wohnzimmer duftete es nach etwas Frischem, offensichtlich nach den Quitten, die in einer großen Schale auf dem Tisch standen.

»Bei dem Fund auf dem Friedhof handelt es sich nicht um die Knochen Ihrer Schwester. Das können wir mit Sicherheit ausschließen«, erklärte Franca.

Helga Mansfeld atmete hörbar aus. »Gott sei Dank.« Die Erleichterung stand ihr ins Gesicht geschrieben.

»Das heißt aber, wir müssen weiter überlegen, was mit Ihrer Schwester passiert sein könnte. Wir haben uns inzwischen eingehend mit der Aktenlage vertraut gemacht und auch Zeugen von damals befragt. Sie wissen, dass es einige Verdächtige aus dem näheren Umfeld gab.«

Helga nickte. »Schon. Aber da ist doch nichts bei rausgekommen.«

»Sagen Sie, Frau Mansfeld«, Franca sah sie eindringlich an, »was für ein Verhältnis hatte Ihre Schwester zu Ihrem Vater?«

Helga senkte den Blick. »Nun ja, das hab ich Ihnen ja schon gesagt. Mein Vater war kein Engel. Er war oft außer Haus, weil er viel schwarzgearbeitet hatte. Wenn er daheim war, wollte er bestimmen. Meine Schwester hatte allerdings genau so einen Dickkopf wie er und widersprach ihm oft. Es kam dann schon mal vor, dass Mary Lou nach einem Krach Vater tagelang aus dem Weg ging.«

»Was waren denn die Gründe für solche Streitereien?«

Helgas Kopf wandte sich ihr zu. »Mary Lou war nicht so, wie er sich eine Tochter vorstellte. Ganz einfach. Ich meine, äußerlich schon. Da war er sehr stolz auf sie, das spürte man. Anders als bei mir.« Sie zog die Unterlippe zwischen die Zähne und kaute darauf herum.

Franca erinnerte sich, dass solche Rivalitätsgedanken bereits in ihrem ersten Gespräch mit Helga Mansfeld angeklungen waren.

»Er wollte brave, fügsame Kinder, die machten, was er sagte. Und da war er bei Mary Lou eben an der falschen Adresse.« Helga lachte kurz auf. »Sie gab ihm Widerworte, was ihm absolut nicht passte. Und schon war der Krach da.« Sie zuckte die Achseln, eine kleine ruckartige Bewegung.

Franca fixierte sie. »Uns ist aufgefallen, dass die Vermisstenanzeige erst drei Tage nach Mary Lous Verschwinden aufgegeben wurde. Warum so spät?«

Helga richtete sich kerzengerade auf. Mit einem lauten Geräusch schnappte sie nach Luft, als habe sie einen Faustschlag versetzt bekommen.

»Sie glauben gar nicht, wie oft ich mir deswegen Vorwürfe gemacht habe«, sagte sie schließlich. »Aber Vater wollte nicht, dass wir früher zur Polizei gehen. Mary Lou und er hatten sich wieder einmal fürchterlich gestritten. Danach ist sie ihm aus dem Weg gegangen.«

»Wann war denn dieser schlimme Streit?« Franca sah sie eindringlich an.

»Montagabend.«

»Also am 5. November?«

Wieder nickte Helga.

»Worum ging es da?«

Helga verschränkte die Arme vor der Brust. »Keine Ahnung. Wahrscheinlich um ihren Freund, den er nicht leiden konnte. Er fand, Rudi passe nicht zu ihr. Aber genau weiß ich es nicht mehr. Ich kann mich nur noch daran erinnern, dass beide schrecklich wütend waren und sich furchtbar angeschrien haben.«

»Dienstag war sie zuhause?«

Wieder nickte Helga. »Aber sie hat kein Wort mit Vater gesprochen. Und als sie Mittwoch nicht nachhause kam, hat er gedacht, sie ist ihm noch immer böse. Jedenfalls wollte er nicht, dass wir sofort zur Polizei gehen.«

Franca dachte daran, was Ernst Bongartz ihr erzählt hatte. Dass der Vater das zerknitterte Foto seiner Tochter in der Hosentasche bei sich getragen und immer wieder gestreichelt hatte. »Frau Mansfeld. Ich muss Sie das jetzt fragen: Gab es jemals Anlass zur Vermutung, dass Ihr Vater Ihrer Schwester zu nahe getreten ist?«

Helgas Blick flackerte. »Wie meinen Sie das?« Ihre Stimme wurde schrill. Wieder schnappte sie heftig nach Luft. »Was wollen Sie damit sagen?«

»Sie wissen, was ich damit sagen will.«

»Das ist doch absurd«, wehrte sie ab. »Völlig absurd. Nein, da liegen Sie ganz falsch. Mein Vater war gewiss kein Gentleman, und ihm ist auch schon mal die Hand ausgerutscht, aber so was hätte er nie gemacht. Das hätte ich gemerkt. Mary Lou und ich haben schließlich ein Zimmer geteilt. Wir waren Schwestern, die sich alles anvertrauten.«

Franca bemerkte, wie Helgas Haut sich mit rosa Flecken überzog. Es war die Abwehrhaltung der Ängstlichen. Manchmal auch der Ertappten. Franca kannte solches Verhalten: Es kann nicht sein, was nicht sein darf.

»Halten Sie es wirklich für unmöglich, dass Ihr Vater etwas mit Mary Lous Verschwinden zu tun hat?«

Helga kniff die Augenbrauen zusammen und grub die Zähne in die Lippen. Entschlossen schüttelte sie den Kopf. »Mein Vater hat nichts damit zu tun. Da bin ich mir 100 Prozent sicher.«

Es war nicht zu übersehen, wie es in ihr arbeitete, wie ihre Gedanken mehr und mehr ins Schlingern gerieten.

»Unser Vater war zwar das, was man jähzornig nennt, und er war auch nicht zimperlich«, fuhr sie fort. »Aber es gab Grenzen. Eindeutige Grenzen. Er wäre Mary Lou nie … in solcher Weise nähergetreten. So wie er keinem seiner Kinder etwas Derartiges angetan hätte. Nein.«

Wie oft hatte Franca solche Sätze schon gehört. Und wie oft waren sie sehr weit weg von der Wahrheit gewesen.

»Sie sagten, Ihrem Vater sei öfter mal die Hand ausgerutscht?«, insistierte sie.

»Wir haben ab und zu mal einen Klaps gekriegt, ja. Daran stirbt aber doch keiner.« Helga schwieg eine Weile, dann stieß sie hervor: »Mary Lou war immer sein Liebling gewesen. Und seinem Liebling krümmt man kein Haar, nicht wahr?« Worte, die bitter klangen und in denen so viel mitschwang: Zurücksetzung, weil die Schwester beliebter war als sie. Neid. Eifersucht.

»Sie war ihm sehr ähnlich. Sie hat sich nichts gefallen lassen. Nicht von ihm. Von niemandem. Das konnte nicht gut gehen. Deswegen gerieten sie öfter aneinander. Weil jeder von beiden seinen Kopf durchsetzen wollte.« Helga hatte sich wieder gefasst. Nun versuchte sie sich in nüchternen Sätzen, in überzeugend klingenden Erklärungen.

»Sie hatte vor, ihren Rudi zu heiraten und ein glückliches Leben als Winzerin zu führen. Irgendwer hat diese Pläne zunichtegemacht. Aber nicht mein Vater. Der ganz sicher nicht.« Ihre Stimme war zittrig geworden. Tränen traten ihr in die Augen. All ihre Sorgen, ihre Angst, ihre Hilflosigkeit, auch ein wenig Trotz lagen in ihrem Gesicht, das sich mit einem Mal verschloss, steinern wurde.

»Wissen Sie was, mein Vater ist schon lange tot. Wieso wollen Sie jetzt im Nachhinein seinen Namen beschmutzen? Ich frage mich, was das noch soll.« Auf einmal schien alle Energie aus ihr gewichen zu sein.

»Heißt das, Sie wollen aufgeben? Sie wollen nicht mehr wissen, was damals passiert ist?«

Helga hob die bebenden Schultern. »Wem nützt es denn noch?«

»Vielleicht kommt eine Wahrheit zutage, die niemand wissen will. Ist es das, wovor Sie Angst haben?«

Helga schluckte. Sie sah auf. In ihrem Blick lag etwas Wildes, Unbezähmbares. Wahrscheinlich ähnelte sie in diesem Moment ihrer Schwester mehr denn je. »Sie glauben gar nicht, wie oft ich mir über all das Gedanken gemacht habe. Wie viele Szenarien ich durchgespielt habe. Aber keins davon passt. Immer ist irgendetwas falsch.« Abrupt stand sie auf, ging an den Schrank und nahm einen Umschlag heraus. »Ich wollte Ihnen das hier noch geben.

Sie sagten ja, alles Ungewöhnliche könnte von Bedeutung sein. Vielleicht bringt uns das auf eine andere Spur.«

Franca öffnete den Umschlag und zog einige Aktfotos heraus. Zusammen mit einem Schulheft.

»Woher haben Sie das?«

»Das lag in einem Wandschränkchen in unserem alten Zimmer, wo wir früher unsere geheimen Sachen aufbewahrten. Mutter hat in all der Zeit nichts weggeräumt. Ich wusste nichts von den Fotos. Und auch nichts von diesen Zetteln. Obwohl sie ja nichts Besonderes enthalten.«

»Was für Zettel meinen Sie?«

»Da in dem Heft. Sie liegen zwischen den hinteren Seiten.«

Franca schüttelte das Heft, einzelne kleinere Blätter fielen heraus, die sie auseinanderfaltete. Sie waren an ›Boogie-Bear‹ gerichtet, geschrieben in einer etwas unregelmäßigen Handschrift. Manche Worte oder ganze Sätze waren durchgestrichen und durch neue Formulierungen ersetzt worden. Es waren eher Notizen als fertige Briefe.

»Ist mit ›Boogie-Bear‹ Rudolf Freyung gemeint?«, wollte Franca wissen.

Helga nickte. »So hat sie ihn genannt. Manchmal auch einfach nur ›Boogie‹.«

Dann betrachtete Franca die Aufnahmen. Es war unverkennbar Mary Lou. Sie trug nichts am Leib, aber sie war nicht wirklich nackt. Sie lag inmitten weißer Bettlaken und posierte mit lockendem Blick. Das ewige Weib mit seinen Waffen. Ihr Gesichtsausdruck besagte, dass sie sich ihrer Wirkung bewusst war.

»Wissen Sie, wer die Fotos gemacht hat?«

Helga hob die Schultern. »Ich denke, das war mein Bruder.«

»Ihr Bruder?«

»Ja. Er hat gerne fotografiert und auch ganz gut, hatte ich das nicht schon erwähnt? Er hat viele Fotos von uns gemacht, die er in seiner Dunkelkammer entwickelte. Die Schwarz-Weiß-Bilder haben alle so einen bräunlichen Stich wie dieses hier.«

Franca sortierte nochmals die Briefnotizen. Eine war etwas ausführlicher und vom Inhalt her könnte sie eine der letzten Nachrichten gewesen sein, die Mary Lou an Rudolf Freyung schrieb.

›Mein liebster Boogie‹, lautete diesmal die Anrede. Weiter hieß es: ›Ich freue mich so auf unsere gemeinsame Zukunft. Du glaubst gar nicht, wie sehr. Endlich raus aus der Enge hier. Mit meinem Vater wird es immer schlimmer. Er kann es einfach nicht ertragen, dass er nicht mehr über sein kleines Mädchen bestimmen darf. Noch immer weiß er nicht, dass ich schwanger bin. Wir haben uns noch nicht getraut, es ihm zu sagen. Aber bald wird es nicht mehr zu übersehen sein. Er wird ausrasten!!! Deshalb müssen wir schnellstens was tun. Bitte komm …‹

Hier brach der Brief ab.

»Ist das ganz sicher Mary Lous Handschrift?«, fragte Franca.

Helga nickte und atmete hörbar aus. »Ich weiß langsam nicht mehr, was ich denken soll.«

23

Die Maschine machte einen Höllenlärm. Gesine hob eine der orangefarbenen Plastikkisten hoch, kippte sie, um die Trauben in den Entrapper zu füllen. Die Maschine trennte die Beeren von den Gerippen, die in bereitgestellte Auffanggefäße fielen, manche flogen auch darüber hinweg, die würde sie nachher zusammenfegen.

Seit Mareks Sturz stand Gesine jeden Tag zeitig auf, frühstückte am Morgen zusammen mit der Familie und fuhr anschließend mit in die Weinberge, um bei der Lese zu helfen. Am Abend taten ihr zwar alle Knochen weh, aber die Arbeit vermittelte ihr das gute Gefühl, etwas Sinnvolles geschafft zu haben, zumal Leonhard nicht mit Lob und Anerkennung sparte. Zuerst hatte er abwehren wollen. »Du bist doch nicht hier, um voll mitzuarbeiten.«

»Ich helfe gern«, hatte sie geantwortet. »Und sag jetzt nicht, dass ihr keine Hilfe braucht.«

Die ständigen Kapriolen, die das Wetter schlug, drängten zur Eile. Regenfronten machten den Winzern zu schaffen, die nur durch kurze Zwischenhochs unterbrochen wurden.

»Und was ist, wenn es jetzt nur noch regnet?«, fragte Gesine.

Sie wusste, dass bei großer Feuchtigkeit die Gefahr der Fäulnis wuchs, was wiederum mit großen Ernteeinbußen einherging.

»Damit mussten die Winzer zu allen Zeiten fertig werden«, antwortete Leonhard. »Der Weinbau ist nun mal stark von der Witterung und den klimatischen Bedingungen abhängig. Aber wir Winzer sind von Natur aus Optimisten.«

Sie bückte sich, um die letzte volle Plastikwanne in den Entrapper zu kippen. Plötzlich spürte sie eine Berührung an der Schulter. Sie drehte sich um und wich im gleichen Augenblick erschrocken zur Seite. Wie aus dem Nichts war Leonhards Großvater in der Garage aufgetaucht. Mit grimmigem Blick sah er sie an und hob drohend die Faust.

»Weg«, rief er. »Du sollst abhauen. Du Luder.« Mit seinem Körper drängte er sie gegen den Entrapper.

Gesine ließ die Wanne fallen und wusste nicht, wie ihr geschah. Einige der ausgeworfenen Gerippe streiften ihr Gesicht. Mit einem Ruck versuchte sie, den alten Mann von sich wegzuschieben.

»Leonhard«, rief sie in Panik. »Leonhard, komm schnell!«

Der alte Mann strauchelte und verlor das Gleichgewicht. Im letzten Moment gelang es Leonhard, ihn aufzufangen.

»Was ist denn hier los?«, fragte er und sah von einem zum anderen.

»Dein Großvater rastet jetzt endgültig aus«, rief sie laut. »Kannst du ihn mal fragen, was ich im getan habe?« Sie atmete in harten Stößen.

»Opa. Was hast du denn schon wieder angestellt?« Leonhard sprach zu dem alten Mann wie mit einem ungezogenen Kind.

»Das Luder soll abhauen.« Wieder hob der Greis drohend die Hand.

»Hör mal. Das ist Gesine, meine Freundin. Die hat dir doch überhaupt nichts getan. Ich finde es nicht gut, dass du sie so behandelst.« Leonhard schüttelte missbilligend den Kopf. »Ich bring dich jetzt ins Haus.« Beherzt dirigierte er den alten Mann aus der Garage hinaus, der ihm nur widerwillig folgte. »Ich komm gleich wieder«, rief er Gesine über die Schulter zu.

Eine Weile stand sie wie erstarrt. Ihre Kehle war wie zugeschnürt. Mechanisch nahm sie den Besen und begann die umherliegenden Traubengerippe zusammenzufegen. Ihre Hände zitterten noch immer.

Sie konnte sich nicht erklären, weshalb Leonhards Großvater sie solcherart behandelte. Leonhard und auch seine Mutter hatten ihr zu erklären versucht, dass es die Krankheit war, die ihn verändert hatte und niemand sagen konnte, weshalb er ausgerechnet sie zur Zielscheibe seiner Aggressionen ausgewählt hatte. Sie hatte sich wirklich bemüht, nett dem Alten gegenüber zu sein, aber das, was sie eben erlebt hatte, ging eindeutig zu weit.

»Was war denn passiert?«, fragte Leonhard, als er wieder zurück war.

»Nichts«, rief sie laut und hielt in ihrer Tätigkeit inne. »Ich hab die Trauben eingefüllt und plötzlich stand er hinter mir.« Gesine sah ihn vorwurfsvoll an. »Kannst du mir das erklären? Ich weiß nicht, was ich ihm getan habe. Aber seit ich hier bin, behandelt er mich so. Und du versuchst ihn immer in Schutz zu nehmen, erklärst alles mit seiner Krankheit. Aber das, was er sich eben geleistet hat, war ja schon gemeingefährlich. Der hat mich an den Entrapper gedrängt, und wer weiß, was noch passiert wäre, wenn du nicht sofort zur Stelle gewesen wärst.«

Leonhard trat auf sie zu und wollte sie in den Arm nehmen, jedoch sie wich vor ihm zurück. »Das ist nicht in Ordnung. Das ist absolut nicht in Ordnung.«

»Ich weiß«, antwortete Leonhard und ließ die Hände sinken.

»Ich fühle mich nirgends auf dem Hof mehr sicher. Muss

ich jetzt stets damit rechnen, dass er plötzlich vor mir steht und auf mich losgeht?«

Leonhard schluckte. Sein Adamsapfel hüpfte. »Das tut mir so leid. Aber ich weiß auch nicht, was ich da machen soll. Wir können ihn ja nicht rund um die Uhr beaufsichtigen.«

»Du weißt nicht, was du machen sollst?« Ihre Augen funkelten. »Dann lass dir mal was einfallen. So geht es jedenfalls nicht weiter.«

24

Franca sah auf, als Clarissa das Büro betrat. »Neu?«, fragte sie und wies auf Clarissas grasgrüne Ledertasche. »Kommt mir irgendwie bekannt vor.«

»Kein Wunder.« Clarissa grinste. »Polizeidesign. War mal eine Motorraduniform.«

»So was schleppst du freiwillig mit dir rum?«, wunderte sich Franca.

»Na hör mal, wenn die Leute schon gute Ideen zum Recycling haben und das auch noch Knete bringt, die sozialen Einrichtungen zugutekommt, muss man das doch unterstützen. Oder?« Sie hing die Tasche über den Stuhl und setzte sich an den Schreibtisch. »Ich hatte übrigens gerade ein interessantes Gespräch mit Küppersbusch.«

Franca sah überrascht auf, Misstrauen im Blick. »Du hast dich mit ihm getroffen? Privat?«

»Halbprivat.« Clarissa grinste. »Wir haben uns über

Computerprogramme unterhalten, die das korrekte Aussehen eines menschlichen Skeletts virtuell wiederbeleben können, egal wie alt es ist. Damit hat man beispielsweise das Aussehen vom Ötzi nachbilden können.«

»Ja und?«

»Na ja. Man könnte probieren, mit dieser Methode das Gesicht unseres Knochenmädchens zu rekonstruieren. In der Kölner Rechtsmedizin arbeitet eine Ärztin, die hat beim FBI einen Speziallehrgang gemacht und kann einige Erfolge auf diesem Gebiet nachweisen. Küppersbusch hat schon öfter mit ihr zusammengearbeitet. Er hält große Stücke auf sie.«

Franca sah Clarissa skeptisch an. »Soweit ich mich erinnere, war der Ötzi mumifiziert und lag in einem optimalen kühlen Umfeld. Das sind doch ganz andere Ausgangsbedingungen als in unserem Fall.«

»Würde ich nicht so sehen. Ich hab schon mit Frau Anhäuser gesprochen. Sie will uns gern behilflich sein.«

Franca kniff die Augen zusammen. »Du hast also schon ein Dienstgespräch geführt. Meinst du nicht, dass du da ein klein wenig deine Kompetenzen überschritten hast?« Ihre Stimme klang spitz.

Clarissa ließ sich nicht beirren. »Es war ein reines Informationsgespräch. Sie hat mir große Hoffnung gemacht, dass man auch von einem blanken, nicht mehr intakten Schädel eine Rekonstruktion anfertigen kann. Mit diesem speziellen Computerprogramm lassen sich fehlende Knochenstücke ergänzen, und in einem weiteren Schritt werden die Daten des Schädels in eine Stereolithographie umgewandelt, die …«

»Clarissa. So geht das nicht«, fiel Franca ihrer jungen Kollegin ins Wort und schüttelte missbilligend den Kopf.

Clarissas Augen blitzten zornig. »Du meinst, eine rumänische Zwangsprostituierte braucht uns nichts anzugehen? Da müssen wir uns nicht kümmern? Weil Prostituierte ja sowieso der letzte Dreck sind. Der Abschaum unserer Gesellschaft. Um die es nicht weiter schade ist. Ist es das, was du denkst, ja?« Sie begann heftig auf ihrem Piercing herumzukauen.

»Nun bleib mal auf dem Teppich.« Franca hob die Augenbrauen. »Hast du dir mal Gedanken darüber gemacht, wie teuer so eine Weichteilrekonstruktion ist? Sie ist das letzte aller möglichen Mittel, und es haben noch ein paar Leute ein Wörtchen mitzureden, und da wir ständig zur Kostenreduzierung angehalten werden, kann ich mir vorstellen, dass weder der Chef noch der Staatsanwalt sonderlich von einer solchen Maßnahme begeistert sein werden.« Etwas versöhnlicher fügte sie hinzu: »Clarissa, wir müssen die Dinge in Relation sehen.«

»Es ist also keine Relation, wenn wir die Identität eines rumänischen Mädchens herausfinden wollen, das sich höchstwahrscheinlich nicht ganz freiwillig in unserem schönen Land aufgehalten hat?« In Clarissas Augen funkelte unterdrückte Wut.

»Weißt du eigentlich, was in dieser Szene los ist? Da werden Frauen und Mädchen gekidnappt oder von sogenannten Loverboys angeworben, die ihnen die große Liebe vorspielen. Sobald diese Typen ihr Ziel erreicht haben, lassen sie die Maske des anständigen jungen Mannes fallen. Einmal eingeschleust werden die Frauen dann gegen ihren Willen verschachert und wie Sklavinnen gehalten. Sie werden gezwungen, sich zu Flatrate-Konditionen in irgendwelchen Schmuddelbordellen anzubieten, wo sich die alten Säcke aufgeilen und so lange bedienen können, wie sie lustig sind, nachdem sie mal kurz ein Viagra eingeschmissen haben. Und danach brüsten sie sich damit in

Internet-Foren, in denen Freier Prostituierte wie Preiskühe bewerten und in unsäglicher Weise über sie herziehen.«

Clarissas Stimme überschlug sich. Sie hielt Franca ihr Smartphone hin, auf dem sie eine einschlägige Website aufgerufen hatte. »Hier. Schau dir das an, was ›Höhlenforscher‹, ›Superlulu‹ und Co. zu berichten haben. Da kriegst du doch das Kotzen.« Mit heftigen Bewegungen betätigte sie ein paar Klicks. »In ihren vernebelten Hirnen glauben diese Typen wahrscheinlich wirklich, Frauen seien stets hammergeil und hätten allen Ernstes Spaß daran, eine Nummer nach der anderen zu schieben. Ob die Frauen das vielleicht nicht freiwillig tun und dazu gezwungen werden, auf die Idee kommen die gar nicht. Oder es ist ihnen scheißegal. Hauptsache, sie können ordentlich rammeln.«

Franca erinnerte sich nur allzu deutlich an ihre Wut und Empörung, als sie zum ersten Mal mit diesem Phänomen konfrontiert wurde. Mit dem Zugang für alle ins Internet hatte sich das Erotikgeschäft radikal verändert. Damals hatte sie ebenso heftig reagiert wie Clarissa. Vielleicht sogar noch ein wenig heftiger. Doch mit den Jahren hatte sich ihre Empörung gelegt, einhergehend mit der Einsicht, dass die Welt war, wie sie war und dass ihre Möglichkeiten, sie zu ändern nur sehr gering waren.

»Ich stimme dir in allem zu. Aber dass das mit unserem Fall zu tun hat, ist reine Spekulation und zu wenig, um eine solch teure Maßnahme in Auftrag zu geben.«

Clarissa ließ sich auf ihren Stuhl fallen. Einen kleinen Moment schwieg sie. Dann beugte sie sich vor und suchte Francas Blick. »Franca. Hier ist ein Mensch gestorben, eine junge Frau«, sagte sie eindringlich. »Brutal misshandelt, ermordet und zerstückelt. Sollten wir da nicht alles tun, dieser Frau ihre Menschenwürde zurückzugeben, indem wir ihre Identität ausfindig machen? Ich meine, das wird doch in unserem Leitbild groß propagiert: *Wir sind ein modernes Dienstleistungsunternehmen, das Innovation und Flexibilität auszeichnen.*«

»Ach, nun komm mir doch nicht auch noch mit unserem Leitbild.« Franca seufzte, auch weil sie daran dachte, dass sie selbst dazu beigetragen hatte, es mitzuentwickeln. Sicher enthielt es hehre Ansätze. Die jedoch manchmal nur in der Theorie fassbar waren.

»Ich verstehe dich nicht. Was spricht dagegen, dieser Toten im wahrsten Sinne des Wortes ein Gesicht zu geben?«

Franca holte tief Luft. Clarissa hatte etwas angesprochen, das ihr selbst nicht ganz verständlich war. Wieso war sie so übervorsichtig geworden? Eine Polizistin, die nur noch in Kosten-Nutzen-Schemata dachte? Sollte sie nicht froh sein, wenn ihre junge Kollegin noch nicht so desillusioniert war wie sie selbst. Dass sie noch so voller Energie und Enthusiasmus war, von ihrer Mission vollkommen überzeugt? Und alles daran setzte, ihr Vorhaben in die Tat umzusetzen.

»Wieso bist du so sicher, dass eine Weichteilrekonstruktion was bringt?«, fragte sie vorsichtig.

»Ganz einfach. Weil mir Frau Anhäuser Hoffnung gemacht hat. Und zwar, nachdem ich ihr unseren speziellen Fall geschildert habe. Frankenstein meint auch, dass wir gute Chancen haben.«

Franca sah sie argwöhnisch an. »Mit wem hast du denn noch alles gesprochen?«

»Ich musste mich doch absichern, bevor ich solche Vorschläge mache. Mir war vollkommen klar, dass ich da erst mal auf Widerstand stoßen würde.« Sie lächelte zaghaft und fuhr sich mit einer kleinen nervösen Geste durchs Haar. Offensichtlich fühlte sie sich nicht so selbstsicher, wie ihre vorherige Tirade vermuten ließ.

»So, das war dir klar?«

»Insgeheim hab ich mir aber schon ein wenig Unterstützung von dir gewünscht.«

Wie gut sie das beherrschte, dieses Umschwenken von einer zur anderen Tonlage. Obwohl sich Franca ein wenig manipuliert fühlte, beschloss sie, Clarissa nicht länger zappeln zu lassen.

»Wenn es reelle Erfolgsaussichten gibt, dann bekommst die du auch«, sagte sie wohlwollend.

»Ehrlich?« Clarissa riss erstaunt die Augen auf. »Ich fände es wirklich toll, wenn wir das in die Wege leiten könnten«, erklärte sie eifrig. »Es ist doch so: Auch wenn die Frau illegal eingereist ist und nirgends registriert wurde, so hat sie doch Spuren hinterlassen. Frankenstein hat mich auch darin bestätigt, dass eine Gesichtsrekonstruktion die einzige Möglichkeit ist, ihre Identität herauszufinden, wenn es sonst keine Indikatoren gibt. Es wäre schließlich nicht der erste Fall, bei dem die konventionellen Verfahren zu keinem Erfolg geführt haben.«

Sie wühlte auf ihrem Schreibtisch, hob verschiedene Stapel hoch, schob Papiere zur Seite. Offenbar suchte sie etwas. »Ach, da ist es ja«, rief sie und hielt das grüne Notizbuch von Marie Louise Schönborn hoch.

»Damit du siehst, dass ich alles im Auge behalte: Ich bin auch weiter am Fall Mary Lou dran. Das Notizbuch hier hab ich mir Seite für Seite angesehen, und da ist mir aufgefallen, dass sie sich öfter mit jemandem namens S. getroffen hat. Ihre Schwester habe ich schon danach gefragt, aber sie sagte, sie habe keine Ahnung, wer diese Person sein könnte. Wäre vielleicht 'ne wichtige Zeugin. Oder ein Zeuge. Ist dir vielleicht ein Name in den Akten aufgefallen, der mit S beginnt?«

Franca überlegte. Dann hob sie die Schultern. »Ich hab

das allerdings jetzt nicht alles so präsent. Aber was hältst du denn davon?« Franca schob ihr Mary Lous Aktfotos über den Schreibtisch.

»Ui. Sehr sexy.« Clarissa nickte anerkennend. Dann stutzte sie. »Ging die etwa auf den Strich?«

»Das hab ich mich im ersten Moment auch gefragt. Du siehst, alles ist relativ.«

Clarissa ging nicht auf diese Bemerkung ein. »Wo hast du die denn her?«, wollte sie wissen.

»Von Helga Mansfeld. Sie hat die Fotos zwischen alten Unterlagen gefunden und meinte, ihr Bruder habe sie aufgenommen.«

»Na, dann sollten wir den doch fragen, was es mit damit auf sich hat.«

»Das hatte ich vor.« Franca stützte den Kopf in beide Hände und betrachtete Clarissa eingehend.

»Sag mal, was um Himmels willen ist denn eine Stereolithographie?«

Clarissa lachte. »Das ist ein dreidimensionales Abbild des virtuellen Schädels. Die Grundlage für eine wissenschaftlich fundierte Rekonstruktion eines Gesichts. Es ist ein aufwendiges Verfahren, das sowohl forensische Handarbeit als auch künstlerische Fertigkeit verlangt. Früher hat man das etwas dilettantisch mit Knetmasse gemacht. Inzwischen sind die Methoden wesentlich verfeinert worden.«

Franca sah Clarissa eine Weile an, wie sie da saß, vollkommen selbstbewusst, dann sagte sie: »Langsam wirst du mir unheimlich.«

»Ich interessiere mich halt für die neuen Methoden«, meinte Clarissa. »Am liebsten würde ich einen Sonderlehrgang in den USA machen, um das alles richtig zu lernen.«

»Das lässt du mal schön bleiben, vorläufig wirst du hier gebraucht.«

Clarissa grinste siegessicher.

25

Franca betrat das italienische Restaurant und blickte sich suchend um. Hinter dem glänzenden Mahagonitresen hantierte ein Mann in weißem Hemd und schwarzer Weste. Mit seinen schwarzen nach hinten gegelten Locken und den dunklen Augen konnte man unverkennbar den Italiener in ihm erkennen.

Er sieht genau so aus, wie man sich gemeinhin den Mafiosi vorstellt, dachte Franca und musste im selben Moment schmunzeln. Schön, wenn man selbst die eigenen Vorurteile entlarvte.

Julietta saß wartend an einem der kleinen runden Tische. Das platinblond gefärbte Haar trug sie zu einer eleganten Pagenfrisur geföhnt. Sie war sorgfältig, aber dezent geschminkt. Eine Dame von Welt, könnte man annehmen, wenn man sie so sah. Und wie immer hochgeschlossen. Franca hatte noch nie einen tieferen Ausschnitt an Julietta gesehen. Selbst nicht im Sommer. Franca vermutete, dass der vielfache Umgang mit leicht bekleideten Prostituierten die Wahl ihrer Kleidung beeinflusste.

Als Julietta Franca bemerkte, gestikulierte sie heftig und strahlte plötzlich nichts mehr von einer Dame von Welt aus, sondern sie glich eher einem kleinen Mädchen, das ungeduldig auf seine Begleitung wartet.

»Da bist du ja endlich«, rief sie laut und sprang von ihrem Platz auf, um Franca stürmisch zu umarmen.

»Hast du Hunger? Essen wir was?«

»Na klar.«

Der Kellner, der ihre Bestellung aufnahm, war höflich, aber distanziert. Es war derselbe, der vorhin hinter der Theke gestanden hatte. Sie bestellten Pasta und Rotwein. Julietta entschied sich für Spaghetti mit Basilikumpesto und Pinienkernen, während Franca Farfalle con Frutti di Mare wählte.

»Ich war schon ewig nicht mehr aus, essen«, sagte Franca und sah sich anerkennend um. Das dezent-gediegene Ambiente des italienischen Restaurants gefiel ihr. »Danke, dass du diesen Vorschlag gemacht hast.«

»War ja mal wieder an der Zeit.« Früher hatten Julietta und sie es häufiger einrichten können, sich nach der Arbeit ab und zu in der Stadt zu treffen.

»Und wie geht's dir so? Was macht die Liebe?« Julietta hob ihr Glas, setzte es an den Mund und hinterließ einen roten Lippenstiftabdruck am Rand.

»Tote Hose.« Franca zuckte die Achseln. »Scheint, ich bin aus dem Alter raus, dass einen die Männer noch wahrnehmen.«

»Du doch nicht.« Julietta legte den Kopf schief und betrachtete sie eingehend. »Mal ehrlich! Nicht mal 'nen Mann für den kleinen Hunger zwischendurch?«

Franca winkte ab. »Momentan absolut kein Bedarf.« Voller Scham dachte sie an ihre letzte Kurzliaison, die eher eine Notlösung war und auf die sie hätte liebend gern verzichten können.

»Na ja, man ist schon ein anderer Mensch, wenn die sexuelle Grundversorgung vorhanden ist, oder nicht?«

Julietta stützte beide Arme auf der Tischkante ab und sah Franca ein wenig provokant an. »Hast du nicht auch manchmal das Gefühl, zu versteinern? Mir geht es so, wenn ich eine Liebesszene im Fernsehen sehe. Früher hatte ich da ein angenehmes Ziehen in der Herzgegend. Heute denke ich: Die spielen doch nur. Nix ist echt.« Julietta beugte sich ein wenig vor. »Sag, sind wir bereits derart abgeklärt? Ist das wirklich das Alter?« Ihre Stimme klang ernst.

»Ich denke, es ist eher die Erfahrung. In unserem Beruf bekommt man ja die tollsten Einblicke, was Männer und Frauen sich gegenseitig anzutun imstande sind. Du blickst doch noch mehr in Abgründe als ich. Da wundere ich mich ehrlich, dass du immer noch an das Gute im Mann glaubst.«

»Ich kann eben Beruf und Privatleben trennen.« Julietta lehnte sich zurück. Es klang nicht sehr überzeugend.

»Und im Privatleben lernst du nur die Guten kennen?«, fragte Franca scheinheilig. »Männer mit hehren Gesinnungen, die ihre Frauen auf Händen tragen und heimlich in den Puff gehen?«

Julietta hob die Schultern. »Ich weiß schon, du spielst auf deinen aktuellen Fall an. Wie weit seid ihr damit?«

»Nicht sehr weit.«

»Aber ihr seid euch sicher, dass es sich bei den Knochenfunden um eine rumänische Zwangsprostituierte handelt?«

»Was heißt schon sicher? Beweise gibt es keine. Lediglich ein paar Anhaltspunkte. Clarissa hat sich an diesem Gedanken festgebissen. Sie ist geradezu besessen davon und prescht in einem Tempo voran, dass es langsam beängstigend wird. Das Mädel ist ständig auf der Überholspur und guckt ungeduldig nach hinten, wo wir denn alle bleiben. Neben der komm ich mir manchmal schon vor wie eine alte Oma.«

»Das ist eben die Jugend.« Julietta lachte auf. »Aber ich

kann dich beruhigen, mir geht es nicht anders. Die Jahre haben an uns genagt und uns abgeschliffen. Aber warst du nicht früher genauso wie Clarissa?«

»Das ist es ja. Neben ihr spüre ich richtig, dass ich alt werde und bald abdanken kann. Letztens hat mich doch tatsächlich jemand auf meine Pensionierung angesprochen.«

»Man muss den Tatsachen ins Auge sehen.«

Die Pasta wurde serviert, beide begannen zu essen.

»Schmeckt köstlich«, bemerkte Franca, während sie mit der Gabel einige der Schmetterlingsnudeln aufspießte und genüsslich in den Mund schob.

»Kann ich nur bestätigen.«

Franca griff nach ihrem Rotweinglas und trank einen Schluck. »Wir haben eine Weichteilrekonstruktion in Auftrag gegeben«, sagte sie.

Julietta sah auf. Überraschung im Blick. »Aha. Na immerhin ein Anfang.«

»Du glaubst also, das bringt was?«

»Du nicht?«

»Ich denke an die immensen Kosten.«

»Sollten die in diesem Fall nicht eine Nebenrolle spielen? Hier geht es um ein ganz übles Verbrechen. Und wenn du mich fragst, ist das nur die Spitze des Eisbergs. Ich möchte nicht wissen, wie viele Leichen da noch vergraben liegen, von denen wir nie erfahren. Frauen, die entsorgt wurden, weil sie ihren Zweck erfüllt haben, und nach denen kein Hahn kräht. Was bedeutet in diesem Gewerbe schon ein Menschenleben? Zudem das einer Frau? Hauptsache, die Typen machen das große Geld. Ich an eurer Stelle würde auch alles in Bewegung setzen.«

Franca seufzte. »Es war Clarissas Idee.«

»Hab ich mir schon gedacht. Weißt du, eure Kleine

imponiert mir immer mehr. Die weiß, was sie will, und das setzt sie durch.«

»Das ist mir schon klar.«

»Wenn du ein Gesicht hast, dann hast du eine Chance. Es ist nun mal so, dass Menschen sich am ehesten an Gesichter erinnern. Irgendwo hat diese junge Frau Spuren hinterlassen. Sie hatte sicher Kolleginnen, die Mädchen arbeiten meist nicht allein. Vielleicht erkennt sie ja auch ein mitleidiger Freier wieder. Irgendjemand wird sich an sie erinnern können. Da bin ich mir ziemlich sicher.«

»Dein Wort in Gottes Ohr.«

Julietta sah sie mit durchdringendem Blick an. Sie hob beide Hände, spreizte die Finger ab. Franca bemerkte einen schmalen Ring mit einem roten Stein an ihrem rechten Mittelfinger. Es war das einzige Schmuckstück, das Julietta trug.

»Seien wir doch mal ehrlich: Seit dem liberalisierten Prostitutionsgesetz betrachten die Zuhälter unser Land als ein wahres Sex-Paradies, in dem sie ungeahnte Privilegien haben. Jede Frittenbude wird besser kontrolliert als ein Bordell, für das es keine genauen Rechtsvorschriften gibt. Und die Situation der Frauen hat sich keineswegs verbessert, im Gegenteil, die Zahl der Zwangsprostituierten ist seit 2002 enorm gestiegen. Jedes Jahr werden Hunderttausende Frauen verschleppt, wahrscheinlich sind es mehr. Viele von ihnen kommen aus Osteuropa, aus Ländern mit einem anderen kulturellen Hintergrund. Hatten sie vielleicht schon in ihrem Heimatland Erfahrungen mit Gewalt, geht es hier weiter damit. Sie werden ausgebeutet, gequält und misshandelt. Und wenn da mal die eine oder andere verschwindet, weil einer ein bisschen zu kräftig zugelangt hat, wen kümmerts? Es gibt ja genug Nachschub.« Julietta kräuselte die Lippen. »Mit Menschenhandel wird ein Profit in Höhe von rund 15 Milliarden Euro jährlich gemacht. Alles steuerfrei, wohlgemerkt. Auch das ist nur eine vorsichtige Schätzung, aber die Dimension ist gewaltig. Das ist ein Schlag ins Gesicht für jeden redlich arbeitenden Menschen.« Juliettas Augen funkelten. Ihre Hände fuhren wild gestikulierend durch die Luft. Beinahe hätte sie ihr Glas umgeworfen, im letzten Moment fing sie es ab, hob es hoch und trank einen hastigen Schluck.

»Ich finde, wir sollten alles tun, diesen Typen das Handwerk zu legen. In unserem Beruf kann man zwar den Glauben an die Menschheit verlieren. Aber die Hoffnung sollte man dennoch nicht aufgeben.«

26

Dass Rudi litt, war nicht zu übersehen. Nicht nur, dass er übermäßig viele Zigaretten rauchte und damit weiter seine Gesundheit ruinierte, insgesamt war sein Verhalten äußerst merkwürdig und gab Charlotte viele Rätsel auf. Sie fragte sich, ob dies vielleicht schon immer so gewesen war und es ihr nur nicht aufgefallen war. Doch nein, das stimmte nicht. Gerade in den letzten Jahren, als er mit dem Rauchen aufgehört hatte, war er ein relativ ausgeglichener Mann gewesen. Zurzeit war er nur noch ein Nervenbündel.

Er hatte sich angewöhnt, sich bis spät in die Nacht hinein in sein kleines Büro zurückzuziehen, in dem er neben sämtlichen geschäftlichen Unterlagen auch einige seiner persönlichen Dinge aufbewahrte. Das Kämmerchen, in dem ein schmales Sofa und ein kleiner Tisch standen, hatte er sich als sein Refugium auserkoren. Der alte Plattenspieler im Regal war schon lange nicht mehr benutzt worden. Doch in den letzten Tagen hörte sie manchmal leise Musik aus dem Büro dringen. Sie erkannte einige Oldies von früher, auch solche, die er mit seiner Band gespielt hatte. Sie meinte sogar, dass er seine Gitarre wieder hervorgeholt hatte, die er schon ewig nicht mehr angerührt hatte.

Die Küche war aufgeräumt, sie war müde und ging nach oben, obwohl es noch nicht spät war. Früher waren sie und Rudi immer zusammen zu Bett gegangen, doch das war schon lange nicht mehr der Fall. Es hatte sich eingespielt, dass er erst nachkam, wenn sie schon schlief.

Eine Weile lag sie grübelnd wach. Dann stand sie noch einmal auf und lief die Treppe hinunter, um sich etwas zu trinken zu holen.

Als sie an der Bürotür vorüberging, hörte sie ein merkwürdiges Geräusch. Die Tür war angelehnt. Sie lugte durch den Türspalt und sah, dass Rudi seinen alten Film-Projektor aufgebaut hatte und auf eine Leinwand starrte. Dort lief ein Film ohne Ton. Das leise ratternde Geräusch rührte vom Rotieren des Filmprojektors.

Er saß im Sessel und starrte gebannt auf den Film. Völlig versunken in eine Vergangenheit, an der sie keinen Anteil hatte. Sie brauchte nicht näher hinzusehen, sie wusste, wer die junge Frau mit dem Flatterkleid und den langen brünetten Locken war, deren Gestalt die gesamte Leinwand ausfüllte.

Sie dachte daran, dass er früher, als die Kinder klein waren, gelegentlich Aufnahmen mit seiner Super-8-Kamera gemacht hatte, die sie gemeinsam angesehen hatten. Diesen Film kannte sie nicht.

Sie wusste nicht, wie lange sie dort an der Tür gestanden

hatte, es konnte sich nur um ein paar Sekunden, höchstens eine halbe Minute handeln. Plötzlich merkte sie, dass seine Schultern zuckten und er sich mit einer abrupten Bewegung über die Augen fuhr. Weinte er etwa? Sie erschrak.

Heulte er um diese Frau? Um seine verlorene Liebe? Oder um etwas ganz anderes?

Sie gäbe etwas drum, könnte sie in seine Gedankenwelt eindringen und wissen, was jetzt gerade in ihm vorging. Doch sie wusste, spräche sie ihn darauf an, würde er sich sofort verschließen.

Angesichts dieses weinenden Mannes vor den flimmernden Bildern, die Schatten auf sein Gesicht warfen, regte sich tief in ihr ein hässliches Gefühl.

Leise ging sie in die Küche und schenkte sich ein Glas Wasser ein. Mit einem Mal war sie richtig wütend. In ihrem Inneren brodelte es. Sie hatte sich abgerackert, hatte ihm stets zur Seite gestanden und den Rücken gestärkt, aber hatte er auch nur einmal Dankbarkeit gezeigt? Alles war selbstverständlich. Wenn sie einfach wegginge, um sie würde er bestimmt nicht weinen, dessen war sie sich sicher.

Weitere beunruhigende Gedanken drängten an die Oberfläche. Gedanken, die viel infrage stellten und sämtliche ihrer Gewissheiten zunichtemachten.

Was, wenn er in seinem tiefsten Inneren ein ganz anderer Mensch war als derjenige, der er vorgab zu sein? Was, wenn sich hinter seiner Schweigsamkeit etwas ganz anderes verbarg, als sie bisher dachte?

Ihr Kopf fühlte sich bleischwer an. Schließlich nahm etwas in ihrem Hirn konkrete Gestalt an, das sie nicht mehr länger verdrängen konnte.

Was, wenn Rudi etwas mit dem Verschwinden von Mary Lou zu tun hatte? Was, wenn er sie auf dem Gewissen hatte, und das der Grund war, weswegen er sich so merkwürdig benahm?

27

Auf den ersten Blick war keine Ähnlichkeit zwischen Reinhard Schönborn und seinen Schwestern zu erkennen. Er war ein kleiner, dicklicher Mann mit kurz geschorenem graublondem Haar und runden roten Backen. Er passte so sehr ins Klischee des ewigen Muttersöhnchens, dass Franca fast auflachen musste.

Höflich stellte er sich vor und gab ihr die Hand. »Sie wollten mich sprechen?«

»Setzen Sie sich doch bitte«, forderte Franca ihn auf. »Sie wissen, dass wir erneut Ermittlungen wegen des Verschwindens Ihrer Schwester Marie Louise aufgenommen haben.«

Sein Blick glitt an ihr vorbei, fokussierte die Wand hinter ihr. »Ja, aber dazu kann ich absolut nichts sagen. Deshalb weiß ich nicht recht …«

Franca beschloss, ohne Umschweife direkt zum Punkt zu kommen. Sie legte ihm die Aktaufnahmen vor. »Kennen Sie diese Fotos?«

Sein Kopf ruckte herum. Er starrte die Bilder an. »Wo haben Sie die her?«, krächzte er schließlich.

»Ihre Schwester Helga hat sie zwischen alten Unterlagen gefunden.«

Franca beobachtete ihn und versuchte, seine Körpersprache zu deuten. Er hatte die Lippen fest zusammengepresst, sodass sie fast blutleer wirkten. Nervös kratzte er sich am Kopf und wusste nicht so recht, wohin mit seinen Händen. Verlegenheitsgesten, die sie nur allzu gut kannte. Dann sah er auf, für Sekundenbruchteile trafen sich ihre Blicke. »Ich … hab die gemacht«, stotterte er.

Franca beugte sich ein wenig vor. »Wie ist es dazu gekommen?«

Wie er sich wand. Entweder war ihm diese Jugendsünde peinlich, oder es gab einen anderen Grund für seine Verlegenheit.

»Sie hatte mich darum gebeten. Aber …«

»Mary Lou?«

Er schaute kurz auf, nickte mit einem Flackern im Blick und senkte sofort wieder die Lider. Franca bemerkte, dass seine kurzen, geraden Wimpern ganz hell waren. Wie bei einem Albino.

»Die Fotos sind kurz vor Mary Lous Verschwinden aufgenommen worden.« Franca drehte eines der Bilder um. Deutlich war ein Aufdruck mit dem Datum vom September 1984 zu sehen.

»Kann sein. Das weiß ich nicht mehr so genau.« Er knetete seine dicklichen Finger.

»Wofür waren die Bilder gedacht? Was hatte sie damit vor?«

Er hob die Schultern. »Keine Ahnung.«

»Herr Schönborn, kann es nicht sein, dass Sie der Anstifter waren? Dass Sie Aktfotos von Ihrer Schwester besitzen wollten?«

Franca hatte sich die Fotos wieder und wieder angesehen. Stets irritierte sie Mary Lous lockender Blick, der im Moment der Aufnahme eindeutig dem Fotografen galt. Aber sah man einen *Bruder* so an?

»Herr Schönborn, ich frage Sie jetzt ganz direkt: Wie war Ihre Beziehung zu Ihrer Schwester?«

Erschrocken riss er die Augen auf. »Was wollen Sie damit sagen?«, krächzte er.

»Nun, wenn man sich die Fotos genauer anschaut, könnte man auf bestimmte Gedanken kommen.«

Sein Kopf schoss herum. Der Blick waidwund. »Ich finde das ganz schön krank, was Sie da sagen.«

»Ich bin Polizistin. Ich muss alle Möglichkeiten in Betracht ziehen.« Franca wartete eine Weile. Beobachtete ihn. Alles schien ihm sehr peinlich zu sein. Schließlich fragte sie: »Haben Sie Ihre andere Schwester auch so fotografiert?«

Er schüttelte heftig den Kopf. »Nein. Nur Mary Lou.«

»Herr Schönborn?«

Er sah kurz auf. Schluckte. »Ich hab sie nur fotografiert, sonst nichts«, sagte er. »Sie hatte die Idee. Sie war immer so ein bisschen schräg drauf und fand es gut, solche Fotos von sich zu haben.«

»Wofür brauchte sie die?«

»Keine Ahnung, wofür. Wahrscheinlich wollte sie sie ihrem Freund schenken.«

»Herr Schönborn. Sie haben Ihre Schwester nackt fotografiert und nicht mit ihr darüber gesprochen, wofür sie die Fotos haben wollte?«

Wieder erfolgte heftiges Kopfschütteln. »Sie sagte nur, dass sie nicht in ein Fotostudio gehen wollte, da hätte sie sich geschämt. Und weil ich ein ganz guter Fotograf bin und meine Bilder selbst entwickelte, hat sie eben mich gefragt. Sie wusste, dann würden die nicht in falsche Hände geraten.«

»Das hat sie so gesagt?«

»Ja.« Diesmal wich er ihrem Blick nicht aus.

»Wusste sonst noch jemand davon?«

»Keine Ahnung. Ich hab sie gemacht, entwickelt und ihr die Abzüge gegeben. Damit war die Sache für mich erledigt.«

»Und die Negative?«

»Die hab ich natürlich aufbewahrt. Falls sie später noch weitere Abzüge haben wollte.«

»Und? Wollte sie?«

Er schüttelte den Kopf. »Sie hat nicht mehr danach gefragt.«

»Da ist noch etwas anderes«, sagte Franca. »Wir haben in Mary Lous Notizkalender mehrere Einträge gefunden, es handelt sich konkret um Treffen mit einer Person namens S. Haben Sie eine Idee, um wen es sich dabei handeln könnte?«

Reinhard antwortete nicht, starrte einfach zu Boden. Eine Weile herrschte Stille. Mit einem Mal schlug er beide Hände vors Gesicht und begann heftig zu schluchzen.

28

Das schmale, längliche Gesicht mit den hohen Wangenknochen war umrahmt von kinnlangen braunen Haaren. Nur bei genauerem Hinsehen war zu erkennen, dass die blauen Augen blicklos waren. Aber es war das Gesicht eines Menschen, einer jungen Frau aus Rumänien, die ihre letzten Lebensjahre in Deutschland verbracht hatte und deren Tod schon ziemlich lange zurücklag. Die Kölner

Weichteilrekonstrukteurin hatte Erstaunliches geleistet, das musste Franca zugeben.

Dank modernster Spezialverfahren wie der Isotopenanalyse, der DNA-Analyse und des Hirisplexsystems hatten mehrere Wissenschaftler markante Merkmale herausgearbeitet, die Anhaltspunkte über die Identität des ›Knochenmädchens‹ gaben, wie die Tote intern genannt wurde.

Küppersbusch hatte nicht versäumt, darauf hinzuweisen, dass es sich bei der ermittelten Augen- und Haarfarbe um keine hundertprozentigen Fakten, sondern um Prognosen handelte, bei denen es durchaus Abweichungen geben könnte: Immerhin sprach er von einer Genauigkeit von rund 94 Prozent bei der Augenfarbe und zwischen 70 und 88 Prozent bei der Haarfarbe. Aber bei Frauen musste man sowieso die Möglichkeit in Betracht ziehen, dass die Haare gefärbt sein konnten. Frau Anhäuser, die das Gesicht aufgrund dieser Erkenntnisse rekonstruierte, hatte ebenfalls einige Unsicherheitsfaktoren zu bedenken gegeben. Bei Augenbrauenform und Lippen habe sie entsprechende Erfahrungswerte mit einfließen lassen. Über die Frisur könne man ebenfalls nichts Gesichertes aussagen – es sollte nicht vergessen werden, dass Frisuren Gesichtern ein prägnantes Aussehen verleihen konnten.

Franca fand es immer wieder erstaunlich, wie rasant sich die kriminaltechnischen Methoden in den letzten Jahren weiterentwickelt hatten. Heutzutage waren Bestimmungen möglich, von denen noch vor einigen Jahren niemand zu träumen gewagt hätte. Sie hatte gelesen, dass das menschliche Erbgut offenbar noch nach Jahrhunderten entschlüsselt werden konnte. Forscher wollten herausgefunden haben, in welchen verwandtschaftlichen Beziehungen die Pharaonen zueinander standen. Doch solche Ergebnisse konnten auch übermütig machen und zu dem Trugschluss verleiten, dass der Mensch imstande war, jedes noch so kompliziert erscheinende Rätsel zu lösen.

Vor zwei Tagen war der Fahndungsaufruf mit dem rekonstruierten Gesicht und allen zur Verfügung stehenden Merkmalen der Toten veröffentlicht worden. Auch die einzigen zuordenbaren Utensilien der Toten, der Schlüsselbund mit dem Herzanhänger und der Silberring, waren abgebildet.

Zuvor hatte sich Franca mit Küppersbusch getroffen und sich ausführlich mit ihm über die Untersuchungsergebnisse unterhalten. Wieder war ihr unangenehm aufgefallen, wie gern er sich selbst reden hörte und wie herablassend er bisweilen über seine Mitmenschen urteilte. Jedoch musste sie sich eingestehen, dass er auf seinem Gebiet ein As war. Auf seine Zuverlässigkeit konnte sie bauen. Das war viel wert heutzutage. Aber er hatte unbestreitbar diesen Tunnelblick des Fachidioten, der nur auf Forschungsergebnisse reduziert war und alles andere außer Acht ließ.

Wenn Franca eines während ihrer langen Berufserfahrung gelernt hatte, dann dies: Gesunder Menschenverstand gepaart mit Lebenserfahrung und kriminalistischer Erfahrung konnte nicht durch alle technischen Hilfsmittel dieser Welt ersetzt werden. Alles fachliche Wissen konnte letztendlich nicht ausschließen, dass jedes Ergebnis auch die Möglichkeit von auf den ersten Blick nicht offensichtlichen Fallen und Fehlerquellen in sich barg. Nur das Zusammenspiel all dieser Faktoren versprach Erfolg. Dies durfte niemals vergessen werden.

Zweifellos waren sie ein ganzes Stück weitergekommen, aber das hieß nicht, dass sie ihr Ziel erreicht hatten. Allzu viele Fragen waren noch offen. Franca hoffte inständig, dass die teuren Investitionen nicht vergebens waren. Selbst wenn jemand die Tote gekannt haben sollte, war es nicht selbstverständlich, dass der- oder diejenige sich an die Polizei wandte. Bisher hatte sich noch niemand auf ihren Aufruf gemeldet. Man würde abwarten müssen. Etwas anderes blieb ihr nicht übrig.

Warum hatte sie synthetische Drogen konsumiert? Methamphetamin, wie die chemische Bezeichnung für die Modedroge Crystal Meth lautete, galt als extrem süchtig machend. Die Droge gab es schon im Zweiten Weltkrieg unter dem Namen ›Pervitin‹ – ein Hilfsmittel für die Soldaten, damit sie besser mit den Gräueln der Kriegsauswirkungen fertig werden konnten.

Ob das Knochenmädchen diese Droge freiwillig oder unter Zwang konsumiert hatte, war nur eine der vielen Unsicherheiten, über die Franca nachdachte.

Vielleicht lagen sie mit ihren Vermutungen vollkommen daneben, und die Tote entstammte nicht dem Rotlichtmilieu, sondern einem ganz anderen Umfeld.

Das Telefon klingelte. Franca nahm ab und nannte ihren Namen.

Am anderen Ende der Leitung war es still, dann räusperte sich jemand. »Ich rufe an wegen dem Foto in der Zeitung. Ich kenne die Frau«, sagte eine männliche Stimme.

29

Gesine konnte sich nicht erinnern, jemals so viel gearbeitet zu haben. Sehr früh am Morgen stand sie zusammen mit Leonhard auf, ging mit den anderen in die Weinberge und kehrte erst gegen Abend zurück, wenn es dunkel wurde. Danach war der Tag noch nicht zu Ende, weil Leonhard darauf bestand, das Lesegut sofort zu verarbeiten. Obwohl ihr der Rücken wehtat, hatte sie zunehmend das Gefühl, etwas Sinnvolles zu tun. Auch, weil Leonhard mit anerkennenden Worten nicht sparte und ihr vermittelte, dass sie dank ihrer Hilfe mit der Lese bald fertig sein würden.

Sie schliefen inzwischen zusammen im Doppelbett des Gästezimmers, das Marek bewohnt hatte. Er war bereits nach Polen zurückgekehrt.

Zum Mittagessen trafen sich Familie und Helfer regelmäßig am Esstisch, wo es entweder eine von Leonhards Großmutter oder von seiner Mutter gekochte deftige Mahlzeit gab.

»Sobald wir mit der Lese fertig sind, werde ich den verbuschten Wingert neben dem Spätburgunderjungfeld oben in der Gartenlay roden.« Leonhard biss geräuschvoll in eine Knackwurst, die es zu der Linsensuppe gab. Es klang beiläufig, doch Gesine hatte den Eindruck, dass er sehr angespannt war. Sie sah es an seinen Halsadern.

Eine Weile herrschte Schweigen am Tisch. Dann sagte sein Vater: »Meinst du nicht, wir haben schon mehr als genug Arbeit?«

Leonhard ruckte mit dem Kopf, seine Augen blitzten: »Genau das hab ich von dir erwartet. Genau das!«, rief er ungehalten. »Du weißt doch selbst, dass in den Steillagen der beste Wein wächst. Wieso gibst du mir nicht die kleinste Chance, meine Ideen zu verwirklichen? Immer legst du mir irgendwelche Steine in den Weg. Das ist absolut unnötig!«, rief er aufbrausend.

»Leonhard, bitte«, versuchte Charlotte einzulenken.

»Ach, Mama. Du weißt doch auch, wie das ist. Sobald ich irgendwas Neues anfangen will, ist Vater dagegen.«

»Er denkt doch nur an die Plackerei, die du dir zumutest.«

»Na und? Ist doch meine Plackerei. Ich finde es nun mal als Herausforderung, bei null anzufangen und was aufzubauen. Dieser Weinberg wird einmal eine Goldgrube zusammen mit dem Jungfeld daneben, das kann man doch jetzt schon erkennen. Aber Vater muss mal wieder den Bremsklotz spielen.«

Gesine beobachtete ihren zukünftigen Schwiegervater, der schweigend seine Suppe löffelte und nicht einmal aufsah.

»Genau wie bei meiner Idee mit den Genussscheinen. Viele Winzer haben gute Erfahrungen damit gemacht, weil die Leute es attraktiv finden, für ihre Geldanlage Zinsen in Form von hochwertigen Weinen zu bekommen. Außerdem ist das ein gutes Marketinginstrument, um Kunden zu binden. Aber nein, das hat Vater auch sofort abgeschmettert.« Leonhard redete sich in Rage. »Egal, was ich mache, Vater stellt sich mir in den Weg. Was war denn, als ich mit dem Winzersekt anfing? Und? Was ist daraus geworden? Ein lukrativer Geschäftszweig. Aber hat Vater auch nur ein positives Wort darüber verloren?«

Eine Weile herrschte Schweigen. Man hörte Besteck klappern. Gesine fühlte sich unbehaglich. Obwohl die ganze Zeit eine gewisse Spannung zwischen Vater und Sohn zu spüren gewesen war, war es bisher nicht zum offenen Schlagabtausch wie jetzt gekommen.

Leonhard sah mit provozierendem Blick in die Runde. »Übrigens, kann mir mal einer sagen, was das für ein Kreuz dort oben mitten im Wingert ist?«

»Welches Kreuz?«, fragte Charlotte.

»Es sieht aus wie ein altes Basaltwegekreuz«, antwortete Leonhard. »Allerdings ohne Aufschrift. Ich frage mich, ob das irgendeine Bedeutung hat. Das müsste nämlich versetzt werden.«

Charlotte hob die Schultern. »Da musst du Opa fragen. Der war der Letzte, der den Weinberg bewirtschaftet hat.«

»Opa.« Leonhard schnaubte. »Der kann mir auch ganz bestimmt Auskunft geben.«

»Manchmal hat er seine lichten Momente. Dinge von früher weiß er noch ziemlich gut.«

Gesine saß noch immer der Schreck in den Gliedern, den Leonhards Großvater mit seiner Attacke bei ihr verursacht hatte. Obwohl seither nichts Derartiges mehr geschehen war, vermied sie den weiteren Kontakt.

Rudi saß mit düsterem Blick am Tisch. Mit einem Mal entfuhr ihm ein Geräusch, das sich wie ein Knurren anhörte.

»Vater?« Leonhard sprach ihn nun direkt an.

Er reagierte nicht.

»Vater, weißt du, was es mit dem Kreuz auf sich hat?«

Rudolf warf Leonhard einen finsteren Blick zu, stand abrupt vom Tisch auf und lief mit schnellen Schritten zur Tür. Dort wandte er sich noch mal um. »Du kannst mich mal am Arsch lecken«, sagte er mit grimmigem Blick zu seinem Sohn gewandt.

30

»Papa, spielst du mit mir?« Seine kleine Tochter schmiegte sich an ihn. »Ja, mein Schatz, gleich.« Gedankenverloren strich er über das seidenweiche Haar des Kindes.

Es fiel ihm schwer, den Blick von dem leblos wirkenden

Gesicht abzuwenden, das ihm aus der Zeitung entgegensah. Ein Gesicht, das er zu kennen glaubte, und bei dessen Anblick ihn ein heftiger Schmerz durchzuckte. Bilder begannen hinter seiner Stirn zu flimmern. Szenen und Episoden, die lange vorbei waren und die er meinte, vergessen zu haben. Doch nun sah er alles wieder in seiner gesamten Deutlichkeit vor sich.

Vor mehr als 15 Jahren war er ein junger Mann mit drängenden Hormonschüben gewesen. Aber mit den Mädchen war das nicht so einfach. Schüchtern, wie er war, traute er sich nicht, sie anzusprechen.

Seine Kumpels vom Motorradclub überredeten ihn, mit ins Bordell zu kommen. Damals war er Anfang 20. Er wusste, sie machten sich lustig über seine Unerfahrenheit und meinten, es sei höchste Zeit, mal ordentlich auf die Pauke zu hauen. Er hatte noch nie ein Mädchen geküsst, und eigentlich wollte er das nicht, jedenfalls nicht so. Sex zu kaufen, entsprach überhaupt nicht seiner Vorstellung der Kontaktaufnahme zum anderen Geschlecht, gleichwohl war er neugierig, und vor allem wollte er sich vor den anderen keine Blöße geben.

Sein Kumpel schlug ihm auf die Schulter. »Du wirst deinen Spaß haben. Wirst schon sehen.«

Marcella hatte ihm vom ersten Moment an gefallen. Erst später hatte er ihren richtigen Namen erfahren: Ioana. Sie wirkte anders als die Mädchen, die sich herausfordernd vor ihm produzierten. Sie war zurückhaltender und ein wenig unsicher, eine Verhaltensweise, die ihm sympathisch war, während ihn allzu selbstsichere Frauen noch mehr einschüchterten. Dass er sich ziemlich unbeholfen anstellte, war ihm noch allzu gut in Erinnerung. Zunächst versuchte er, mit ihr ein Gespräch zu beginnen, doch ihr Deutsch war schlecht, und sie konnten sich kaum verständigen. Als er sie ansprach, hatte sie gelächelt und ein paar Sprüche abgelassen, die ihr offensichtlich ihr Zuhälter eingebläut hatte. Diese erste Begegnung mit ihr, die er großzügig entlohnte, hatte ihn ziemlich verstört, obwohl es zu keinem sexuellen Kontakt gekommen war. Danach fuhr er heimlich in dieses Bordell in der Eifel mit den blinkenden pinkfarbenen Herzen. Niemandem erzählte er von seinen regelmäßigen Besuchen, auch nicht seinen Kumpels. Obwohl für ihn nur noch Marcella existierte, für die er mit der Zeit ein kleines Vermögen ausgab, wollte er sich nicht offen dazu bekennen, dass er sich unsterblich in eine Prostituierte verliebt hatte.

Sie schien sich über seine Besuche zu freuen und fasste sichtlich Vertrauen zu ihm. Immer mehr gab sie von sich preis und so erfuhr er nach und nach ihre Geschichte. Sie gab ihm zu verstehen, dass sie keineswegs freiwillig hier war. Sie stammte aus Rumänien und war in der Nähe des Bordells in einem Kellerraum untergebracht, zusammen mit einem anderen Mädchen, die sich ebenfalls zwangsprostituierte. Es ging beiden sehr schlecht, weil sie unter vollkommen anderen Voraussetzungen nach Deutschland gekommen waren und sich ein anderes Leben vorgestellt hatten. Als er dies in all seinem Ausmaß erfuhr, hatte er regelrecht Gewissensbisse, auch, weil ihm ihre überschminkten blauen Flecken am Körper durchaus aufgefallen waren.

Um sie aufzuheitern, brachte er ihr kleine Geschenke mit, über die sie sich sichtlich freute. Neben Pralinen und Parfüm war auch ein schmaler silberner Ring darunter gewesen, den sie lächelnd als ihren Verlobungsring bezeichnete. Danach hatte sie ihn sehr ernst angesehen und ihn gebeten, ihr zu helfen. Dieses Leben könne sie nicht mehr aushalten. Jedoch wandte sie sofort ein, dass das nicht einfach sei. Sie habe Schulden, die sie bei ihrem Zuhälter abarbeiten müsse. Der würde sie nicht einfach gehen lassen. Sie hatte gezittert, als sie ihm dies mitteilte.

»Was denn für Schulden?«, hatte er gefragt.

»Für die Einreise. Für Papiere. Miete. Kleidung. Essen. Alles.«

»Und wie viel ist das?«

Sie hatte eine Summe genannt, die er nicht fassen konnte. »Das gibt es doch gar nicht. Da brauchst du ja Jahre!«

Resigniert hatte sie die Schultern gezuckt.

In seiner Verliebtheit versprach er, alles zu tun, um sie dort herauszuholen. Er fühlte sich irgendwie verpflichtet, sie für all das zu entschädigen, was man ihr angetan hatte.

»Ich überlege mir was«, versprach er. Und das war nicht einfach so dahingesagt. Bei jedem seiner Besuche hatte er deutlich ihre Angst gespürt. Und jedes Mal rührte sich sein Beschützerinstinkt ein wenig mehr.

Während einem ihrer nächsten Treffen hatte er ihr einen Schlüsselbund zugesteckt, an den er ein Herz anhängte. Der Schlüssel gehörte zu einem Ferienhaus unweit des Bordells, dorthin sollte sie in einem unbeobachteten Moment flüchten. Die genaue Lage hatte er ihr auf einer Skizze aufgezeichnet. Deutlich konnte er sich an ihre Augen in diesem Moment erinnern, an ihren Blick voller Dankbarkeit – und auch voller Liebe. Zumindest glaubte er das.

Ioana war nicht im Ferienhaus, als er dort ankam. Aber sie war auch nicht mehr im Bordell. Niemand konnte oder wollte ihm Auskunft geben, als er nach ihr fragte.

Horrorstorys über Zwangsprostituierte waren ihm durchaus zu Ohren gekommen, er hatte sofort vermutet, dass etwas passiert war. Vielleicht hatte ihr Zuhälter

Wind von ihren Fluchtplänen bekommen und sie eingesperrt. Oder sie war in ein anderes Bordell gebracht worden. Doch wie sollte er das herausfinden?

Er war zu feige gewesen, zur Polizei zu gehen. Hätte er sich als Freier zu erkennen geben sollen? Er war keiner von denen, die Frauen ausbeuteten. Er hatte immer ordentlich bezahlt. Und er hatte Ioana geliebt. Sie war seine erste richtige Liebe gewesen, und es zerriss ihn schier, dass er nicht wusste, was aus ihr geworden war.

All dies behielt er für sich, sprach mit niemandem darüber. Im Laufe der Jahre hatte er diese Episode vergessen oder auch nur verdrängt. Bis heute, da er unvermittelt in ihr lebloses Gesicht starrte.

War er schuld an ihrem Tod? Weil er nicht sofort zur Polizei gegangen war? Er hatte es damals gut gemeint, wollte ihr helfen. Obwohl er keine Ahnung hatte, wie es hätte weitergehen sollen, hätte sie es erst einmal ins Ferienhaus geschafft.

Seine Probleme mit den Frauen hatten sich mit der Zeit gelegt. Daran war Ioana maßgeblich beteiligt gewesen. Doch musste man das preisgeben? Sein Leben war in Ordnung. Er war verheiratet, hatte ein Kind. Was würde seine Frau sagen, wenn sie erfuhr, dass er Stammkunde in einem Bordell gewesen war?

Nochmals betrachtete er das Foto. Vielleicht bildete er sich alles auch nur ein, und sie war es gar nicht. Ja, je länger er darüber nachdachte, umso überzeugter war er, dass es sich bei dem rekonstruierten Gesicht durchaus um ein Mädchen handeln könnte, das Ioana lediglich ähnlich sah. Schließlich war alles schon so lange her. Doch dann fiel sein Blick auf das kleine Foto daneben. Es zeigte einen Schlüsselbund mit einem Herzanhänger. Und einen schlichten Silberring.

Krampfhaft sog er die Luft ein.

Es war unverkennbar der Schlüssel zum Ferienhaus in der Eifel. Auch erkannte er eindeutig den Ring, den er Ioana geschenkt hatte.

»Papa. Spielen! Du hast es versprochen!« Seine Tochter, die sich nur kurz hatte ablenken lassen, begann nun heftig an seinem Hosenbein zu zerren.

»Ja, mein Schatz. Gleich.«

Die Vergangenheit, die so weit weg schien, hatte ihn endgültig eingeholt. Was sollte er bloß tun?

Wie gelähmt blieb er noch eine ganze Weile sitzen.

31

Es hatte sich nichts getan. Außer einigen Anrufen von ein paar Spinnern, die sich wichtig machen wollten, nichts. Absolut nichts. Hinter vorgehaltener Hand äußerten Kollegen, dass die beiden Damen vom K11 mit ihrer Großaktion wohl nichts gebacken bekamen. Der Chef hatte nachgefragt, ob denn nun doch unnötig Geld verbrannt worden war. Unterschwellig schwang bei all diesen Kommentaren die Frage mit, ob man mit Hinterhubers Hilfe die Sache nicht besser in den Griff bekommen hätte. Dies ärgerte Franca am meisten.

Allerdings musste sie zugeben: Sämtliche Gedankenspiele hatten bisher nirgendwo hingeführt. Es bewegte sich einfach nichts. Weder in dem einen noch in dem anderen Fall. Sie traten regelrecht auf der Stelle. Es war zum Haareausraufen.

Wieder einmal saß sie über der Akte Schönborn, sah Mary Lou ins hübsche Gesicht und fragte sich zum hundertsten Mal: Warum verschwindet eine junge schwangere Frau spurlos? Und was hat es mit den Überresten einer anderen jungen Frau auf sich, die niemand vermisst?

Was verschweigen die damals unmittelbar Betroffenen? Verschweigen sie überhaupt etwas?

Besonders Rudolf Freyung war ihr ein Rätsel. Ihr allererster Eindruck von ihm war gewesen, dass er kein glücklicher Mann war und eine unsichtbare Last mit sich herumschleppte. Früher hatte er wahrscheinlich die Frauenherzen im Sturm erobert. Das war die Zeit, als er sich in die außergewöhnliche Mary Lou verliebte, die sich sicher ebenfalls nicht über einen Mangel an Verehrern hatte beklagen können. Da fanden zwei schöne Menschen zueinander. Zeugten ein Kind. Wollten heiraten. Und plötzlich war alles zu Ende, weil einer der beiden nicht mehr gegenwärtig war. Die Frage mündete stets dahingehend, ob Rudolf mühsam hatte lernen müssen, mit dem Verlust zu leben, oder ob er den Verlust mitverschuldet hatte.

Sie war nach wie vor davon überzeugt, dass Rudolf Freyung etwas verschwieg, zu merkwürdig war sein Verhalten. Unwirsch hatte er geäußert, dass er in Ruhe gelassen werden wollte mit diesen alten Geschichten. Weil alles vorbei sei und es nichts brachte, darin herumzustochern.

Sie aber fragte sich: Weil die Polizei auf ein Geheimnis stoßen könnte? Weil unliebsame Dinge herausgefunden werden könnten, die ihm schadeten? Weil alles ganz anders war, als er es darstellte? Weil die Wahrheit so unerträglich war, dass man sie umdeuten, ja verleugnen musste?

Bisher stellte sich die Faktenlage so dar, dass Mary Lou von Rudolf schwanger war. Doch vielleicht war sie gar nicht von ihm schwanger, und er hatte das herausgefunden? Sie zur Rede gestellt. Und die Kontrolle über sich verloren.

Rudi war Gitarrist einer Band, in der Mary Lou manchmal gesungen hatte. Helga Mansfeld hatte das erwähnt und auch, dass das Lied ›*Hello, Mary Lou*‹ eine Art Markenzeichen der Band war.

»Sag mal, hast du Zeugenaussagen von den Bandmitgliedern gelesen? Du weißt schon, die Band, in der Rudolf Freyung spielte?«, fragte sie Clarissa, die auf der gegenüberliegenden Seite des Schreibtischs saß.

Clarissa sah vom Bildschirm auf. »Zeugenaussagen der Musiker? Nee, sind mir nicht untergekommen.«

»Ich denke, da sollten wir mal nachhaken.«

Clarissa nickte, war aber bereits wieder in ihre Arbeit vertieft.

Franca dachte daran, wie peinlich berührt Rudi gewesen war, als sie ihn auf die Briefnotizen ansprach, die Helga gefunden hatte. Wie er sich wand, als sie Mary Lous Kosenamen für ihn, ›Boogie-Bear‹ aussprach. Seine Hände waren ständig in Bewegung gewesen, sein gesamter Körper hatte ausgedrückt, dass ihm das Gespräch über die Vergangenheit äußerst unangenehm war.

Sie rieb sich über die Stirn. Vielleicht waren das müßige Gedanken, Gedanken, die nichts mit der Situation zu tun hatten. Und war es nicht verständlich, dass er nach all den Jahren endlich mit dieser unliebsamen Sache abschließen wollte?

Das Telefon klingelte. Clarissa nahm ab und reichte ihr gleich darauf den Hörer.

»Charlotte Freyung hier. Frau Mazzari?«

»Ja, Frau Freyung. Was gibt's?«

»Ich hab da was gefunden, das Ihnen vielleicht nützt. Aber ich weiß nicht so recht … Könnten Sie herkommen? Dann könnten wir alles besprechen?«

»Was ist es denn?« Franca spürte das Adrenalin durch ihre Adern rauschen. Sollte jetzt endlich ein Beweis gefunden worden sein, der sie weiterbrachte?

»Es handelt sich um einen Film«, sagte Frau Freyung.

»Ein Film?« Franca warf Clarissa, die sie die ganze Zeit beobachtete, einen bedeutungsvollen Blick zu.

»Ja. Von früher. Ein Schmalfilm. Ohne Ton.«

»Ich bin sofort bei Ihnen.« Franca legte auf. »Ich fahr mal kurz nach Leutesdorf«, sagte sie zu Clarissa. »Halte du bitte hier die Stellung.«

Sie sprang auf, zog die Jacke über, lief geradewegs zum Fuhrpark und hoffte, dass sie wieder den Passat zugewiesen bekam. Der fuhr ganz ordentlich.

Draußen ging ein leichter Nieselregen nieder. An den Straßenrändern türmten sich Blätterhaufen, die der Wind von den Bäumen gerissen und zusammengetrieben hatte. In einer knappen halben Stunde erreichte sie Leutesdorf.

Frau Freyung redete gerade auf ihren Schwiegervater ein, als Franca den Hof durch das Holzportal betrat.

»Niemand will dir etwas tun«, sagte sie mit lauter Stimme. »Das bildest du dir alles nur ein.« Ungehalten versuchte sie, den alten Mann durch die geöffnete Haustür zu schieben.

Der Greis, dem der Schweiß auf der Stirn stand, stieß einige undefinierbare Laute aus und zog eine hilflose Grimasse. Als seine Schwiegertochter nicht aufhörte, ihn ins Haus drängen zu wollen, machte er ein finsteres Gesicht und hob drohend die Hand zur Faust, als sei er zum Äußersten entschlossen.

Franca ging auf die beiden zu, begrüßte sie höflich und gab jedem die Hand. Der alte Herr beäugte sie argwöhnisch, dann erhellte sich seine Miene, als ob er genau wüsste, wen er da vor sich hatte.

»Die wollen mich wegschaffen!«, rief er voller Empörung. »Das undankbare Gesindel. Sprechen Sie mal ein Machtwort.«

»Wieso führst du dich so auf? Niemand will dir was«, fiel ihm seine Schwiegertochter ins Wort. Und zu Franca gerichtet sagte sie: »Hören Sie nicht auf ihn. Seit Neuestem wittert er überall nur noch Feinde und Fallen. Es ist zum Verrücktwerden. Man kann ihn überhaupt nicht mehr aus den Augen lassen.«

In diesem Moment schlug der Alte nach ihr und traf sie mitten ins Gesicht. Entsetzt wich sie zurück und rieb sich die schmerzende Wange. »So, jetzt reicht's!«, rief sie empört aus. »Jetzt reicht es endgültig. Mach nur so weiter, dann kommst du ganz sicher ins Heim.«

Der alte Mann schien nicht zu wissen, wie ihm geschah. Angesichts des auf ihn niederprasselnden Wortschwalls schaute er verdutzt um sich. Im nächsten Moment wirkte er etwas beschämt.

»Wilhelm, was machst du denn für Sachen?« Eine alte Dame war vor die Tür getreten, offenbar die Schwiegermutter.

»Da hast du's. Er hat mich geschlagen!«, ereiferte sich Charlotte Freyung.

»Du sollst doch nicht immer so böse sein«, sagte sie in vorwurfsvollem Ton, zerrte den Mann am Arm und führte ihn zurück ins Haus, wohin er nun gehorsam folgte.

»Entschuldigen Sie bitte.« Charlotte Freyung seufzte laut. Der Schlag hatte auf ihrer Wange einen leuchtend roten Fleck hinterlassen. »Es wird immer schlimmer mit ihm. Er versteht keine Zusammenhänge mehr und denkt, jeder will ihm was Böses. Ich versuche ja, dafür Verständnis zu haben, aber er macht es einem nicht gerade leicht. Man muss auf ihn aufpassen wie ein Schießhund. Ständig versucht er, auszubüxen, weil er nach Hause will.« Sie schnaubte. »Dabei ist er doch hier schon seit seiner Geburt daheim. In seinem Kopf ist alles durcheinander … aber man darf ihm nicht widersprechen. Dann wird er richtig böse. Sie haben es ja gerade gesehen. Ich weiß mir manchmal nicht mehr zu helfen. Dabei …« Mit einem Mal besann sie sich. »Jetzt hab ich Sie die ganze Zeit vor der Tür stehen lassen. Kommen Sie doch bitte herein.«

In der gemütlichen Küche setzten sie sich an den Tisch.

»Ich bin noch ganz verwirrt«, sagte sie entschuldigend und strich sich über die Stirn.

»Sie sagten, Sie hätten etwas Neues für mich?«, kam Franca sofort zur Sache.

Charlotte Freyung nickte. »Ich weiß ja nicht, ob es wichtig ist, aber …« Sie zögerte einen Moment. Senkte den Blick, dann sah sie wieder hoch. »Letztens habe ich zufällig beobachtet, wie mein Mann sich alte Filme angesehen hat. Und ich meine sogar, er hätte … geweint. Das ist so merkwürdig, weil ich immer glaubte, er kann seine Gefühle nicht zeigen. Jedenfalls habe ich ihn noch nie weinen sehen. Und da sitzt er, guckt diese alten Filme und heult.« Sie schluckte.

Franca horchte auf. »Was waren das für Filme?«

»Filme, auf denen diese … Mary Lou zu sehen ist. Zusammen mit ihm. Aber so genau weiß ich das nicht. Ich hab das nur kurz durch den Türspalt hindurchgesehen. Ich wusste nichts von diesen Filmen. Er hat sie mir nie gezeigt. Und dass er sie gerade jetzt ansieht, ist doch merkwürdig, oder? … Also, ich hab mich sehr gewundert.«

Franca fiel ihr ins Wort. »Können Sie mir diese Filme zeigen?«

»Die sind in seinem Büro.« Wieder zögerte sie. »Ich möchte nicht den Eindruck erwecken, ich spioniere ihm nach. Aber … er kommt mir so verändert vor in letzter Zeit. Ich meine, ich will ihm ja nichts anhängen, aber manchmal …« Sie stockte. »Warten Sie einen Moment.« Mit einem Ruck stand sie auf. Es dauerte eine kleine Weile, bis sie wiederkam und Franca einen grauen Pappkarton überreichte. »Haben Sie denn ein Abspielgerät dafür?«

»Ich denke, das dürfte kein Problem sein.«

»Könnten Sie mir die sobald wie möglich wieder bringen, bevor Rudi was merkt?«, bat sie.

»Sicher.« Franca spürte, dass Charlotte Freyung noch etwas auf dem Herzen hatte.

»Verdächtigen Sie meinen Mann?«, fragte sie plötzlich geradeheraus. »Glauben Sie, er hat was mit dem Verschwinden von dieser … Mary Lou zu tun?«

»Wir ermitteln in jede Richtung«, wich Franca aus. »Und wir sind dankbar für noch so kleine Hinweise. Ob uns das hier weiterbringt, werden wir sehen.« Sie deutete auf den grauen Pappkarton.

Charlotte Freyung presste die Lippen zusammen und nickte. »Mein Mann hat nie in irgendeiner Weise zu Gewalttätigkeit geneigt. Niemals hat er die Hand erhoben, weder gegen mich noch gegen eines der Kinder noch gegen sonst wen. Das wollte ich Ihnen sagen.«

Franca stand auf und war im Begriff, sich zu verabschieden. Dann besann sie sich. »Was denken Sie denn über Mary Lous plötzliches Verschwinden?«

»Ich? Wieso?«

»Sie haben sich da doch sicher ebenfalls Gedanken drum gemacht, oder?«

»Schon.« Charlotte stieß laut den Atem aus. »Ich geb ja zu, dass das alles ein bisschen merkwürdig ist. Und dass ich mich ebenfalls manchmal gefragt habe …«

»Ja?« Franca sah sie aufmerksam an.

»… was es wirklich auf sich hatte mit ihr und meinem Mann. Ob das alles so war, wie die Leute reden. Ich meine, er selbst spricht ja nicht darüber. Alles ist so furchtbar geheimnisvoll. Da denkt man sich schon mal seinen Teil. Besonders, wenn man keine Antworten kriegt.« Sie schluckte. Dann hob sie den Kopf und sah Franca an.

»Mir läge viel daran, dass diese Geschichte endlich aufgeklärt wird. Und dass dann hoffentlich bei uns wieder Normalität einkehrt.«

32

Die Farben waren unnatürlich verblasst, die Aufnahmen manchmal recht unscharf. Sie zeigten ein junges, anmutiges Mädchen mit langen Haaren im Ethno-Flatterrock, die durch eine Wiese lief, eine Pusteblume pflückte, den Samen in den blassblauen Himmel blies. Nur das leise Surren des Abspielgerätes war zu hören. Ein antikes Schätzchen, das Frankenstein aus einer verstaubten Ecke hervorgezaubert hatte.

Jetzt wurde das Gesicht des Mädchens herangezoomt. In ihren leicht schrägstehenden Augen blitzten Lichtfunken, sie lächelte in die Kamera. Es war ein glückliches Lächeln, ein regelrechtes Strahlen. Sie öffnete den Mund. Ein kleiner spitzer Eckzahn wurde sichtbar. Sie bewegte die Lippen, offenbar sagte sie etwas zu dem Kameramann. Dann lachte sie, als ob sie sich über etwas ausschütten würde vor Vergnügen. Bog den Kopf nach hinten.

Die nächsten Aufnahmen zeigten Rudolf als jungen Mann im Nietenlook beim Gitarrespiel inmitten seiner Band. Mit seinen halblangen Haaren, die ihm wirr ins Gesicht hingen, und in der für damalige Verhältnisse modernen Kleidung wirkte er attraktiv und selbstsicher. Die Kamera glitt wackelig über eine Bühne. Auf der Schlagzeugtrommel konnte man den Namenszug ›Yellow Roses‹ erkennen.

Dann war der Film zu Ende.

»Den anderen auch?«, fragte Frankenstein.

»Klar.«

Er hantierte mit dem Gerät, legte die zweite Filmrolle ein, die Charlotte Freyung Franca mitgegeben hatte, und betätigte den Startknopf. Auf diesem Film waren beide zu sehen, Mary Lou und Rudolf Freyung. Sie umarmten sich innig. Ein Liebespaar, wie es im Buche stand. Zärtlich und mit glänzenden Augen hatten sie einander die Köpfe zugewandt. Im nächsten Moment küssten sie sich. Danach liefen sie Hand in Hand durch blühende Blumen und hohes Gras.

»Hat Frau Freyung gesagt, wer das gefilmt hat?«, fragte Clarissa, die mit im Raum saß und sich die beiden Filme ebenfalls aufmerksam ansah.

»Nein, hat sie nicht. Aber das werden wir sicher gleich erfahren.« Franca wählte die ihr inzwischen geläufige Nummer. Charlotte Freyung war sofort am Telefon, als ob sie danebengesessen hätte. »Und?«, fragte sie atemlos. »Haben Sie etwas herausgefunden?«

»Wir müssten wissen, wer diese Filme aufgenommen hat«, antwortete Franca.

»Das kann ich Ihnen nicht sagen«, antwortete sie enttäuscht. »Das war ja vor meiner Zeit.«

»Hat Ihr Mann nie was von einem guten Bekannten oder Freund gesagt, mit dem er damals zusammen war?«

Es war still am anderen Ende. »Keinen, an den ich mich erinnere«, sagte sie schließlich. »Tut mir leid.«

»Sie weiß es nicht«, sagte Franca, nachdem sie aufgelegt hatte.

»Ich könnte mir vorstellen, dass einer der Bandmitglieder gefilmt hat«, meinte Clarissa. »Zumindest die Aufnahmen, auf denen Mary Lou und Rudolf als Paar zu sehen sind.«

Franca wählte eine weitere Telefonnummer. Auch diesmal hatte sie Glück. Helga Mansfeld nahm ab.

Franca trug ihr Anliegen vor. »Sie haben uns von dieser Band erzählt, in der Rudolf Freyung mitgespielt hat. Den ›Yellow Roses‹. Wissen Sie noch, wie die einzelnen Bandmitglieder hießen?«

»Hm. Da muss ich überlegen«, meinte Helga Mansfeld. »Die hatten alle so komische Spitznamen. Der Schlagzeuger hieß Hotte. Einen nannten sie Schweini. Der hieß richtig Carsten Schweininger. Den kannte ich, weil er aus Hammerstein war. Ich glaub sogar, da wohnt er heute noch. Aber den dritten hab ich leider vergessen.«

Franca bedankte sich und legte auf.

»Kann ich zusammenpacken, oder wollt ihr das noch mal anschauen?«, fragte Frankenstein.

»Vorerst nicht. Wir wissen ja, an wen wir uns wenden müssen«, meinte Clarissa. »Danke, Frankie«, rief sie ihm nach.

In der Tür stieß er fast mit Julietta zusammen. »Der hatte es aber eilig«, meinte sie lachend. »Ihr werdet es nicht glauben, aber bei mir hat sich gerade jemand wegen der Gesichtsrekonstruktion gemeldet«, sagte sie mit ihrer tiefen Reibeisenstimme.

Franca hielt den Atem an. »Sag bloß, es hat jemand die Tote erkannt?«

»Es handelt sich um eine Mitarbeiterin einer Beratungsstelle für Opfer von Menschenhandel. Ich kenne sie persönlich, Marina Altenberg heißt sie. So wie ich das sehe, hat sie uns einiges mitzuteilen. Allerdings müsste die Sache vertraulich behandelt werden.«

»Gibt es denn irgendeine Beziehung zu unserem Knochenmädchen?«

»Das wird sich herausstellen. Womöglich ist sie die ehemalige Freundin einer Frau, die ebenfalls aus Rumänien stammt und inzwischen in einem Schutzprogramm ist. Sie will auf keinen Fall öffentlich Stellung nehmen. Deshalb auch die zugesagte Vertraulichkeit. Ich geb dir mal Marinas Nummer. Sie ist sehr engagiert.«

Clarissa, die aufmerksam das Gespräch verfolgt hatte, rief triumphierend aus: »Hab ich es nicht gesagt?«

»Haltet ihr mich auf dem Laufenden? Ich muss wieder«, meinte Julietta.

»Aber sicher.«

Als Julietta zur Tür draußen war, wählte Franca sofort die angegebene Nummer. Eine Mitarbeiterin von Marina Altenberg nahm ab. Ihre Kollegin habe den Nachmittag frei und sei schon gegangen, sagte sie. Aber morgen ab dem Nachmittag sei sie wieder unter dieser Telefonnummer zu erreichen.

Aus ihren Worten hörte Franca, die Kollegin bitte nicht privat zu behelligen.

33

»Ja bitte?« Eine junge, attraktive Frau mit einem kleinen Kind auf dem Arm öffnete die Tür und betrachtete Clarissa von oben bis unten.

»Ich möchte zu Carsten Schweininger.«

»Darf ich fragen, in welcher Angelegenheit?« Das Kind drehte den Kopf und lächelte der jungen Besucherin verschmitzt zu.

Clarissa nannte ihren Namen, zückte ihren Polizeiausweis und hielt ihn der Frau hin.

»Es geht um eine Nachfrage.«

Der Blick der jungen Frau verdüsterte sich. Plötzlich stand Erschrecken in ihrem Gesicht. »Ist was passiert?«

»Nein nein, keine Sorge. Sagen Sie mir einfach, wo ich Ihren Vater finden kann. Er ist doch Ihr Vater?«

Die junge Frau nickte. »Er ist in den Weinbergen.« Schnell beschrieb sie Clarissa den Weg. »Einfach die Straße lang und ein kleines Stück rauf. Oben steht ein dunkler Geländewagen.« Sie nannte Clarissa das Kennzeichen. »Dort müssen Sie suchen.«

Clarissa fuhr an einigen Weinbergen vorbei. Überall waren die Menschen mit der Lese beschäftigt. Schließlich sah sie den anthrazitfarbenen Geländewagen, hinter dem sie ihren Dienstwagen abstellte.

Eine ältere Frau mit wettergegerbtem Gesicht schnitt mit einer spitzen Schere die Trauben ab, die sie in eine gelbe Plastikwanne fallen ließ. Clarissa trat bis zum Rand des Abhangs vor. »Entschuldigen Sie«, rief sie. Die Frau hielt in ihrer Tätigkeit inne und blickte auf. »Ja?«

»Ist Herr Schweininger hier irgendwo?«

Die Frau drehte sich um. »Weiß einer, wo der Carsten ist?«, fragte sie in die Weinreben hinein.

»Der ist dort ganz unten. Warum?«, erschallte eine weibliche Stimme.

»Es will ihn jemand sprechen.«

»Ist das wichtig?«

Die Frau wandte den Kopf zu Clarissa und sah sie fragend an.

»Ja, es ist wichtig«, bestätigte sie.

»Ruf ihn doch mal her.«

Der Weinberg war steil. Zwischen staubiger Erde lagen Gesteinsbrocken. Clarissa kam sich vor wie eine Gämse im unwegsamen Alpengelände. Bereits nach den ersten zaghaften Schritten bergab begann sie zu rutschen. Die Chucks, die sie trug, erwiesen sich nicht als besonders weinbergtauglich. Sie entschloss sich, stehen zu bleiben. Der Typ würde schon zu ihr finden. Sie winkte, als sie einen Mann in relativ schnellem Tempo den Berg hochklettern sah. Er trug eine blaue Arbeitslatzhose, darunter ein schwarzes T-Shirt. Seine Gesichtsfarbe sah sehr gesund aus, ein Mann, der sich offensichtlich viel im Freien aufhielt.

Er streckte ihr die Hand hin, die die ihre fast zerquetschte. »Carsten Schweininger«, sagte er. »Mit wem habe ich das Vergnügen?«

»Clarissa Sonnenberg, Kripo Koblenz«, stellte sie sich vor. »Ob's ein Vergnügen wird, wird sich noch herausstellen.«

»Oh, die Kripo höchstpersönlich. Hab ich was ausgefressen?«, flachste er.

»Das müssten Sie selbst am besten wissen«, flachste Clarissa zurück. »Ich habe nur ein paar Fragen. Es geht um Marie Louise Schönborn.«

»Ach. Gibt es da etwas Neues?« Er sah ihr offen ins Gesicht.

»Wir untersuchen nochmals den Fall und hoffen auf neue Erkenntnisse.«

Er kratzte sich am Hinterkopf. »Verstehe.«

»Wie gut kannten Sie Marie Louise?«, fragte sie.

»Wir waren damals eine Clique. Ich hab mit ihrem Freund in einer Band gespielt.«

»Sie meinen, mit Rudolf Freyung?«

»Genau.«

»Sind Sie noch befreundet?«

Er holte tief Luft, dann schüttelte er den Kopf.

»Warum?«, fragte sie nach, als keine Erklärung kam.

»Tja, warum. Unsere Wege haben sich getrennt. Das ist doch normal. Man entwickelt sich in unterschiedliche Richtungen, gründet eine Familie, hat einfach andere Interessen. Ich bin inzwischen Großvater.« Das klang stolz.

»Ich habe Ihre Tochter kurz kennengelernt. Sie hat mir den Weg hierher gezeigt. Herr Schweininger, es gibt Filmaufnahmen, die Mary Lou und Rudolf zeigen. Haben Sie die gemacht?«

Er hob die Schultern. »Kann schon sein. Rudi hatte eine Super-8-Kamera, die ich ganz gut bedienen konnte.«

»Carsten«, rief es von weiter hinten. »Du wirst hier gebraucht. Kannst du mal gucken?«

»War's das? Sie hören ja …« Er sah Clarissa entschuldigend an.

»Könnten Sie morgen ins Präsidium kommen? Neun Uhr?« Sie reichte ihm eine Karte.

»Aber wir sind mitten in der Lese. Hier wird jede Hand gebraucht. Und ich verstehe nicht recht …«

»Passt Ihnen acht Uhr besser?«, fragte sie. »Es ist wichtig.«

Er presste die Lippen zusammen und drehte sich um.

34

Als Franca das Büro betrat, stach ihr sofort der aufgeräumte Schreibtisch ins Auge. Dann entdeckte sie den Lodenjanker über der Stuhllehne und den Becher mit dem herunterbaumelnden Teebeuteletikett neben dem Computer.

Hinterhuber war zurück! Da kam er auch schon zur Tür herein. »Hubi!« Sie fiel ihm um den Hals. »Ach ist das schön, dass du wieder da bist.«

»Sag bloß, ihr habt mich vermisst?« Lachend wand er sich aus ihren Armen.

»Und wie!«

Er legte den Kopf schräg. Seine Miene drückte Belustigung aus. Dann wies er auf die Kakteenfülle auf Fensterbank und Regalen. »Schön, dass ihr meine Sukkulenten nicht zu Tode gepflegt habt.«

»Na hör mal. Wir haben noch immer gewissenhaft unsere Aufgaben erfüllt. Clarissa hat es im Guten versucht und jeden Tag mit ihnen gesprochen.«

»Manchmal hab ich ihnen auch gedroht. Sie konnten gar nicht anders, als zu überleben.« Clarissa war ebenfalls ins Büro gekommen und begrüßte Hinterhuber aufs Herzlichste.

»Na, ordentlich an deiner Karriere gebastelt?«, fragte sie augenzwinkernd. »Hier gehen schon Gerüchte um, dass die Hühnerherde vom K11 nicht klarkommt ohne ihren Gockel.«

»Ganz so schlimm wird's wohl nicht sein«, meinte er lakonisch. »Ich kann mir nicht vorstellen, dass ihr während meiner Abwesenheit nur gefaulenzt habt. Zumindest Francas Schreibtisch sieht nicht danach aus.«

»Francas Schreibtisch sieht immer so aus, das müsstest du doch langsam wissen«, meinte Clarissa.

»Ich weiß, es wäre dringend nötig, hier Ordnung zu machen«, seufzte Franca. »Aber ich komm ja zu nichts. Ruck zuck ist der Tag rum. Dabei schuften wir von morgens bis abends gerade an zwei ziemlich heiklen Fällen.«

»Gleich zwei?«, fragte er.

Sie nickte. »Erst glaubten wir, es sei nur einer, und dann entwickelte sich ein hochbrisantes weiteres Thema daraus. Bei einem aufgefundenen Skelett handelt es sich höchstwahrscheinlich um eine Zwangsprostituierte aus Rumänien. Ich will nachher mit der Mitarbeiterin einer Beratungsstelle sprechen. Da haben wir einen Tipp bekommen. Der andere Fall ist eine vor fast 30 Jahren verschwundene junge Frau aus der Nähe von Neuwied, deren Leiche allerdings noch nicht aufgetaucht ist.«

»Hört sich tatsächlich nach viel Arbeit an«, sagte Hinterhuber und strich sich über das glattrasierte Kinn.

Es klopfte an der Tür. Sie sah auf die Uhr. Punkt acht. »Eine Befragung zu dem verschwundenen Mädchen. Kannst dir ja gleich mal ein Bild machen«, meinte sie.

Carsten Schweininger trat ein. Er war in etwa so alt wie Rudolf Freyung, trug Jeans und ein Sakko über dem karierten Hemd. Als er Clarissa erblickte, nickte er ihr zu.

Franca bat ihn, Platz zu nehmen.

»Erzählen Sie einfach von damals«, forderte sie ihn auf, nachdem sie seine Personalien notiert hatte. »Wie haben Sie Marie Louise Schönborn kennengelernt?«

»Ja, was soll ich sagen? Damals, also 1983 und 84, da haben der Rudi und ich in einer Band gespielt. Zusammen mit noch zwei anderen.«

»Wie hießen die beiden anderen?«

»Der eine war der Freddy Meininger und der andere

hieß Hotte, also Horst Neureuther. Der war unser Schlagzeuger. Wir nannten uns ›Yellow Roses‹. Rudi war unser Gitarrist und Sänger. Wir haben oft auf den Weinfesten in der Umgebung gespielt. An den Wochenenden war immer was los. Ja und bei einem dieser Feste haben wir Mary Lou kennengelernt. In der Pause saßen wir zusammen. Sie fand unsere Musik gut und meinte, sie könne ein bisschen singen. Das war leicht untertrieben. Sie hatte eine sehr schöne Stimme und kannte die meisten unserer Lieder.«

»Hat sie Ihnen gefallen?«, fragte Franca.

Er sah sie offen an. »Ja, sie war sehr hübsch. Und sehr temperamentvoll. Sie konnte sich toll bewegen und sie trug immer so ausgefallene Sachen. Wenn sie mit auf die Bühne kam, dann war das ein Highlight. Sie hatte – nun ja, wie man so schön sagt – sie hatte Feuer unterm Hintern. Die wusste, was sie wollte. Und das hat sie in der Regel auch gekriegt.« Er lachte leise. »Es war von Anfang an klar, dass sie Rudi wollte. Da hatten wir anderen keine Chance.«

»Und wie ging das dann weiter mit Mary Lou und Rudi?«

»Die beiden waren heftig ineinander verliebt, und Rudi hatte nur noch Augen für sie. Unsere Musik wurde ihm immer unwichtiger. Er kam nur noch unregelmäßig zum Üben, worüber die beiden anderen aus der Band ziemlich sauer waren. Ich eigentlich auch. Obwohl ich Rudi schon verstehen konnte. Jedenfalls gab es häufiger Diskussionen deswegen. Das lag sicher auch daran, dass der eine, Hotte, ziemlich scharf auf Mary Lou war.«

Franca machte sich eine Notiz.

»Ja, irgendwann gab' s die ›Yellow Roses‹ nicht mehr, das war schade. Aber es hat eben alles seine Zeit. Ich glaube, Mary Lou war das gar nicht so unrecht. So hatte sie mehr von ihrem Rudi. Vielleicht hat sie das Ganze sogar eingefädelt. Wie gesagt, sie wusste genau, was sie wollte.«

»Sie wissen, dass sie schwanger wurde?«

Er nickte. »Ja.«

»Und das Kind? War das von Rudi?«

»Aber ja!« Das klang entrüstet. »Mary Lou war nicht so eine. Gut, sie hat gern geflirtet. Aber sonst gab es da nichts.«

»Und dieser Hotte, den sie erwähnten?«

Er schüttelte den Kopf. »Der hatte absolut keine Chance bei ihr. Aber wie das so ist mit Männern, die nicht landen können. Die kommen manchmal auf komische Ideen. Hotte begann überall rumzuerzählen, dass Mary Lou es mit jedem treiben würde, aber das war nicht so. Sie war kein Flittchen. Wirklich nicht. Sie war noch Jungfrau, als sie Rudi kennenlernte. Er war ihre erste große Liebe. Und umgekehrt auch.«

»Das wissen Sie alles ganz sicher?«

»Ja.« Es klang fest.

»Und wie war das mit Ihnen? In welcher Beziehung standen Sie zu ihr?«

»Ich war ihr guter Freund, also einer, bei dem sie ihr Herz ausschütten konnte, wenn's mal Schwierigkeiten gab.«

»Und, gab es Schwierigkeiten?«

»Und ob. Die Sache mit Hotte hat sie ziemlich geärgert, weil etliche Leute sie deswegen schief angeguckt haben. Das ist auch Rudis Vater zu Ohren gekommen. Der hat Rudi quasi die Pistole auf die Brust gesetzt: Er solle sofort Schluss machen. Der alte Freyung war von Anfang an gegen diese Verbindung gewesen. Und diese Gerüchte waren nur noch der berühmte Tropfen, der das Fass zum Überlaufen brachte.«

Hinterhuber, der die Vernehmung schweigend verfolgt hatte, fragte: »Was hatte er denn gegen Mary Lou?«

Carsten Schweininger hob die Schultern und ließ sie wieder fallen. »Er war einer von der alten Sorte. Sie wissen schon: die mit dem ewigen Herrenmenschendenken. Er hielt nichts von Mary Lou, weil sie aus einer einfachen Arbeiterfamilie kam und angeblich seinen Sohn verführt hatte. Er erzählte überall herum, sie habe sich seinen Sohn nur deshalb ausgeguckt, weil sie sich in das gemachte Nest setzen wollte.«

»Und? War es so?«

»Natürlich nicht. Wie schon gesagt, für beide war es die große Liebe.«

»Und Rudi? Hat er sich reinreden lassen?«

»Der Rudi war schon immer ein Stiller. Der nirgends anecken wollte. Er wollte es allen recht machen. Aber man kann es eben nicht allen recht machen. Meiner Meinung nach hätte er seinem Alten mal richtig die Meinung geigen müssen. Mal auf den Tisch hauen. Aber das hat er sich ja nicht getraut.«

»Was glauben Sie, was damals geschehen ist? Als Mary Lou verschwand?«

Er hob die Schultern. »Ich … weiß es nicht.«

»Wirklich nicht?« Clarissa hob das in grünes Kunstleder gebundene Notizbuch aus dem Jahr 1984 hoch. »In Mary Lous Kalender stehen einige Einträge unter der Abkürzung S. Ist das eine Abkürzung für Ihren Namen?«

Er lachte. »Sie nannte mich Schweini, wie damals alle.«

»Haben Sie sich öfter mit ihr getroffen?«

Er nickte. »Sie hat das Gespräch mit mir gesucht. Weil ich ja damals Rudis bester Freund war.«

»Und worüber haben Sie gesprochen?«

»Über alles Mögliche.« Er atmete hörbar ein und wieder aus.

»Sie hatte es wirklich nicht leicht. Da waren einmal die Anfeindungen von Rudis Vater, unter denen sie sehr gelitten hat. Dann hatte sie massive Probleme mit ihrem eigenen Vater. Der war Choleriker, hat viel getrunken und rumkrakeelt. Sie wollte so schnell wie möglich raus dort.«

»Wo wollte sie denn hin?«

Carsten Schweiniger sah von einem zum anderen.

»Sie hatte die fixe Idee, zusammen mit Rudi abzuhauen.«

35

Leonhards Großmutter hatte sich auf die Bank im Innenhof gesetzt und die Augen geschlossen. Ihr weißes Haar, das das ledrig wirkende Gesicht umschloss, leuchtete. Kurz entschlossen trat Gesine auf sie zu. »Darf ich mich zu Ihnen setzen?«, fragte sie höflich.

Die Großmutter öffnete die Augen, blickte verwundert, nickte und schloss sie wieder.

Gesine nahm neben ihr Platz. »Wie geht es denn Ihrem Mann?«, fragte sie. Sie wollte einfach etwas Nettes sagen, um die Distanziertheit, die sie ständig spürte, zu durchbrechen.

Die Großmutter öffnete erst ein Auge, dann das zweite. »Wie soll es ihm schon gehen?«, fragte sie zurück. »Du weißt doch, was mit ihm los ist.« Es klang barsch.

Gesines Herz klopfte zum Zerspringen. »Was hab ich Ihnen eigentlich getan?«, fragte sie leise.

»Wieso?« Die alte Dame wandte den Kopf. Überraschung stand in ihrem Gesicht.

»Seit ich hier bin, habe ich das Gefühl, dass Sie und besonders Ihr Mann etwas gegen mich haben. Wenn ich Ihnen irgendwie zu nahe getreten bin, dann möchte ich das gerne wissen.«

Die Großmutter atmete hörbar aus. Dann wieder ein, schließlich setzte sie an. »Ach, Mädchen ... das hat doch nichts mit dir zu tun. Sieh mal, wir sind alte Leute ... nichts ist mehr, wie es einmal war ...« Dann verstummte sie wieder.

»Aber ich kann doch nichts dafür«, sagte Gesine hilflos. »Ich möchte doch nur gut mit Ihnen auskommen, weil Sie Leonhards Großeltern sind.«

Eine Weile herrschte Stille. Dann meinte die Alte: »Vielleicht verstehst du das, wenn du selber alt bist.«

»Was meinen Sie denn damit?«

War die Großmutter etwa verbittert, weil junges Leben auf den Hof kam, dass eine neue Generation heranwuchs? Wurde ihr dadurch bewusst, dass sie am Ende ihres Lebens angekommen war? Aber das war doch absurd. Die Jungen lösten die Alten ab. So war seit Urzeiten der Lauf der Welt.

»Ich kann mich noch gut daran erinnern, als ich jung war«, begann die alte Frau plötzlich zu erzählen. Sie fasste neben sich und tätschelte Gesines Hand. Es war eine merkwürdige Erfahrung, die raue abgearbeitete Hand auf ihren weichen Fingern zu spüren.

»Früher sah ich auch ganz nett aus, das kannst du mir ruhig glauben.« Sie wandte den Kopf und sah Gesine verschwörerisch lächelnd an. »Ich mochte schöne Kleider und ich ging gern zum Tanzen. Tanzt du gern?«

Gesine nickte überrascht. »Ja«, sagte sie dann leise, als sie bemerkte, dass die Großmutter die Augen wieder geschlossen hielt.

»Zu meiner Zeit hat man den Rheinländer getanzt, Walzer, Polka und Foxtrott, eben Tänze, wo man sich nahekommt und im Arm hält. Nicht so wie heute, wo jeder für sich irgendwelche Verrenkungen macht. Es gab da einen jungen Mann, der mir diese Tänze beibrachte und den ich sehr mochte.« Ihre Stimme wurde weich und brüchig. Sie flüsterte fast. »Er mochte mich auch. Wir waren beide sehr jung. Und sehr verliebt. Es war der schönste Sommer meines Lebens.« Sie schluckte hart. »Eines Tages musste er ins Krankenhaus. Eine Lungenentzündung, hieß es. Es sei nicht weiter schlimm. Aber er hat das Krankenhaus nicht mehr lebend verlassen. Ob er wirklich an der Lungenentzündung oder an etwas ganz anderem gestorben ist, hat mir niemand gesagt. Auch seine Eltern nicht.« Sie hielt einen Moment inne. »Das war sehr schlimm für mich. Ich habe lange getrauert und dachte nicht, dass ich noch mal einen Mann finden würde, der mich heiraten will.« Sie faltete die Hände. Gesine bemerkte den schmalen, abgeschabten Goldring, der an ihrer rechten Hand steckte. »Aber dann lernte ich Leonhards Großvater kennen. Wir haben geheiratet, Rudi kam auf die Welt. Und später seine Schwester Regine. Die hast du noch nicht kennengelernt, weil sie in Bayern lebt und nur selten zu Besuch kommen kann.«

Gesine hörte atemlos zu. So vertraulich hatte Leonhards Großmutter noch nie mit ihr gesprochen.

»Der Wilhelm, nun ja, der war ein stattlicher Mann, und er war eine gute Partie. Unsere Eltern haben uns verkuppelt.« Sie lachte leise vor sich hin. »Es war im Grunde genommen eine Art Kuhhandel. Ich hatte meine Arbeitskraft zu bieten und er ein alteingesessenes Weingut. Und so taten wir uns zusammen.«

Was wollte sie damit sagen? Dass es keine Liebe war,

die die beiden Alten füreinander empfunden hatten? Dass es eine reine Zweckheirat war?

Nach einer Weile begann die alte Frau, den Gesprächsfaden wieder aufzunehmen.

»Er war gewiss kein einfacher Mann. Er war rechthaberisch, wollte immer seinen Kopf durchsetzen. Da musste ich oft zurückstecken. Aber ich war ihm eine gute Ehefrau. Ich hab getan, was man mir beigebracht hat: meinen Mann zu ehren.«

Gesine horchte auf. Hieß es nicht, seinen Mann zu lieben und zu ehren?

»Ich bin mit ihm, wie man so schön sagt, durch dick und dünn gegangen. Und manchmal kam es ganz schön dick, das kannst du mir glauben.« Ein langer Seufzer folgte. »Ich hab wahrlich mein Soll erfüllt.« Sie nickte nachdrücklich. Als ob sie ihre Worte bekräftigen wollte.

»Du musst wissen: Ich kam aus einem gebildeten Elternhaus. Bei uns wurde musiziert und viel gelesen. Von diesen Dingen hat Wilhelm nicht so viel gehalten. Bei ihm zählte nur die körperliche Arbeit. Er hielt sich gern draußen in den Weinbergen auf. Dass ich die Kirchenorgel im Ort spielen durfte, hatte ich nur meiner Hartnäckigkeit zuzuschreiben, denn das hat ihm absolut nicht gepasst. Sonntagmorgens hat eine gute Hausfrau in der Küche zu stehen und das Mittagessen zu kochen. Aber ich habe die Musik geliebt. In diesem Punkt konnte ich auch stur sein.«

»Davon hat mir Leonhard erzählt.« Gesine lächelte. »Ich meine, dass Sie die Kirchenorgel gespielt haben. Ihre musikalische Ader haben Sie wohl Leonhards Vater weitervererbt. Der spielte in einer Band, nicht wahr?«

Die alte Frau nickte. »Er konnte sehr schön Gitarre spielen. Aber was er da mit seiner Band verzapft hat … na ja.

Das traf nicht so ganz meinen Geschmack. Und den seines Vaters schon gar nicht.«

Sie wandte der jungen Frau ihr faltiges Gesicht zu.

»Liebst du Leonhard?«, fragte sie plötzlich.

»Aber ja!«, rief Gesine aus.

»Versteh mich bitte nicht falsch. Leonhard ist mir ein lieber Enkel. Aber bist du dir ganz sicher, dass du dieses Leben willst? Tagein tagaus diese Schufterei, die du ja jetzt ein wenig kennengelernt hast. Bedenke: Noch hast du die Wahl.«

Gesine sah überrascht zu Boden und schwieg.

»Mach was aus deinem Leben, Kind«, sagte sie. »Mach das Richtige draus. Frag dich lieber zweimal, ob du die richtige Entscheidung triffst.«

36

Marina Altenberg war eine Frau mit modisch geschnittenen silbergrauen Haaren und jungen, lebendigen Augen. Sie erinnerte Franca ein wenig an Irene Seiler, die Bonner Rechtsmedizinerin. Ihr weiter knallroter Pullover und die engen schwarzen Jeans unterstrichen ihr jugendliches Aussehen und standen ihr ausgesprochen gut. Um den Hals hatte sie ein farblich passendes gemustertes Tuch geschlungen.

Ihr kleines Büro wirkte freundlich, an den hell getünchten Wänden hingen Poster, die Frauen aus aller Welt abbildeten, hellhäutige ebenso wie dunkelhäutige. In einem Regal stapelten sich Broschüren und Faltblätter.

»Schön, dass Sie sich Zeit genommen haben«, begrüßte sie Franca. »Soll ich Ihnen kurz etwas über unsere Arbeit erzählen?«

»Ich weiß, was Sie leisten«, meinte Franca lächelnd. »Und ich schätze das alles sehr.«

»Wir bekommen in der Tat viel Zuspruch.« Die Frau seufzte. »Aber wir haben auch ständig um unser Selbstverständnis zu kämpfen, obwohl wir einige Erfolge vorzuweisen haben. Wir finanzieren uns hauptsächlich über Spendengelder. Und die fließen mal mehr, mal weniger.« Sie machte eine Pause, offenbar wartete sie auf einen Kommentar, doch als der nicht kam, fuhr sie fort: »Ich erzähle Ihnen sicher nichts Neues, wenn ich behaupte, dass der Menschenhandel die lukrativste Geldquelle des organisierten Verbrechens ist. Das passiert alles mitten unter uns im angeblich so zivilisierten Deutschland. Seit die Prostitution legalisiert wurde, ist unser Land Hauptabnehmer für Zwangsprostituierte in Europa, ein Alleinstellungsmerkmal, auf das wir wahrlich stolz sein können.« Ihre Stimme triefte vor Sarkasmus. »Und was tun die Politiker?«

»Mir ist durchaus bekannt, dass sich die Situation der betroffenen Frauen seitdem nicht verbessert, sondern verschlimmert hat«, warf Franca ein.

»Statistiken sprechen davon, dass jährlich bis zu 100 000 Frauen zur Prostitution gezwungen werden. Unserer Meinung nach ist die Dunkelziffer jedoch viel höher. Auch wenn man bedenkt, dass über eine Million Männer täglich die Dienste von Prostituierten in Anspruch nehmen.«

»Ich weiß nicht, ob wir mit moralischen Bewertungen weiterkommen«, wandte Franca ein. »Wollen Sie die Prostitution ganz abschaffen?«

»Das ist wohl eine Utopie.« Marina Altenberg stieß Luft

durch die Nase. »Wir wollen zumindest die Freier darauf aufmerksam machen, dass es diese Missstände gibt, und sie genau hinschauen sollen, ob eine Frau sich in einer Notlage befindet. Haben Sie mal in die Akten eines Menschenhandelsprozesses geschaut? Es kann einem den Magen umdrehen, wenn man mitbekommt, wie eiskalt diese Täter agieren. Für sie sind die Frauen keine Menschen, sondern ihr Besitz, Handelsware, die man beliebig verscherbelt. Und wegwirft, wenn sie ausgedient hat. Was wir brauchen, ist eine Kultur der Empörung! Wenn Frauen ihren Körper verkaufen, hat das immer etwas mit Not zu tun. Gegen diese Auswüchse unserer Zivilisation kämpfen wir.« Marina Altenberg hielt in ihrer Rede inne. Plötzlich stahl sich ein kleines Lächeln in ihr Gesicht. »Wir haben schon etliche Erfolge erzielt. Es gibt tatsächlich Freier, die sich an uns wenden. Das sind dann die kleinen Lichtblicke, die uns bestätigen, dass es Sinn macht, was wir tun.« Sie strich sich das Haar hinter die Ohren. Ein exotisch aussehender Ohrring, aus vielen kleinen Glasperlen zusammengesetzt, kam darunter zum Vorschein. »Wir konnten einigen Frauen den Ausstieg ermöglichen und sie in Schutzprogrammen unterbringen. Dazu gehört auch eine Frau aus Rumänien, deren Namen ich nicht nennen möchte. Sie hat mich kürzlich vollkommen aufgeregt angerufen, weil sie auf dem von Ihnen veröffentlichten Foto ihre frühere Freundin erkannt hat. Zumindest glaubt sie das.«

»Sie sind sich da nicht so sicher?«, hakte Franca nach.

»Ich bin nur vorsichtig. Auch weil mein Schützling meinte, ihre damalige Freundin hatte dunkle Haare.«

»Wir haben eingeräumt, dass die Haarfarbe nicht hundertprozentig stimmen muss. Außerdem kann man Haare färben.«

»Das brauchen Sie mir nicht zu erklären. Ich denke

auch, dass ein rekonstruiertes Gesicht erst mal per se befremdlich ist.«

»Passen denn die anderen Merkmale?«, wollte Franca wissen.

Marina Altenberg nickte. »Das habe ich grob geprüft. Wenn sich alles bestätigt, dürfte es sich bei der von Ihnen gefundenen Leiche um die damals 22 Jahre alte Ioana Matei handeln. Sie und mein Schützling kamen Mitte der 1990er Jahre nach Deutschland. Sie stammen beide aus einem Dorf im rumänischen Banat unweit von Temesvar. Die Zustände dort kann man sich kaum vorstellen. Marode Häuser ohne fließend Wasser, unbefestigte Straßen und natürlich der Großteil der Bewohner ohne Arbeit. Daran hat sich seither nicht viel geändert. Es ist die übliche Geschichte: Die beiden jungen Frauen hatten in einem Café einen Mann kennengelernt, den sie für seriös und vertrauenswürdig hielten und der ihnen eine gut bezahlte Arbeit in Deutschland versprach. Als Haushaltshilfe oder Kellnerin würden sie dort viel mehr verdienen als jemals in Rumänien. Sie packten ihre Sachen und fuhren mit dem netten Mann nach Deutschland, der ihnen sofort hinter der Grenze sein wahres Gesicht zeigte und die Mädchen an seine Mittelsmänner weiterreichte. Man nahm den völlig überrumpelten Mädchen die Papiere ab, steckte sie in irgendwelche heruntergekommene Appartements und zwang sie, die angebliche ›Kaufsumme‹ abzuarbeiten.« Marina Altenberg fixierte Franca. »Wissen Sie, wie es dort in diesem Niedrigpreissegment zugeht? Den Mädchen nennt man eine Gewinnmarge. Bevor diese nicht erfüllt ist, dürfen sie nicht aufhören zu arbeiten, und wenn es 24 Stunden dauert. Die Zuhälter verstehen keinen Spaß, sage ich Ihnen. Wehrt sich eine, werden sie durch erniedrigende Praktiken gefügig gemacht. Ein Elend, das nur mit Drogen und Alkohol zu ertragen ist.«

»Das deckt sich mit unseren Untersuchungsergebnissen. Wir haben sowohl Spuren von Misshandlungen als auch Rückstände von synthetischen Drogen nachweisen können«, bestätigte Franca.

Marina Altenberg hob den Kopf und sah ihr fest in die Augen. »Hat man feststellen können, wie die Frau getötet wurde?«

»Es gab etliche schwere Kopfverletzungen«, antwortete Franca, »die waren wohl todesursächlich. Sagen Sie, kann ich nicht mit der Freundin sprechen? Ich würde ihr gern ein paar Fragen stellen und mir selbst ein Bild machen«, äußerte Franca nachdrücklich.

Marina Altenberg zögerte sichtlich. »Mein Schützling lebt heute in geordneten Verhältnissen. Sie spricht gut deutsch, ist verheiratet und hat wieder ins Leben zurückgefunden, wie man so schön sagt. Das war nicht leicht, aber sie hat es geschafft. Und sie wird verständlicherweise nichts riskieren, das dieses neue Leben wieder zerstören könnte.«

»Darauf werde ich absolut Rücksicht nehmen«, versicherte Franca.

»Aber werden das auch Ihre Kollegen tun? Die junge Frau hat nicht die besten Erfahrungen mit Ihren Kollegen gemacht.«

»Ich weiß, dass da einiges im Argen liegt«, musste Franca eingestehen. »Aber Sie können sich sicher vorstellen, wie schwer es für die Polizei ist, im Bereich der organisierten Kriminalität zu ermitteln.«

»Darum geht es doch gar nicht. Ich frage Sie, wieso es die Polizei Aussteigewilligen so schwer macht? Die Frauen sind doch nur von Interesse, wenn sie bereit sind, auszusagen. Eine Zwangsprostituierte kann in der Regel nur so lange in Deutschland bleiben, wie sie als Zeugin benötigt wird. Danach wird sie gnadenlos abgeschoben, ob sie will oder nicht.«

Franca hielt dem fordernden Blick ihres Gegenübers stand. »Sie werden jetzt von mir keine Patentlösung erwarten?«, sagte sie.

»Wenn ich schon mal eine Polizistin hier sitzen habe, dann möchte ich diese Missstände auch offen ansprechen dürfen«, meinte Marina Altenberg mit einem angedeuteten Lächeln. Dann fuhr sie mit ihrer Schilderung fort.

»Als es meinem Schützling gelungen war, aus diesen unwürdigen Verhältnissen zu flüchten, war das Erste, was sie von den Polizeibeamten zu hören bekam, dass sie sich strafbar gemacht habe, da sie kein Aufenthaltsrecht und keine Arbeitserlaubnis für Deutschland besitze. Sie sollte wieder dorthin zurück, wo sie unter allen Umständen weg wollte. Vielleicht verstehen Sie jetzt ihre Vorbehalte.«

»Natürlich.« Franca nickte verständnisvoll.

»Sie hat auch große Angst davor, ihren Peinigern wieder zu begegnen, falls es zu einer Aussage kommen sollte. Deshalb hat sie mich gebeten, lediglich als Kontaktperson zu agieren und sie aus der Sache rauszuhalten. Sie leidet noch immer an den Folgen der Zwangsprostitution und war lange Zeit in psychotherapeutischer Behandlung. Insofern möchte ich Sie dringend bitten, dies zu respektieren.«

»Mir wird wohl nichts anderes übrigbleiben«, meinte Franca lakonisch. »Und was hat sie über ihre Freundin erzählt?«

»Mein Schützling war wohl eher eine sanfte Frau, die sich leicht einschüchtern ließ, während Ioana ziemlich selbstbewusst auftrat und sich so schnell nichts gefallen ließ. Zumindest anfangs. Das kam nicht gut an bei den Zuhältern. Die haben entsprechende Maßnahmen getroffen, um sie gefügig zu machen.«

»Sie meinen, sie wurde verprügelt?«

»Mein Schützling berichtete mir, dass sie beide getreten und geschlagen wurden. Brutalste Vergewaltigungen waren ebenfalls an der Tagesordnung.« Marina Altenberg hielt einen Moment inne und beobachtete Franca, offensichtlich um zu sehen, welche Wirkung ihre Worte bei ihrem Gegenüber auslösten.

Franca nickte. »Das alles passt zu den Verletzungsbildern.«

»Irgendwann war Ioana verschwunden. Meinem Schützling hat man gesagt, dass man ihre Freundin an einen anderen Ort gebracht hat, in ein anderes Bordell, doch niemand wollte ihr eine konkrete Auskunft gegeben.« Die Stimme von Marina Altenberg klang etwas monoton, doch Franca ahnte, welch große Wut und Verzweiflung sich hinter dieser neutralen Berichterstattung verbarg.

»Haben Sie ein genaues Datum, wann Ioana verschwunden ist?«, fragte Franca.

»Im Sommer 1998.«

Franca nickte. »Auch das passt. Hat Ihre Schutzperson Namen von Freiern oder Zuhältern genannt? Irgendwas, wo wir ansetzen könnten?«

Marina Altenberg hob die Schultern. »Vornamen, Spitznamen ja. Die haben wir selbstverständlich der Polizei übermittelt. Es gab auch daraufhin mehrere Razzien. Aber keine konkreten Ergebnisse, was Ioana betraf. Diese Leute sind sehr gut im Spurenverwischen.«

»Und das Dorf in Rumänien? Gibt es dort eine Adresse? Was ist mit den Eltern?«

»Namen und Adresse von damals habe ich Ihnen aufgeschrieben.« Sie schob Franca einen Zettel zu. »Allerdings hat mein Schützling keinen Kontakt mehr in ihr Heimatdorf. Ob Sie damit etwas erreichen, ist also mehr als fraglich. Ioanas Eltern waren damals schon betagt. Geschwister gab es keine.«

»Der Herzanhänger am Schlüsselbund und der Silberring«, fiel Franca ein. »Konnte Ihre Schutzperson damit etwas anfangen?«

Marina Altenberg hob die Schultern. »Nicht wirklich. Sie müssen bedenken, wie lang das her ist. Leider hat sich an dieser Situation seitdem nichts verändert. Im Gegenteil. Temesvar ist noch immer ein bevorzugter Umschlagort für die Ware Mensch. Die verschachert wird und an der sich enorm verdienen lässt. Für jede ausgefallene Frau – ob tot oder freigekauft – treffen mehrere neue ein. Ioana ist nicht die Einzige, die einfach so verschwunden ist. Aber es gibt keine konkreten Zahlen. Leider. Es ist ein Kampf gegen Windmühlen.«

Franca sah sie nachdenklich an. »Was gibt Ihnen die Kraft, weiterzuarbeiten angesichts dieser Tatsachen?«

Marina Altenberg lachte auf. Es war ein freudloses Lachen. »Was gibt Ihnen die Kraft, jeden Tag aufs Neue aufzustehen und Ihre Arbeit zu machen?«

37

Oben in der Gartenlay hatte sich die Natur ihr Umfeld zurückerobert. Neben struppigen Hecken und Dornenranken, die ziemlich hoch gewachsen waren, bildeten verschiedene Nesselarten, Kletten und Gräser einen hüfthohen, teilweise verdorrten Teppich. Dazwischen rankten verblühte Ackerwinde und Zaunrübe mit ihren alles umschlingenden Girlanden.

Die verschiedensten Gras- und Unkrautsamen, die sich Jahr für Jahr im Boden festkrallten und austrieben, wuchsen hoch, bildeten neue Samenstände und verdorrten schließlich. Ein Wildwuchs, dem seit Jahrzehnten niemand mehr Einhalt geboten hatte. Damit sollte jetzt Schluss sein.

Leonhard trat näher an eine der Weißdornhecken heran, die fast so hoch gewachsen war wie er selbst. Im Geäst konnte er Halme und Moos erkennen – Überbleibsel eines Vogelnests. Auf den Dornen der Zweige ringsum steckten etliche aufgespießte größere Insekten. Auch die Überreste einer toten Maus konnte er im dichteren Gestrüpp erkennen. Beutetiere des Neuntöters, einer Vogelart, deren Bestand sich erfreulicherweise erholt hatte, nachdem er in den 70er und 80er Jahren deutlich seltener geworden war. Leonhard musste lächeln, als er daran dachte, dass der Neuntöter auch Rotrückenwürger genannt wurde, ein Name, der nicht weniger bedrohlich klang. Dabei war der Vogel eher klein und relativ unscheinbar. Zu seinen Eigenheiten gehörte, dass er seine Nahrung auf Dornen und spitze Zweige aufspießte. Einem Aberglauben zufolge ging man davon aus, dass er sich neun Opfer suchen musste, bevor er sie verspeiste.

Die Alten haben oft merkwürdige Vorstellungen von den Tücken oder auch den Kräften der Natur, dachte Leonhard, als sein Blick die hellgelben Blütenknöpfchen des Rainfarns streifte, die kleine Leuchtinseln am Boden bildeten. Der kräftig würzige Duft der Pflanze mit den farnähnlichen Blattwedeln stieg ihm in die Nase. Er dachte daran, wie ihm seine Großmutter erzählt hatte, dass man früher Rainfarn zu Sträußen gebündelt in die Totenbetten legte, weil man glaubte, das Kraut hielte den Wurmfraß auf.

Die Rodung dieser Parzelle war eine äußerst zeitraubende und schweißtreibende Beschäftigung, doch das schreckte ihn nicht ab. Die notwendigen Gerätschaften hatte er mitgebracht. Verbissen arbeitete er sich voran. Bei jedem Ausriss sprangen Samenkapseln in die Höhe, Insekten wurden aufgeschreckt, Asseln und anderes Kleingetier tummelten sich zwischen Wurzelballen. Eine bewegte Welt hatte er da in ihrer Ruhe gestört.

Gedanken über die Zukunft gingen ihm durch den Kopf. Auch wenn sein Vater immer noch Widerstand leistete und seinen ehrgeizigen Plänen im Wege stand, hatte er fest vor, das Weingut Freyung zu einem herausragenden Qualitätsbetrieb umzugestalten.

Er würde weiter am Stil seiner Weine feilen und sie zur optimalen Ausprägung bringen. Preisgekrönte Spitzenweine wollte er machen, die jeden noch so mäkeligen Kritiker überzeugen würden. Zusammen mit Gesine würde er das schaffen. Jeder Mann brauchte eine Frau an seiner Seite, die ihm den Rücken stärkte. Und er war sicher, in Gesine eine solche Frau gefunden zu haben.

Staude um Staude riss er aus der Erde, hackte und grub, bis ihm der Rücken wehtat. Als er sich aufrichtete und den Rücken durchstreckte, fiel sein Blick auf das steinerne Kreuz, das ihm auf seinen Erkundungsgängen bereits aufgefallen war und das er schon fast wieder vergessen hatte. Es war ein schlichtes graues Basaltkreuz ohne Inschrift und ohne Datum.

In der Region gab es viele solcher Kreuze, die an Wegrändern oder Äckern, an öffentlichen Wegen oder Zufahrten aufgestellt worden waren. Warum dieses Steinkreuz mitten im Weinberg stand, noch dazu in einem schwer zugänglichen Steilhang, war ihm nach wie vor ein Rätsel. Hier störte es, also musste es entfernt werden. Wenn es ihm gelang, es unversehrt aus der Erde zu graben, würde er es später an den Rand versetzen. Er hackte großflächig den Boden um das Kreuz herum frei. Dann setzte er die Schaufel an. Es gab sofort nach und ließ sich relativ mühelos entfernen. Sorgfältig legte er das Kreuz auf die Seite und begann den Boden darunter aufzulockern.

Plötzlich stieß er auf einen Widerstand. Eine grüne verwitterte Plastikplane kam zum Vorschein. Er grub weiter. Die Plane war groß, darin schien etwas eingewickelt zu sein. Merkwürdig. Man entsorgte doch keinen Abfall in einem Weinberg!

Mit einem Messer, das er immer bei sich trug, schlitzte er die Plane ein Stück auf, darunter lugte ein Stück Stoff hervor, auf dem noch schwach ein exotisches Muster erkennbar war.

Er stand da wie gelähmt. Eine ganze Weile brauchte er, bis er realisierte, auf was er da gestoßen war. Wie in Zeitlupe nahm er sein Handy aus der Hosentasche und wählte die 110.

38

Er lehnte sich in seinem Stuhl zurück, verschränkte die Arme vor der Brust, kniff die Lippen zusammen und sah hoch zur Decke.

»Herr Freyung. Ich frage Sie noch einmal: Wie kommt Marie Louise Schönbergs Leiche in Ihren Weinberg?«

Obwohl die endgültige Identifizierung durch die Rechtsmedizin noch ausstand, war sich die Polizei sicher, dass es sich bei der aufgefundenen Leiche um die der vermissten Mary Lou handelte.

»Es ist nicht *mein* Weinberg«, begehrte Rudolf Freyung auf. »Der liegt doch schon ganz lange brach. Jeder hätte da Zugang gehabt.«

Franca bemerkte die rötlichen Ränder um seine Augen. Dann begann er den Kopf zu schütteln. Immer wieder. Als ob er vollkommen fassungslos sei.

»Wo waren Sie am 7. November 1984?«, fragte sie etwas leiser.

Diesmal zögerte er nicht. »Ich war auf einem Lehrgang gewesen. In Neustadt an der Weinstraße. An diesem Tag bin ich nach Hause gekommen. Ungefähr zwischen sechs und sieben Uhr am Abend.«

»Von wann bis wann dauerte der Lehrgang?«

Er überlegte kurz. »Ich glaube, ich war eine Woche weg. Ich konnte mit einem Kollegen fahren, der hatte ein Auto. Ursprünglich wollten wir schon nachmittags zu Hause sein, aber die Rückfahrt verzögerte sich um ein paar Stunden. Ich hatte mich sehr darauf gefreut, Mary Lou endlich wieder zu sehen. Wir hatten noch am Tag zuvor miteinander telefoniert, aber das war immer so umständlich, weil ich sie von einer Telefonzelle aus auf der Arbeit anrufen musste, jeder konnte dort mithören. Es gab ja noch keine Handys. Bei diesem letzten Telefonat klang sie so … optimistisch. Dann kam ich heim und hörte nichts von ihr. Das kam mir ziemlich merkwürdig vor.«

»Was hatten Sie denn erwartet?«

»Eine Nachricht von ihr.«

»Was für eine Nachricht?«

»Wir hatten so eine Art Briefkasten vereinbart. Ein Vogelhäuschen an einem Baum bei uns auf der Wiese. Dort haben wir Zettel deponiert. Kleine Nachrichten, wann und wo wir uns treffen wollten. Darin habe ich als Erstes nachgesehen. Aber da war nichts.«

»Warum denn so umständlich?«

»Mit dem Telefonieren war das immer etwas schwierig. Sie hat nicht gern bei uns zu Hause angerufen. Wegen meinem Vater. Und wegen ihrem Vater habe ich nicht bei ihr angerufen. Das mit den Briefchen hat ja auch ganz gut geklappt.«

Franca sah ihn nachdenklich an. »Könnte es sein, dass jemand die Nachricht herausgenommen hat?«

Er hob die Schultern. »Wen hätte das interessiert?«

»Vielleicht gab es jemanden, der eifersüchtig war?«

»Nein.« Er schüttelte entschieden den Kopf.

»Jemanden aus Ihrer Band?«

»Sie meinen den Hotte? Ja, der war mal in Mary Lou verknallt, aber nee, der hatte doch schon wieder eine Freundin.«

»Wie war Ihr Verhältnis zu Ihrem Vater?«

Überrascht sah er auf. »Wie meinen Sie das?«

»Nun, Ihr Vater hatte etwas gegen Mary Lou, das ist uns von verschiedenen Seiten bestätigt worden. Sie war offensichtlich nicht die Schwiegertochter, die er sich wünschte. Wie sind Sie damit umgegangen?«

»Tja, das war nicht einfach.« Er hob die Schultern. »Vater wollte mir einreden, dass das Kind nicht von mir sei. Ich war aber sicher, dass es von mir war. Ganz sicher. Und das hab ich ihm auch ins Gesicht gesagt.« Er stützte das Kinn in die Hand.

»Wollte er, dass Sie sich von Mary Lou trennen?«

Mit einem Mal richtete er sich auf, sah ihr fest in die Augen. Ein großer Schmerz lag darin.

»Mein Vater hatte ein völlig falsches Bild von Mary Lou«, sagte er tonlos. »Er war stur, ließ sich nicht dreinreden, war davon überzeugt, dass sie mich ins Unglück stürzt, dass sie es darauf angelegt hat, schwanger zu werden, um sich ins gemachte Nest zu setzen. Dass es da wirkliche Gefühle gab, hat er nicht gelten lassen. Das war für ihn nicht denkbar. Für ihn zählte bei einer Frau nur die Arbeitskraft. Und das, was sie an Geldvermögen und Ländereien mitbringen konnte. Liebe? Das war für ihn sentimentales Getue, das in seiner Welt nicht vorkam.« Er fuhr sich über das Gesicht, eine hilflose Geste.

»Sie konnten ihn nicht vom Gegenteil überzeugen?«

Er lachte, es war ein bitteres Lachen.

»Meinen Vater konnte niemand vom Gegenteil überzeugen, wenn er sich was in den Kopf gesetzt hatte. Und er hatte sich in den Kopf gesetzt, dass Mary Lou nicht die richtige Frau für mich war. Punkt.« Er verstummte.

»Und wie sah das Ihre Freundin?«

Er schnaubte. »Das hat ihr alles natürlich nicht gefallen. Schließlich wollte sie mir einreden, dass ich zur Heirat die Einwilligung meiner Eltern nicht bräuchte. Sie sah alles durch die romantische Brille, dachte sogar daran, mit mir durchzubrennen und heimlich zu heiraten. Sie hat wirklich geglaubt, die Dinge würden sich von alleine regeln, wenn wir meine Eltern vor vollendete Tatsachen stellten.

Aber da kannte sie meinen Vater schlecht. Der hätte niemals nachgegeben.«

»Und Sie konnten sich nicht gegen ihn durchsetzen?«

Rudolf Freyungs Kieferknochen mahlten. Er schien nachzudenken. Schließlich fuhr er fort: »Er drohte mit Maßnahmen.«

»Was waren seine Druckmittel?«

»Das Übliche: Enterbung. Ganz einfach.« Er schnaubte und zuckte mit den Schultern.

Franca wartete geduldig auf eine weitere Erklärung.

»Wovon sollten wir denn leben? Von der Luft und von der Liebe geht ja wohl schlecht. Ich hatte meine Zukunft so eingerichtet, dass sie untrennbar mit dem Weingut verknüpft war. Ich wollte Winzer sein. Ein anderes Leben konnte ich mir nicht vorstellen. Aber ich wollte mich auch nicht erpressen lassen. Wir hatten viel Streit in dieser Zeit. Glauben Sie ja nicht, dass er auch nur einen Millimeter von seiner Meinung abwich.«

»Und Ihre Mutter? War die Ihnen keine Hilfe?«

»Meine Mutter«, er machte eine wegwerfende Handbewegung. »Die stand immer irgendwie dazwischen und wollte es jedem recht machen.«

»Und Sie wollten trotz aller Widerstände mit Mary Lou eine Familie gründen?«

Er nickte. »Das wollte ich wirklich. Obwohl die Situation zuhause langsam unerträglich wurde. Deshalb haben wir uns am Ende nur noch heimlich getroffen.«

»Gegen Ihre jetzige Frau hatte Ihr Vater nichts einzuwenden?«

Er schüttelte den Kopf. »Mein Vater hat diese Verbindung sogar forciert, weil Charlotte eine Winzertochter war und seiner Meinung nach gut auf den Hof passte.«

»Und wie sahen Sie das?«

»Ich war damals wie betäubt. Ich konnte nicht mehr viel denken, nachdem Mary Lou verschwunden war. Ich war innerlich wie zerrissen und hab einfach nur funktioniert.«

»Herr Freyung, ich frage Sie noch einmal: Was glauben Sie, was am 7. November 1984 passiert ist?«

Er sah ihr direkt ins Gesicht, Schmerz stand in seinen Augen.

»Ich habe mir darüber sehr lange den Kopf zerbrochen, das können Sie mir glauben. Aber ich habe einfach keine Erklärung.«

»Wirklich nicht?«

Er schüttelte den Kopf.

»Herr Freyung, könnte es sein, dass Ihr Vater Mary Lou loswerden wollte? Und zwar unter allen Umständen?«

Er zuckte zusammen. »Nein!«, schrie er panisch auf. »Nein. Das kann nicht sein. Das ist vollkommen absurd …«

Mit einem Mal wirkte sein Gesicht wie versteinert. Ein gealterter Mann, dessen Weltbild mit einer einzigen Bemerkung in Trümmern lag. Vielleicht war ihm dieser Gedanke ebenfalls schon einmal gekommen, aber er hatte ihn nicht bis in sein Bewusstsein vordringen lassen. Doch jetzt in diesem Moment konnte er sich davor nicht mehr verschließen. Seine Augen wirkten wie erloschen.

39

Elfriede Freyung saß neben dem Bett, in dem ihr Mann lag. Es war passiert, was sie die ganze Zeit befürchtet hatte: In einem unbeobachteten Augenblick war Wilhelm gestürzt und so unglücklich gefallen, dass er sich den rechten Unterschenkel gerochen hatte. Er war sofort ins Krankenhaus eingeliefert und operiert worden. Sie war bei ihm, als er vollkommen verwirrt aus der Narkose erwachte. Seitdem versuchte sie, beruhigend auf ihn einzuwirken. Man hatte ihm starke Medikamente gegeben, weil er um sich schlug und laut ihren Namen rief, obwohl sie bei ihm war. Die Mittel hatten gewirkt, machten ihn aber vollkommen apathisch. Doch das war immer noch besser als seine Aggressivität, die ihr vorher entgegengeschlagen war.

Die Infusionsflasche, die an einem Ständer neben seinem Bett hing, tropfte stetig Flüssigkeit durch einen dünnen Schlauch in seinen Körper. Ein Gerät, das die Herzfrequenz aufzeichnete, piepste unentwegt. Das geschiente Bein war unter der Bettdecke verborgen.

Sie betrachtete sein Gesicht, das zu einer gelblichen Maske erstarrt war. Sein Schädel, von dem die grauen Haare wirr abstanden, schien eher zu den Toten als zu den Lebenden zu gehören. Ihr Blick verharrte in seinen offenen Augen, die leer waren und kein Erkennen widerspiegelten. Ein unheimlicher Blick.

Im Grunde wusste sie schon lange nicht mehr, was in seinem Kopf vor sich ging und in welcher Welt er lebte. Aber hatte sie das jemals gewusst?

In jungen Jahren hatte sie ihr Leben in seine Hand gegeben, vielleicht, weil sie sich allein nicht traute und nicht wusste, wie sie sich hätte ernähren können, da sie nie einen Beruf erlernt hatte. Sie war nicht wirklich davon überzeugt gewesen, dass es richtig war, ihn zu heiraten, vielmehr hatte sie dem Drängen ihrer beider Familien nachgegeben; eine bewusste Entscheidung ihrerseits war es nicht gewesen. Doch sie hatte dazu gestanden und war ihm all die Jahre Weggefährtin gewesen, was ihrem Selbstverständnis von einer guten Ehefrau entsprach. Manchmal jedoch hatte ihr sich der Gedanke aufgedrängt: mitgefangen, mitgehangen.

Besonders ab dem Zeitpunkt, als die Sache mit dem Mädchen passierte.

Dieser verhängnisvolle Tag im November hatte sich unauslöschlich in ihr Gedächtnis eingebrannt. Damals war ihr schier das Herz stehen geblieben. Dass sie mit niemandem darüber sprach, verstand sich von selbst. Es hätte das Ende von allem bedeutet. Die Aufgabe des Weinguts, das schließlich ihre Lebensgrundlage bedeutete. Wer hätte die Arbeit weiterführen sollen? Sie konnte das nicht allein, und Rudi war noch nicht alt genug, so glaubte sie jedenfalls. Er hatte noch keinen richtigen Einblick in den Ablauf der Geschäfte, auch weil sein Vater ihn stets davon ferngehalten hatte.

So hatte sie geschwiegen. All die Jahre. Bis heute. Doch nichts verging spurlos. Etwas blieb immer zurück. Im Grunde ihres Herzens hatte sie gewusst, dass irgendetwas geschehen würde.

Zeitweilig war die Sache in den Hintergrund getreten, unter der Oberfläche jedoch brodelte es weiter. Als dieses Mädchen von der Nordsee auftauchte, war alles mit einem Schlag wieder da. Gesine sah Mary Lou irgendwie ähnlich. Sie hatte bemerkt, dass dies auch Wilhelm nicht verborgen geblieben war. Trotz seiner Verwirrtheit.

Das Langzeitgedächtnis ließ sich nicht betrügen. Es bewahrte alles Zurückliegende auf, besonders Ereignisse, die mit großen Emotionen verbunden waren, das hatten ihr die Ärzte erklärt. Wirkliche Ereignisse und Visionen oder Angstvorstellungen seien für die Betroffenen nicht mehr voneinander zu trennen. Das hinge mit dem fortschreitenden Verlust der Nervenzellen im Gehirn zusammen.

Sie hatte beobachten können, wie Wilhelms Unruhe mit jedem Tag seit Gesines Eintreffen stärker wurde, und damit einhergehend seine Aggressivität. Wahrscheinlich auch seine Angst, die er in gesunden Tagen niemals gezeigt hatte.

Was genau in ihm vorging, das konnte er ihr nicht mehr mitteilen, selbst wenn er gewollt hätte. Sie konnte es lediglich an seinen Reaktionen ablesen. Tagsüber musste sie ihn ständig am Weglaufen hindern. Nachts schlief er noch schlechter als vorher, er wachte regelmäßig auf, stieß aggressive Laute aus und schlug um sich. Das alles ging bis an die Grenze ihrer Belastbarkeit. Immer öfter dachte sie darüber nach, ihn in ein Heim zu geben. Doch bisher hatte sie dieses Vorhaben noch nicht in die Tat umgesetzt.

Und nun lag er hilflos in diesem Krankenhausbett. Noch immer starrten seine leeren Augen an ihr vorbei. Aus seinem Gesicht war all das gewichen, was ihn früher auszeichnete. Entschlossenheit, eiserner Wille, all das war nicht mehr vorhanden. Auch nicht seine Wut, die zuletzt seine Gesichtszüge beherrschte, diese Wut, die ausdrückte, dass er sich wehren wollte gegen das Unerklärliche, das mit ihm geschah und gegen das er nicht ankam. Er, der stets die Dinge beherrscht hatte. Nun beherrschten ihn andere Mächte, gegen die er machtlos war. Das passte absolut nicht in sein Weltbild.

Dieses Leben, dachte sie, dieses Leben mit all seinen Hoffnungen und Enttäuschungen hätte auch ganz anders verlaufen können. Aber ihr war nun einmal genau dieses Leben zugedacht gewesen. Und sie hatte es angenommen, hatte es gelebt.

Sie dachte an seine verzweifelten Rufe, zuletzt hatte er sich wieder auf ihren Kosenamen besonnen, mit dem er sie nur ganz am Anfang ihrer Ehe nannte. »Friedchen, Friedchen. Wo bist du?«

»Ich bin doch da«, hatte sie beruhigend auf ihn eingeredet.

»Ich will nach Hause«, jammerte er.

»Aber du bist doch hier zu Hause.«

Ihre Worte drangen nicht zu ihm durch. Er hörte nicht auf, sie zu rufen. Er sah Dinge, die es nicht gab. Beschwor Erinnerungen herauf, von denen sie nicht wusste, ob es tatsächlich Erinnerungen oder Einbildungen waren. Nichts war mehr in Ordnung. Alles war ein heilloses Durcheinander.

Jetzt war er verstummt. Inzwischen hatte er die Augen geschlossen. Bläuliche Schatten lagen unter den Augenhöhlen.

Wie bist du nur so hart geworden?, dachte sie. Er, der als Junge nicht weinen durfte, auch nicht, als sein Lieblingshaustier, die Katze Mimi, gestorben war. Er hatte ihr davon erzählt. Es gab solche Augenblicke, in denen er sich ihr offenbarte. Doch die waren rar. Und sofort, nachdem die Worte ausgesprochen waren, hatte er versucht, sie wieder zurückzunehmen. *Alles nicht so schlimm. War nun mal so, die Zeit,* hatte er versucht, zu verharmlosen.

Sie tastete nach seiner Hand, drückte sie. Wollte eine Verbindung herstellen. Doch wie erwartet erfolgte keine Reaktion. Die Ärzte hatten gesagt, wenn sie ihn erreichen wollte, dann am ehesten auf der emotionalen Ebene.

Sie solle ihm ihre Zuwendung zeigen. Sie bemühte sich. Wie sie sich immer bemüht hatte, trotz allem. Zuerst als Weggefährtin, dann immer mehr als Krankenpflegerin.

War die Demenz eine Strafe gewesen? Eine Zurechtweisung? Er, der zeitlebens die Geschicke seiner Mitmenschen nach seinen Vorstellungen bestimmen wollte, war auf einmal nicht mehr in der Lage, die ganz alltäglichen Dinge zu regeln. Darüber war er sehr erzürnt und wollte sich anfangs partout nicht eingestehen, dass er auf Hilfe angewiesen war. Auch dann nicht, als dies immer offensichtlicher wurde.

Manchmal, in besonders schmerzvollen Momenten, hatte sie gedacht, dass sich alles im Leben ausglich und der Mensch die gerechte Antwort bekam sowohl für seine guten Taten als auch für die bösen.

Sie hatte alles für ihn getan. Seit dem Zeitpunkt, als seine Demenz nicht mehr zu übersehen war, hatte sie die Rolle der Aufpasserin übernommen. Ständig war sie auf der Hut, dass er nicht weglief, dass er sich nicht selbst schadete. Aber konnte man einen erwachsenen Menschen rund um die Uhr bewachen? Obwohl sie es besser wusste, kam sie sich schuldig vor, weil sie nicht gut genug auf ihn aufgepasst hatte.

Als sie so auf ihn herabblickte, schoss ihr durch den Kopf, wo sie geblieben war in all der Zeit. Was war sie gewesen? Eine funktionierende Maschine, die willig tat, was ihr Mann von ihr verlangte.

Mit einem Ruck ließ sie seine Hand los und stand auf. Was sollte sie hier noch länger? Sollte sie nicht endlich zusehen, wie sie diese schreckliche Last loswerden konnte?

40

Die letzten Tage hatte sie wie durch einen Nebelschleier wahrgenommen. So viel ging ihr durch den Kopf. Sie verspürte eine große Dankbarkeit dafür, dass die Dinge nicht so waren, wie sie insgeheim befürchtet hatte, aber nicht bis zu Ende zu denken gewagt hatte. Rudi traf keine Schuld. Das allein zählte.

Dennoch hegte Charlotte gegen ihn einen leisen Vorwurf. Er hätte mit mir reden können, dachte sie. Wieso war er nur so stur und hatte geglaubt, alles mit sich allein ausmachen, gar alles vergessen zu können? Vieles wäre leichter gewesen, hätten sie früher miteinander gesprochen.

Vielleicht hatte er geglaubt, die Erinnerung an seine Liebe zu Mary Lou verblasse auf diese Weise schneller. Doch wie lange konnte man verdrängen, was so bedeutsam war? Ihr war inzwischen klar, dass er dieses Mädchen abgöttisch geliebt haben musste. Sie wollte ihm zugutehalten, dass er vielleicht auch deswegen geschwiegen hatte, weil er dachte, er könne sie, Charlotte, verletzen, wenn er zugab, wie sehr er sich Mary Lou zugetan fühlte.

Sie legte ihre Hand auf die seine. Sah ihm in die Augen. »Ich hab immer an dich geglaubt«, sagte sie fest. Die Worte gingen ihr leicht über die Lippen und sie war froh, die Zweifel, die sich ihr von Zeit zu Zeit aufgedrängt hatten, für sich behalten zu haben.

Seit er mit ihr gesprochen hatte, konnte sie in etwa nachvollziehen, wie die Dinge waren. Davon ging eine gewisse Beruhigung aus. Sie glaubte ihm, dass er selbst nicht alle Fragen zu beantworten imstande war.

Er schluckte hart. In seinem Blick lag Bitterkeit. »Wie

man sich doch in einem Menschen täuschen kann. Noch dazu in seinem eigenen Vater.«

»Wir wissen nicht, was wirklich war.« Sie seufzte. »Und wahrscheinlich werden wir es nie erfahren.«

Er rieb sich die Stirn, schüttelte voller Unverständnis den Kopf. »Sie hatte versprochen, mir einen Brief im Vogelhäuschen zu hinterlegen. So wie wir das immer gemacht haben. Ich hab sofort nachgesehen, als ich von Neustadt zurückkam, auch weil ich dachte, wir hätten uns verpasst, weil es so spät geworden war. Aber da war kein Brief. Nichts. Das hatte mich zwar gewundert, aber ich dachte, ihr sei was dazwischen gekommen und wir würden uns am nächsten Tag treffen.« Er sah Charlotte mit waidwundem Blick an, der ihr durch und durch ging. »Ich kann mir das Ganze nur so erklären, dass Vater den Brief gefunden hat.«

Sie riss die Augen auf. »Und dann? Du meinst, dein Vater hat sie in einen Hinterhalt gelockt und umgebracht?«

Er hob resigniert die Schultern. »Ich habe keine andere Erklärung. Sag du mir, warum sie in *unserem* Weinberg verscharrt wurde.«

»Vielleicht war alles nur ein unglücklicher Zufall«, räumte sie halbherzig ein.

»Er wird uns jedenfalls keine Auskunft mehr geben können.«

»Und deine Mutter?«

»Meine Mutter hat noch nie was gegen ihn ausrichten können.«

»Das ist mir schon klar. Aber hast du denn überhaupt schon mal mit ihr darüber gesprochen?«

»Du weißt doch, dass jeder sofort ausgewichen ist, wenn die Sprache auf das Thema kam«, trumpfte er auf. »Du selbst hast dich oft genug darüber beschwert.«

Sie betrachtete ihn eingehend. Dabei ging ihr durch den Kopf, dass ihr Mann ein Leben lang Sohn geblieben war. Ein Sohn, den sein Vater nach Belieben herumkommandieren und demütigen konnte. Der auch nicht davor zurückschreckte, dies in ihrem, Charlottes, Beisein zu tun. Und Rudi? Er hatte sich alles gefallen lassen. Obwohl ihn dies bis ins Mark verletzt haben musste. Dennoch hatte er nie etwas unternommen, sich zu wehren oder aus dem Schatten des übermächtigen Vaters herauszutreten.

Aber vielleicht war der Vater gar nicht so übermächtig gewesen. Vielleicht hatte er sich nur so gebärdet, um seine Schwächen zu überspielen. Dieser Gedanke kam ihr nicht zum ersten Mal.

»Hast du schon mal darüber nachgedacht, dass er Angst gehabt haben könnte?«, fragte sie.

»Mein Vater? Das glaubst du doch selbst nicht. Der hatte nie Angst. Der verstand es immer nur, anderen Angst zu machen.«

41

»Es fing alles damit an, dass dieses Mädchen von der Nordsee kam. Sie war ihr in vielem so ähnlich.«

Franca saß der alten Dame gegenüber, die urplötzlich in ihrem Büro aufgetaucht war. »Wer war wem ähnlich, Frau Freyung?«, fragte sie etwas verständnislos.

»Gesine, die Freundin meines Enkels. Sie sah aus wie Marie Louise Schönborn. Wenn man genau hinschaute.«

»Ach.« Franca beugte sich interessiert vor. Was wollte ihr Frau Freyung damit sagen?

»Wilhelm, also mein Mann, dachte, sie sei zurückgekommen. Er hat das in seinem kranken Hirn nicht mehr auf die Reihe bekommen, dass das jemand anderes war. Das hat ihn vollkommen verrückt gemacht.«

Interessiert hörte Franca der weißhaarigen Frau zu. Sie machte einen robusten Eindruck, obwohl sie nicht übergewichtig war, und trug ein schlichtes dunkles Kleid, wie zu einer Beerdigung.

»So lange habe ich das alles mit mir herumgetragen. Jetzt geht es einfach nicht mehr. Ich möchte Ihnen erzählen, wie alles war.«

Sollte sich nun endlich das Geheimnis um Mary Lou lüften? Franca konnte das nicht so recht glauben. Wahrscheinlich ging es der alten Dame um etwas ganz anderes. Allzu oft schon hatte sie erlebt, dass alte Menschen ein Bedürfnis zu reden hatten, aus dem einfachen Grund, weil sie niemanden mehr hatten, der ihnen zuhören wollte. Dennoch beschloss sie, sie vorerst nicht zu unterbrechen.

»Ich habe meinen Mann nicht aus Liebe geheiratet, das möchte ich vorausschicken. Aber ich war ihm immer eine gute Ehefrau«, begann Frau Freyung zu erzählen. »Mein Verlobter war in jungen Jahren an Lungenentzündung gestorben. Danach hatte ich keine großen Erwartungen mehr. Als Wilhelm und ich uns kennenlernten, begannen alle auf mich einzureden Sie meinten, auf seinem Winzerhof sei ich gut versorgt und hätte mein Auskommen.« Sie zerknüllte ein dünnes Stofftaschentuch in ihrer Hand, mit dem sie sich von Zeit zu Zeit über die Augen wischte.

»Anfangs hat sich Wilhelm mir gegenüber sehr korrekt verhalten, er hat regelrecht um mich gefreit. Er konnte charmant sein und ausgesprochen höflich. Er hielt mir die

Tür auf, half mir in den Mantel, rückte meinen Stuhl am Tisch zurecht. Eben all diese kleinen Dinge, die uns Frauen gefallen.« Sie stockte, schluckte. »Doch mit der Zeit kam das Herrische in seinem Wesen immer stärker zum Vorschein. Ich versuchte, zu verstehen, warum er war, wie er war. Erst dachte ich, ich sei schuld. Vielleicht, weil ich ihn nicht genügend bewunderte. Man weiß ja, dass Männer bewundert werden wollen, und in dieser Hinsicht hatte ich mich vielleicht ein wenig zu sehr zurückgehalten. Doch irgendwann kam ich dahinter, was es war. Ich erfuhr, dass sein älterer Bruder das Weingut ursprünglich übernehmen sollte. Er hatte es von seinen Eltern überschrieben bekommen, und für Wilhelm waren nur ein paar minderwertige Ländereien übrig geblieben. Darunter hatte er sehr gelitten. Als sein Bruder durch einen Unfall ums Leben gekommen war, sollte Wilhelm dann doch das Familienerbe antreten. Aber es blieb immer in seinem Bewusstsein, nur die zweite Wahl gewesen zu sein.«

Nun entschloss Franca sich doch, die alte Dame zu unterbrechen. »Frau Freyung. Was wollen Sie mir eigentlich erzählen?«

»Das hab ich Ihnen doch gesagt.« Die Stimme ihres Gegenübers klang ein wenig vorwurfsvoll. »Ich will Ihnen sagen, was damals geschah. Im November 1984.«

Es ging also tatsächlich um Marie Louise Schönborns Verschwinden. Eigentlich sollte man redewillige Menschen nicht unterbrechen, wollte man sämtliche Hintergründe erfahren. Dennoch machte sie Frau Freyung darauf aufmerksam, dass sie nichts sagen müsse, was sie selbst oder ihren Mann belaste. Dazu war sie verpflichtet.

»Doch, ich will reden«, meinte Elfriede Freyung mit fester Stimme. »Deshalb bin ich ja hier. Wo war ich stehengeblieben?«

»Ihr Mann hat das Weingut nach dem Unfall seines Bruders übernommen«, half Franca ihrer Erinnerung auf die Sprünge.

»Genau. Wilhelm hat keine Sekunde gezögert, das Gut zu übernehmen und es weiter voranzubringen, eben die Tradition aufrechtzuerhalten. Das bedeutete ihm sehr viel: die Tradition, das Erbe. Deshalb war es ihm auch so wichtig, dass Rudi eine ordentliche Frau heiraten sollte. So eine ›Dahergelaufene‹, wie er Marie Louise nannte, kam für ihn nicht infrage. ›Die taugt nichts, das sieht man zehn Meilen gegen den Wind‹, hat er behauptet und bei jeder sich bietenden Gelegenheit gegen sie gewettert. Aber er hat sich nie die Mühe gemacht, das Mädchen näher kennenzulernen.«

»Und was dachten Sie über Mary Lou?«

Frau Freyung hob die Schultern. »Ich hatte nichts gegen sie. Sie hat sich wirklich Mühe gegeben. Aber die Schwangerschaft kam dann doch ein wenig früh. Als Wilhelm davon erfuhr, ist er ausgerastet. ›Das hat die drauf angelegt‹, hat er rumgebrüllt. ›So ein Flittchen kommt mir jedenfalls nicht auf den Hof. Die treibt es doch mit jedem.‹«

»War das auch Ihre Meinung?« Franca bemühte sich, die Frage beiläufig zu stellen.

Elfriede Freyung schüttelte den Kopf. »Sie war anfangs öfter bei uns auf dem Weingut und hat mitgeholfen. Auf mich hat sie einen ordentlichen und fleißigen Eindruck gemacht. Gut, sie hat sich vielleicht etwas verrückt angezogen, aber sie war halt jung. Jeder, der es nur wollte, musste sehen, dass sie ein Händchen für unseren Beruf hatte.« Sie atmete tief durch. »Ich habe versucht, mäßigend auf meinen Mann einzuwirken. Sagte, er solle das Mädchen doch erst mal kennenlernen, bevor er sie so aburteilt. ›Brauch ich nicht‹, hat er gebrüllt. ›Der sieht man doch schon von Weitem an, dass die nix taugt.‹ Er konnte sie nicht leiden. Da war nichts zu machen. Wilhelm blieb stur. Wenn er sich einmal was in den Kopf gesetzt hatte, dann war das so. Egal, was die anderen dagegen sagten. Meine Meinung zählte da am allerwenigsten.« Ihre Lippen zitterten. »Dann ging das Gerede im Dorf los. Das Kind sei von einem anderen. Das war Wilhelm natürlich Wasser auf die Mühle. Um den Rudi tat es mir so leid. Er hat das Mädchen verteidigt, wo immer hässlich über sie geredet wurde, doch gegen seinen Vater kam er einfach nicht an. Er will für seinen Sohn das Beste, hat Wilhelm immer gesagt. Aber was das Beste für Rudi war, glaubte nur er allein zu wissen.«

Franca wurde langsam ungeduldig. Wann kam sie endlich auf das zu sprechen, was sie angedeutet hatte?

»Und dann kam dieser Tag im November 1984. Wir warteten auf Rudi, der am Nachmittag von seinem Lehrgang aus Neustadt zurückkommen wollte. Aber es wurde immer später. Ich machte mir bereits Gedanken, es sei was passiert. Ein Unfall oder so. Rudi war ein guter Autofahrer, aber er fuhr ja nicht selbst. Ein Kollege wollte ihn im Auto mit nach Hause nehmen, das hatte er uns gesagt. Irgendwann kam Wilhelm ganz aufgelöst zu mir gerannt. Im ersten Moment dachte ich natürlich, es sei was mit Rudi, aber Wilhelm sagte nur, ich solle ihm helfen. Das war noch nie passiert. Ich meine, dass er so kopflos war. Ich kannte ihn immer nur als Herr der Situation.«

»Und was war passiert?«

Sie holte tief Luft. »Ich weiß nicht, ob Wilhelm es absichtlich getan hat. Wirklich nicht. Zu mir hat er gesagt, dass er nicht wusste, dass das Mädchen dort unten war.«

Franca sah sie verständnislos an. »Wie meinen Sie das? Mary Lou war wo?«

»Im Weinkeller. Wilhelm sagte, er hatte zufällig gesehen, dass die beiden Türen offenstanden, also die Außenklappen und die Innentür unten. Ordentlich, wie er war, habe er beide Türen geschlossen. Als er später noch mal in den Weinkeller ging, hat er gemerkt, dass da jemand hinter der Tür lag. Es war Marie Louise. Sie war tot.«

»Tot?« Franca sah die alte Frau überrascht an. »Und wie ist sie gestorben?«

»Wahrscheinlich an den Gärgasen erstickt. Ich habe mich natürlich als Allererstes gefragt, was sie da im Weinkeller gemacht hat. Rudi war ja noch gar nicht zu Hause, ihn konnte sie nicht dort treffen. Also was wollte sie dort? Und ich konnte auch überhaupt nicht fassen, dass sie tot sein sollte. Jedenfalls war Wilhelm sehr verstört. Ihm wurde bewusst, dass er sie dort eingesperrt und somit ihren Tod verursacht hatte.«

Ein Gärgasunfall! In Francas Kopf begann sich Puzzleteil zu Puzzleteil zu fügen und allmählich ein plausibles Ganzes zu ergeben.

»Was ist dann passiert?« Franca konnte förmlich spüren, wie der lange aufgestaute Druck, der auf der alten Dame lag, entwich.

»Wir haben sie zusammen hoch in die Gartenlay gebracht. Dort gab es einen Wingert, den wir nicht mehr bewirtschafteten. Ich wusste, dass das nicht richtig ist. Wir hätten die Polizei rufen müssen. Aber die Folgen … nein, das war nicht auszudenken.« Mit einem Mal begann die alte Frau am ganzen Körper zu zittern und bekam einen regelrechten Weinkrampf. Das dauerte eine ganze Weile an. Irgendwann hatte sie sich gefasst und nahm ihre Erzählung wieder auf. »Ich wusste nur, dass niemand das Mädchen bei uns finden durfte. Das wäre fatal gewesen. Etwas anderes konnte ich nicht denken. Sie musste weg. Ich hab Wilhelm dann geholfen, die Leiche ins Auto zu tun und oben in die Gartenlay zu schaffen. Dort haben wir sie begraben. Da musste man keine Angst haben, dass sie jemand findet.«

»Sie haben ihm also bei alledem geholfen?«

Sie nickte. Dabei atmete sie tief und angestrengt.

»Und Sie haben in all den Jahren niemandem etwas gesagt?«

Sie schüttelte den Kopf. »Mir ist es sehr schwer gefallen, mich niemandem anzuvertrauen, das können Sie mir glauben. Auch weil ich mitbekommen habe, wie Rudi litt. Der Junge hat mir so leidgetan. Er hat das Mädchen wirklich geliebt. Aber ich durfte meinen Mann doch nicht verraten! Das tut man doch nicht.« Ihre Stimme war brüchig geworden und wurde immer leiser, je länger sie sprach. »Immer wieder habe ich mich gefragt, wie er mit einer solchen Schuld leben konnte. Für ihn ging das Leben weiter wie bisher. Man hat ihm nie was angemerkt.«

»Und Sie?«, fragte Franca. »Wie sind Sie damit fertig geworden?«

Sie schluckte. »Ich hab jeden Tag an das Mädchen gedacht. Jeden Tag. Ich hab einfach nicht geglaubt, dass er diese Sache so beiseiteschieben kann. Aber er konnte es. Es war offensichtlich einfach für ihn.«

Franca überlegte einen Moment und brachte sich das Szenario oben auf dem halb gerodeten Weinberg nochmals vor Augen, das sie vorgefunden hatten, nachdem Leonhard Freyung die Polizei informierte. »Das Kreuz, wer hat das dort in den Wingert gesetzt?«

»Das war ich«, bestätigte Frau Freyung.

»Hatten Sie keine Angst, dass jemand auf die Idee kommen könnte, dort nachzusehen? Immerhin haben Sie die Stelle ja sozusagen markiert.«

Sie schüttelte den Kopf. »Bei uns gibt es viele Wegekreuze. Sie stehen da als Mahnung. Nicht unbedingt als Grabsteine. Ich meine, man konnte das Mädchen doch nicht einfach mitten in der Landschaft …«

»Und wo ist Ihr Mann jetzt?«

»Im Krankenhaus. Er hat sich das Bein gebrochen. Aber Sie wissen ja, wegen seiner Demenz kriegt er nichts mehr mit.« Ein erneutes Zittern lief durch ihren Körper. »Und das ist das Schlimmste überhaupt: Er muss sich keiner Verantwortung mehr stellen.«

42

»Ich möchte nicht, dass du wegfährst«, flüsterte Leonhard, den Mund in Gesines wehendem Haar.

»Ich weiß.«

»Versprichst du mir, dass du wiederkommst?« Er hielt ihre Hand umfasst, umklammerte ihr Gelenk so fest, dass es wehtat. »Wir haben doch beide gemerkt, wie gut wir zueinanderpassen. Oder denkst du da jetzt anders drüber?«

Sie gab ihm keine Antwort.

Auf dem Bahnhof war es zugig, ein stürmischer Wind brachte die Äste der Bäume zum Schaukeln und rupfte die Blätter von den Zweigen.

Mit einem Mal war ein lautes Kreischen über ihnen zu hören. Sie hob den Blick nach oben.

»Das sind Kraniche«, sagte Leonhard.

Die Vögel zogen in keilförmiger Formation am grauen Himmel.

»Woher wissen sie, wohin sie fliegen müssen?«, fragte Gesine, einfach, um etwas zu sagen, das nichts mit ihrer Abreise zu tun hatte.

»Sie haben eine Art inneren Kompass. Der gibt ihnen die Richtung vor.« Sanft strich er mit den Fingerkuppen über ihre Wange.

Mit einem Ziehen im Herzen dachte sie daran, mit welchen hochfliegenden Erwartungen sie vor einigen Wochen hierher gereist war. Und was sich seit ihrem Eintreffen verändert hatte. Alles Vertraute und alle Gewissheiten schienen von einem Augenblick zum anderen in einem fremden, ungewissen Licht.

Was die Polizei herausgefunden hatte, hatte sie enorm verunsichert. Leonhards Großvater war in der Lage gewesen, einen Menschen zu töten oder zumindest seinen Tod in Kauf zu nehmen. Richtig schlimm war allerdings ihrer Ansicht nach, dass er Jahrzehnte lang diese Tat verschwieg. Und seine Frau, die davon wusste, ebenso. Sie hätte niemals gedacht, dass so etwas mit Menschen passieren könnte, die man kannte. So etwas las man höchstens in der Zeitung. Aufgrund seiner Krankheit war es nicht mehr möglich, diesen Menschen zur Rechenschaft zu ziehen. Einen Menschen, der maßgeblich an Leonhards Erziehung beteiligt war. Diese Sache musste sie erst einmal verarbeiten und für sich klären. Sie hoffte, dass er das verstand. Wenn er sie liebte, musste er das ganz einfach verstehen.

»Heirate mich«, sagte er plötzlich und suchte ihre Augen. »Bitte.«

»Ach, Leonhard, dräng mich nicht. Ich muss erst …«

»Ich liebe dich«, fiel er ihr ins Wort.

»Das weiß ich.«

Aber das genügte vielleicht manchmal nicht.

Sie legte ihre Hand auf seine Schulter, fühlte die Wärme

unter seinem Hemd und wusste nicht so recht, ob sie ihn streicheln oder wegdrücken sollte.

»Lass mir Zeit. Eine andere Antwort kann ich dir momentan nicht geben.«

Sie hörte ihren Herzschlag, spürte die Kette mit dem Bernsteinanhänger an ihrem Hals und dachte daran, dass dieses Geschenk ihnen beiden hatte Glück bringen sollen.

Sie spürte Tränen aufsteigen.

Jeder ist seines eigenen Glückes Schmied.

An dieses Sprichwort hatte sie einmal geglaubt. Aber stimmte das immer und in jedem Fall? Gab es nicht Mächte, die dagegen arbeiteten und die man nicht unter Kontrolle hatte?

Der Zug fuhr in den Bahnsteig ein. Sie hob ihm ihr Gesicht entgegen und küsste ihn sanft auf den Mund. »Ich ruf dich an, wenn ich angekommen bin«, sagte sie zum Abschied.

EPILOG

Regen peitschte gegen die Fensterscheiben des Büros. Der Himmel draußen sah bedrohlich aus. Es sang und pfiff in allen Ritzen. In regelmäßigen Abständen waren Feuerwehrsirenen zu hören. ›Christian‹ hieß der Verursacher dieses Chaos, ein Orkantief, das Ziegel von den Dächern fegte und Strommasten knickte. Im Radio wurde berichtet, dass mehrere Straßen durch umgestürzte Bäume blockiert waren und mit Kettensägen freigeschnitten werden mussten. Menschen waren bisher noch nicht zu Schaden gekommen.

»Da draußen geht die Welt unter.« Clarissa stand mit besorgter Miene am Fenster und sah hinaus.

Franca blickte vom Computer auf.

»Sei froh, dass du nicht raus musst«, sagte sie. »Und dass du hier ein warmes, trockenes Plätzchen hast.«

»Du meinst, ich müsste dankbar sein, dass ich hier arbeiten darf?«, antwortete Clarissa grinsend.

»So, wie du dich mit deinem Beruf identifizierst …« Franca wies auf ihr grünes T-Shirt, auf dem in weißen Buchstaben der Spruch prangte: *›Trust me, I'm a cop‹*.

Clarissa würde die weiteren Ermittlungen im Fall Ioana Matei verfolgen, das hatte sie bereits angekündigt, nachdem sie ihre Ergebnisse an das LKA weitergeleitet hatte. Von dort aus würde man die internationale Rechtshilfe bei den rumänischen Behörden vorantreiben. Ein Weg, der weiterhin mühsam und zeitraubend war.

Clarissa war zäh. Ihr war es sogar gelungen, einen Gesprächstermin mit Marina Altenbergs Schutzperson zu bekommen, was Francas absolute Bewunderung erregte.

Wie hatte die engagierte Frauenrechtlerin gesagt? *Uns*

fehlt eine Kultur der Empörung. Clarissa war der lebende Beweis dafür, dass diese Empörung durchaus vorhanden war. Und das war sehr gut so.

Franca wandte sich wieder ihrer Arbeit zu. Sie war mit dem Abschlussbericht des Falls Marie Louise Schönborn beschäftigt.

Wie sie ums Leben kam, war nun klar nachzuvollziehen. Doch im Gegensatz zu Elfriede Freyung hielt Franca es für wahrscheinlicher, dass Wilhelm Freyung das Mädchen absichtlich im Keller eingeschlossen hatte. Er wusste, dass sie dort drin war und auf Rudi wartete, weil er ihre Nachricht im Vogelhäuschen gefunden haben musste, die dort hinterlegt war. Wilhelm Freyung hatte dafür gesorgt, dass die unliebsame Freundin seines Sohnes auf Nimmerwiedersehen verschwand. Und er hatte seine Macht weiter ausgenutzt, indem er seine Frau zur Komplizin machte. Er wusste, er konnte ihr bedingungslos vertrauen. Zumal er ihr vorlog, alles sei nur ein Unglück gewesen.

Jahrelang ging alles gut, bis so ein junges Mädchen daherkam, das Mary Lou auf fatale Weise ähnlich sah, und alles wieder hervorbrechen ließ. Und das nur, weil der Sohn einen ähnlichen Frauentyp bevorzugte wie der Vater.

Doch sosehr Franca Genugtuung darüber verspürte, diesen Fall nun endgültig zu den Akten legen zu können, blieb das schale Gefühl zurück, dass diese Tat nicht mehr gesühnt werden würde. Obwohl sie den Mörder kannten.

Zumindest konnten Mary Lous Überreste nun würdevoll bestattet werden. Franca seufzte tief. Da verschwinden zwei junge Frauen mitten aus dem Leben, und Jahrzehnte später erst werden ihre Knochen gefunden. Das Einzige, was von ihnen übrig geblieben war. Aber was war mit ihrer Seele? Nicht zum ersten Mal fragte sich Franca, ob mit dem Tod eines Menschen wirklich alles zu Ende war.

Und was mochte im Gehirn von Wilhelm Freyung vor sich gehen?

Kürzlich hatte sie einen Artikel darüber gelesen, welch fragiles verzweigtes Netzwerk im menschlichen Kopf vorhanden ist und wie die einzelnen Hirnareale miteinander verbunden sind, die präziser arbeiten als jeder Computer. Allerdings nur, solange der Mensch gesund ist. Demenz und Alzheimer machen diesen Prozess zunichte, der uns als selbstverständlich erscheint.

Im Grunde war es unvorstellbar, was sich dort zwischen den Milliarden miteinander verbundenen Neuronen abspielt.

Die meisten unserer Erinnerungen sind im Unbewussten abgespeichert und unterliegen einer stetigen Veränderung. Ständig entstehen neue Bilder in unseren Köpfen, Abbilder der Eindrücke, die wir empfangen, die sich verändern, sobald wir den Standpunkt wechseln oder auch nur das Licht, das auf sie fällt. Auch unser Ich, das Bild von uns selbst, unterliegt zwangsläufig diesem fortwährenden Wandel.

Dann gibt es noch die falschen Erinnerungen. ›False memories‹, wie die Wissenschaftler die Erinnerungen eines irrenden oder auch irregeleiteten Gedächtnisses nennen, die in jedem Winkel des Gehirns lauern. Egal, ob krank oder gesund.

Franca hob den Kopf. Clarissa stand noch immer am Fenster. »Glaubst du, dass man jemals vollständig erkunden wird, wie das Gehirn funktioniert? Ich meine, welche Verbindungen da auf welche Nervenstränge einwirken und welche Auswirkungen das letztendlich hat?«, fragte Franca sinnend.

»Damit habe ich mich noch nicht beschäftigt«, meinte Clarissa schulterzuckend, ohne den Blick zu wenden.

Franca lehnte sich in ihrem Schreibtischstuhl zurück. »Manchmal finde ich es unfassbar, wie rasant sich alles verändert. Als ich klein war, wusste die Welt noch nichts von Computern, Smartphones und Glasfaserkabeln. Und heute ist das alles selbstverständlich geworden.«

»Das ist der Lauf der Zeit. Dem kann sich niemand verschließen.« Clarissa kam zu ihrem Schreibtisch zurück. Im Vorübergehen fasste sie in das Süßigkeitenglas, das sie erst kürzlich großzügig aufgefüllt hatte, und nahm sich ein Bonbon heraus.

Franca überlegte, ob sie sich ein Baci gönnen sollte. Unsere Zeit auf diesem schönen Planeten ist äußerst begrenzt, daran wurde sie jedes Mal aufs Neue erinnert, wenn sie sich mit dem Tod und seinen Auswirkungen beschäftigte.

Sie stand auf, fasste in das Glas und angelte eine der Nusspralinen heraus. Sofort knibbelte sie das Silberpapier ab und glättete das schmale Stückchen Pergament, das darunter zum Vorschein kam.

Darauf stand in mehreren Sprachen ein Spruch von Emilio Averga, von dem sie noch nie zuvor gehört hatte.

Non esistono distanze, ma solo posti diversi in cui ritrovarsi …

Die deutsche Übersetzung war mitgeliefert.

Entfernungen existieren nicht, nur unterschiedliche Orte, an denen man sich wiederfindet …

Sie schob die Nusspraline in den Mund und genoss den schmelzenden Schokoladengeschmack so lange, bis er sich in ihrem Mund verflüchtigte.

ENDE

NACHWORT UND DANK

»Goldschiefer« heißt dieser Krimi, der auch einiges vom Weinbau und vom Winzerleben erzählt. »Goldschiefer«, das ist die Bezeichnung für einen filigranen Riesling, der nicht nur im ›Gault Millau‹ gelobt wird. Urheber dieses Namens ist der Winzer Hans Peter Selt aus Leutesdorf, der mir erlaubte, den Namen für diesen Weinkrimi zu benutzen.

Auch der Leutesdorfer Winzer Georg Mohr gab mir etliche Ratschläge, vor allem durfte ich einen Blick in seinen alten Weinkeller werfen. Von dem Ökowinzer Martin Sturm erfuhr ich an einem Erlebnistag einiges über die Geheimnisse des Weinkelterns. Ihnen allen ein herzliches Dankeschön.

Leutesdorf liegt auf der gegenüberliegenden Rheinseite von Andernach, dem Ort, der seit 1998 meine Wahlheimat ist. Sämtliche örtliche Beschreibungen entsprechen der Wirklichkeit, auch das ›Mohrsche Mordkreuz‹ kann der kundige Besucher in Richtung Hammerstein entdecken. Auf das Phänomen der Wegekreuze, die überall in der Gegend um Mittelrhein und Mosel zu finden sind, hat mich meine Kollegin Petra Reategui aufmerksam gemacht.

Polizeilichen Rat erhielt ich, wie immer, von meinem Kollegen Jörg Schmitt-Kilian und vom Pressesprecher der Kriminaldirektion Koblenz, Helmut Zirfas. Inspiriert wurde dieser Roman von einem Fall, den Kriminalhauptkommissar Schu aus Trier nach vielen Jahren aufklären konnte, worüber ausführlich in der Presse berichtet wurde. Jedoch waren die Hintergründe vollkommen anders als die im Roman geschilderten: Personen und Handlung in »Goldschiefer« sind, wie in allen meinen Romanen, frei erfunden.

Meiner Tochter Elisa Steinmetz gebührt Dank für eine erste aufmerksame Durchsicht des Manuskripts. Nicht zuletzt möchte ich meinen Leserinnen und Lesern danken, die gespannt auf die neuen Folgen warten und ohne die sich die Mühe des Schreibens nicht lohnen würde.

Das zweiwöchige Krimi-Stipendium *Tatort Töwerland*, das ich im September 2012 auf der Nordseeinsel Juist in Anspruch nehmen durfte, hat – wie man unschwer erkennen kann – nachhaltige Spuren hinterlassen. Herzlichen Dank nochmals an Thomas Koch.

Gabriele Keiser,
Andernach, im September 2014

GABRIELE KEISER
Vulkanpark

978-3-8392-1395-7 (Paperback)
978-3-8392-4111-0 (pdf)
978-3-8392-4110-3 (epub)

»Lebensechte Charaktere und bildhafte Ortsbeschreibungen zeichnen auch den vierten Fall für Franca Mazzari aus.«

Der idyllische Rauscherpark am Rande der Vulkaneifel ist ein beliebtes Ausflugsziel für Familien. Groß ist das Entsetzen, als im Flüsschen Nette ein Müllsack mit einem toten Jungen gefunden wird. Was wurde dem Kind angetan? Müssen weitere Verbrechen gefürchtet werden? Kommissarin Franca Mazzari und ihr Team fischen lange im Trüben …

GABRIELE KEISER
Engelskraut

978-3-8392-1117-5 (Paperback)
978-3-8392-3603-1 (pdf)
978-3-8392-3602-4 (epub)

»Mit detailgetreuen Ortsbeschreibungen und einfühlsam gezeichneten Figuren.«

Bundesgartenschau in Koblenz. Wie Leonardo da Vincis Vitruvmann liegt der Tote im Paradiesgarten – nackt, mit ausgestreckten Armen und Beinen, inmitten einer Kahlstelle, die von ätzenden Unkrautvernichtungsmitteln herrührt. Seine Identität steht schnell fest: Jürgen Klaussner ist Mitte vierzig, Inhaber einer Koblenzer Apotheke und junger Familienvater. Warum wurde er ausgerechnet auf dem BUGA-Gelände getötet? Oder war es am Ende ein inszenierter Selbstmord?

Immer tiefer wird Kommissarin Franca Mazzari in einen Fall hineingezogen, der sie auch ganz persönlich betrifft …

GMEINER SPANNUNG

WWW.GMEINER-VERLAG.DE
Wir machen's spannend

Das Neueste aus der Gmeiner-Bibliothek

Unsere Lesermagazine

Bestellen Sie das kostenlose KrimiJournal in Ihrer Buchhandlung oder unter www.gmeiner-verlag.de

Informieren Sie sich …

www … auf unserer Homepage:
www.gmeiner-verlag.de

@ … über unseren Newsletter:
Melden Sie sich für unseren Newsletter an unter www.gmeiner-verlag.de/newsletter

… werden Sie Fan auf Facebook:
www.facebook.com/gmeiner.verlag

Mitmachen und gewinnen!

Schicken Sie uns Ihre Meinung zu unseren Büchern per Mail an gewinnspiel@gmeiner-verlag.de und nehmen Sie automatisch an unserem Jahresgewinnspiel mit »mörderisch guten« Preisen teil!